光文社文庫

長編推理小説

ここに死体を捨てないでください！

東《ひがし》川《がわ》篤《とく》哉《や》

光　文　社

目次

プロローグ

それは司法試験を目指して勉学に励む大学生有坂春佳《ありさかはるか》にとって、最悪の朝だった。

前の晩は、深夜遅くまで民事訴訟法の問題集と格闘。さんざん頭を酷使した挙句、疲れ果てた状態で、明け方近くにベッドへ。だが、間もなく顔を覗《のぞ》かせた八月の太陽の光と、ジリジリ上昇する室温のせいで熟睡はならず。結局、春佳は午前十時まであと数分という中途半端な時刻にベッドを出た。

大学は夏休みなので、とりあえず出掛ける予定はない。

珈琲《コーヒー》でも飲もうと思った春佳は、重たい瞼《まぶた》をこすりながらキッチンへ。小さくアクビをしながら笛吹きケトルに水をいれて火にかける。それから愛用のマグカップにインスタント珈琲をひと匙《さじ》。春佳が不審な物音を耳にしたのは、そのときだった。

「……ん!?」

何の音かしら。春佳はスプーンを持つ手を止めた。物音は玄関のほうから聞こえたようだった。春佳はふと不安を覚えた。そういえば昨日、帰宅した際にちゃんと鍵を掛けただろうか。チェーンロックさえ掛かっていれば、何の不安もないのだが、春佳はこのチェーンロックという絶対安全かつ面倒くさい代物を、しょっちゅう掛け忘れる性質だった。そのことで、春佳はときどきこの部屋を訪れる姉に再三注意を受けるのだ。

――若い女性を狙う変質者とかが入ってきたら、春佳、いったいどうする気なの！

だが、仕事帰りに同僚たちとべろべろに酔っ払って終電を逃し、タクシー代も持ち合わせておらず、仕方がないので駅から近い妹のアパートに深夜に転がり込んでくるような姉だ。本来なら傾聴に値する忠告も、姉の口から出てきた途端、悲しいほどに説得力を失ってしまう。だから、春佳は注意を受けるたびに笑いながら、「お姉ちゃん、大袈裟《おおげさ》ね」と聞き流すのが常だった。だが、いまはそんな姉の言葉が、春佳の脳裏にリアルに響く。

まさか、これが姉さんのいっていた、変質者ってやつ⁉

こみ上げてくる不安。だがキッチンの入口は廊下に面していて、玄関の様子を見通すことができない。春佳はなけなしの勇気を振り絞り、見えない相手に震える声で呼びかけた。

「誰なの⁉　ひょっとして、お姉ちゃん？」

そうであってくれればという、切なる願望から出た言葉だったが、口に出してみると姉の悪戯《いたずら》という可能性は案外もっともありそうなことに思えた。姉は実年齢では春佳の二歳上だが、精神年齢では春佳より五歳以上子供っぽい。

「お、お姉ちゃんね、そうでしょ……もう、あたしを恐がらせようと思って……」

キッチンから廊下へと通じている白い扉に向かって話しかける。返事はない。その代わりとでもいうように、いきなり白い扉が勢いよく押し開かれた。春佳が思わず息を呑んだ次の瞬間、ひとりの人間がキッチンへと飛び込んできた。

「きゃあああああぁぁぁぁぁ！」

春佳は心の底から驚き、絶叫した。両手で口許《くちもと》を覆い、震える眸《ひとみ》でその人物を見詰める。

若い女性だった。だが、姉ではない。黒い服を着た謎の女。振り乱したような長髪。ハアハアというような荒々しい息遣い。顔を覆い隠した髪の毛の向こう側にわずかに覗く眸は、狂気に満ちた色合いをはらんで爛々《らんらん》と輝く。女性ではあるが、すでに先入観を持っている春佳の目には、それは紛《まご》うかたなき謎の変質者、あるいは危険人物として認識された。春佳の中で恐怖は極限まで増幅された。

出ていって！　ここはあたしの部屋よ！

だが、春佳の必死の叫びは恐怖で縮こまった喉をわずかに震わせただけで、声にはならなかった。そんな春佳の目の前で、謎の女はまるでゾンビ映画の怪物たちを思わせるような、ぎくしゃくした身のこなしで一歩ずつ前へ前へと歩を進めてくる。春佳は恐怖におののきながら後ずさる。たちまち腰のあたりが流し台の縁に当たり、置いてあったマグカップが流し台の上でゴトリと横転した。春佳は顔を謎の女のほうに向けたまま、背中に手を回して必死にマグカップを探った。陶器でできたカップをこの理不尽な侵入者にぶつけてやろうと思ったのだ。うまく命中すれば、この危機的状況から逃れられるかもしれない。

マグカップ……いや、カップじゃなくてもいい……なんでもいいから……ん！

背後に回した右手の指先が、流し台の上にあった物体に触れる。すぐにピンときた。果物ナイフだ。ピンク色の柄《え》のついた薄っぺらい刃物だが、ナイフはナイフ。武器にはなる。

幸か不幸か、春佳は背中に回した右手で、そのナイフの柄をすんなりと摑《つか》むことに成功した。そして、春佳がそれを摑んだのとほぼ同時に、謎の女はまるで倒れこむような勢いで春佳のほうを目掛けて突進した。一瞬、長い髪の毛の向こうに、両目を見開いた女の凄《すさ》まじいばかりの形相が垣間見え、春佳は再び悲鳴をあげた。

「きゃあああぁぁぁ！」

謎の女が何かを求めるように両手を前に突き出す。それに呼応するように春佳も右手を前に突き出した。果物ナイフを持った右手。それに覆いかぶさるように突進してくる女の身体《からだ》。流し台の前での激しい衝突。春佳が必死の力で女の身体を撥《は》ね退《の》けようとすると、相手は春佳の目の前で尻餅をついて崩れ落ちた。春佳はもはや立っているだけの気力がない。這《は》うような体勢で女の傍《そば》を離れる。キッチンの壁際に背中をあずけて荒い息を繰り返す。視点は定まらず、頭の中は真っ白だった。

なにが起こったのか、自分はなにをしたのか。春佳自身にもよく判《わか》らない。そんな放心状態のまま、少しの時間が過ぎた。

やがて警報を鳴らすような笛吹きケトルの噴射音が響き、春佳は我に返る。そんな彼女の目に最初に飛び込んできたもの。それはキッチンのほぼ中央に横たわったまま微動だにしない女の姿だった。その身体から流れ出る液体がフローリングの床を赤く染めていく。

春佳は、三度目の悲鳴とともに、手にしていた果物ナイフを闇雲に放り捨てた。

第一章　死体を捨てにいく

一

マナーモードになった携帯が着信を報《しら》せる。パソコン画面との勝ち目のないにらめっこにうんざりしはじめていた有坂香織《かおり》は、これ幸いとばかりにキーボードから手を離し、制服のポケットの中から携帯を取り出した。発信者は有坂春佳。妹だ。

香織は即座に島を離れた。といっても、旅に出たわけではない。ここは、烏賊川《いかがわ》市全域にその名を轟《とどろ》かし、業界では知らぬ者のない大手中小企業『中島仏具《なかじまぶつぐ》』の総務部のオフィス。課長を中心に机を並べた経理課の「島」。その片隅にひっそりと身を置く香織は、島を離れて、妹との通話のためにトイレに移動したのだった。

個室に入り携帯を耳に当てる。相手が話しはじめる前に、香織は妹への警告を口にした。

「駄目じゃない、春佳。仕事中に掛けてこないでって、前にもいったでしょ」

中島仏具では、勤務時間中の携帯での私用通話は御法度《ごはっと》。したがって女子トイレの個室が、さながら電話ボックスのような光景を呈することも度々だった。

「あ、でも悪いと承知で掛けてきたってことは、ひょっとしてなにか重大な用件？」

電話の向こうで小さく頷《うなず》くような声が聞こえた。それからすすり泣くような声で『死んじゃった……』という呟《つぶや》き。さては訃報ね、と香織は緊張した。

「よし、いいよ。心構えはできてるから。で、いったい誰？　田舎のお父さん」

有坂姉妹の田舎は群馬県で、そこには糖尿と痛風を患った父がいる。不健康な割に長生きしそうな父だと思ったが、意外に早くお迎えがきたということか。

『……違う……お父さんじゃない』

「なんだ、違うの。じゃあ、お母さん……なわけないか」

『お母さんは五年前に、もう……』

「そうだったね」母が亡くなって以来、香織は母親代わりとなって妹の面倒を見てきた――と、少なくとも香織自身はそう自負している。「じゃあ、いったい誰なのよ？」

『知らない人……見たこともない人だった……』

「へえ」赤の他人の訃報を聞かされても返事に困る。「なにいってるの、春佳。知らない人が死んで、なんであんたが泣きながらあたしに電話するわけ⁉」

『違う……あたしがナイフで刺したの……そしたら死んじゃった……あたしが殺したの』

「落ち着いて、春佳。なに馬鹿なことといってるの。あんたに人を殺せるわけ――」

『本当なの！　本当にあたしが殺したんだってば！　あたし、人を刺し殺したの！』

妹の声がヒステリックに裏返る。普段しっかりした妹がこれほど取り乱すところを、香織は見たことがない。いや、いまだって電話で話しているだけだから見たわけではないが、混乱した様子は手に取るように判る。香織の脳裏にも、じわじわと深刻な事態が認識されてきた。だが、こちらが取り乱しては、妹の不安を煽《あお》るだけだ。香織は頼れる姉として、あえて冷静沈着な態度を維持しようと頑張った。

「本当なんだね、春佳。嘘じゃないんだね。う、嘘だったら、おお姉ちゃん、承知しないよ。嘘だったら、あんたの給料で、あたしのSuicaにチャージするからね！」

『なにいってるの、落ち着いて、お姉ちゃん……』

「これが落ち着いていてられますかってーの！」冷静沈着なんて所詮《しょせん》無理。どんな立派な姉だって、妹が人を殺したなんていいだしたら、取り乱して当然だ。「いったい、どういうことなのよ！　相手はどんな男なの！」

『男じゃなくて、知らない女の人……お姉ちゃん、よく聞いて。最初から説明するから』

こうして、香織は電話の向こうの妹から事件の顚末《てんまつ》を聞いた。

数分後――

「な、なるほど、そういうわけなのね……」

ようやく状況を呑み込んだ香織は、深い溜め息を吐《つ》いた。事情はともかく、春佳が見知らぬ謎の女性をナイフで刺し殺してしまったことは、どうやら間違いないらしい。

「それで、春佳、警察には通報したの？」

『……それが……その……』

「まだなのね。だったら一度会って落ち着いて話そうよ。春佳、いまどこにいるの？」

『――仙台駅』

「判った、じゃあ、いますぐタクシーで――え、仙台！」思いがけない地名に香織は絶句した。タクシーで駆けつけるには遠すぎる。「仙台って――岩手県じゃない！」

『ううん、宮城県だよ、お姉ちゃん』

「ああ、そっちか！」香織は地理には疎い。彼女の頭の中では東北地方はぼんやりとした塊として認識されているだけだ。「でも、なんで仙台なの？　ていうか、いま仙台にいるってことは、事件が起こったのはいったい何時？　ついさっきの話じゃなかったの？」

『うん、結構前……確か午前十時ごろ……』

香織は腕時計を確認した。午後二時になろうとする時刻だ。事件発生から、すでに四時間が経過している。にもかかわらず、妹は警察に通報せずに、仙台にいるというのだ。それが賢い選択でないことは、香織にだってよく判る。

『ごめんなさい、お姉ちゃん。どうしてだか自分でも判らないの。気がついたら、東北新幹線の中だった。仙台行きだったから、ここで降りただけ。でも、ここから先、どうすればいいのか判らなくなって、それで思い出したの。お姉ちゃんに電話しなきゃ——って』

「そっか。春佳、逃げちゃったんだ。そういや、犯罪者は北へ向かうってよくいうしね」

『は、犯罪者って……酷《ひど》い、お姉ちゃん……』

「ああ、ごめんごめん。べつに春佳のことを責めるつもりはないんだよ。あんたは悪くない。悪くありませんとも。だけど、逃げちゃったのはマズかったかもね」

できれば四時間前に、この姉という頼れる味方の存在を思い出してほしかった。ともかく、すでに仙台に到着しているのでは、いますぐ会って話し合うというわけにはいかない。

「判った。じゃあ、とりあえずいまはこうしよう。春佳は駅の近くにあるホテルに部屋をとっていったん落ち着きなさい。いい、ちゃんとしたホテルにするのよ。ネオンとかのピカピカしてないやつに。そこで風呂にでもつかって、おいしい牛タンでも食べれば、少しは落ち着くはずよ。春佳、お金は持ってる？」

『うん、持ってるけど――お姉ちゃんはどうするの？』

あたしもいますぐ仙台へ、といいたいところだったが、その前にやるべきことがある。

「とりあえず春佳の部屋にいってみるよ」

『え、あたしの部屋になにしにいくの⁉　死体があるんだよ。血の海なんだよ』

「だから、春佳のいうような死体や血の海が本当にあるかどうか、自分の目で確かめてみる。あんたの見間違いってこともあるし」

『え、あんな大きなもの見間違えるわけが……』

「いいから、お姉ちゃんのいうとおりにしなさい！」香織は威厳を示すようにピシャリと言い切った。「判ったね。ホテルに泊まって、風呂に入って、晩御飯は牛タンよ！」

『う、うん、判った。いうとおりにする。ホテル、風呂、牛タンね』

「そう、それでよし。あ、それから春佳、判っているとは思うけど念のためにいっとくね。大切なアドバイスだから、耳の穴かっぽじってよく聞いて」

『え、耳の穴……？』

戸惑う妹に対して、香織は少し脅かすような低音で、重大な忠告を与えた。

「いい、絶対に警察に通報しちゃ駄目よ。いまさらそんなことしたら、あんた、大変なことになるんだからね」

春佳との通話を終えた香織は、個室を出て、洗面台の前へ。鏡に映る自分の顔を見詰めると、なぜか頭上で結わえた栗色のポニーテールが斜めを向いている。気分を落ち着けるように尻尾《しっぽ》の位置を整えると、香織は窮地に陥った妹のことに思いを馳せた。

電話の向こうの春佳の声は、子供のように怯《おび》えていた。そのことに香織は新鮮な衝撃を受けていた。なぜなら、春佳は実年齢では二歳年下の妹だが、精神年齢では姉である自分と遜色ない程度に大人だと、そう香織は感じていたからだ。

実際、あのしっかり者の春佳が、泣きの涙でこの姉である自分に救いを求めてくるなんて、少なくとも香織が大人になってからはなかったことだ。たぶん高校時代にもなかったと思う。中学時代は――いや、中学時代にも、もうそれほど頼りにはされていなかったっけ。じゃあ、小学校はどうよ。そう、小学校に通っていたころの香織は、確かに春佳にとっての頼れるお姉ちゃんだったような記憶がある。

近所のいじめっ子に睨《にら》みを利かせたり、怖い犬を追い払ったり。人ごみの中で迷子になった春佳を散々歩き回って見つけてあげたときなど、春佳は泣きながら香織の胸に飛び込んできたものだ。

そう、それに当時の香織は妹に勉強を教えてやることもできた。いまでは考えられないことだ。なにしろ春佳は現在、大学の法学部で将来の司法試験目指して勉学中の弁護士の卵。一方、香織は高卒で仏具店に就職して経理課所属の平凡なＯＬ。いまの香織が妹に教えてあげられることといえば、中小企業における女性事務員の処世術ぐらいだろうか。法律家を目指す妹にはあまり必要のない知識だ。

しかも最近では香織が春佳に助けられることのほうが多い。仕事の愚痴を聞いてもらったり、終電を逃した夜に部屋に泊めてもらったりと、世話になっているのはむしろ香織のほうだ。弱っている妹が香織に助けを求めるという今回のような事態は、いまや極めて稀《まれ》なケース。そして、それは香織が心密かに待ち望んでいた場面でもあったのだ。

「そうよ、いままで力になってやれなかった分、こういうときこそ力になってやらなきゃ。なにしろあたしは、春佳のお姉ちゃんなんだから」

拳《こぶし》を握って意気込む香織は、まずは先ほどの電話での会話について自問した。

とりあえず妹には、「警察に通報しちゃ駄目」とアドバイスを与えたが、果たしてそれは的確だったのだろうか。むしろ、「いまからでも遅くないから警察にいって本当のことを話しなさい」と、そういうふうにアドバイスするべきだったのではないか。

「ううん、やっぱり駄目よ、そんなの……」

妹の行為が単なる殺人でないことは事実だ。正当防衛――そうかもしれない。だったら罪には問われない。だが、話を聞く限りでは相手の女性は素手だったらしい。武器を持っていない相手をナイフで刺し殺すという行為は過剰と見られても仕方がない。ならば、過剰防衛か——たぶんそうだ。ならば、まったくの無実とは考えにくい。法律に疎い香織でも、それぐらいは判る。おまけに、妹は恐怖のあまり現場から逃亡している。警察の心証は悪くなるだろう。このまま警察に通報すれば、確実に妹は罪に問われる。重い罪ではないかもしれない。だが、どんな罪でも妹にとってはまずいのだ。

「弁護士になるっていう、あの娘《こ》の夢が駄目になっちゃう……」

いや、百歩譲って弁護士の夢は泡と消えても仕方がない。実際、目の前の死体に驚いて無意識のまま仙台に逃げ出す妹には、そもそも弁護士など向いていないのだ。そう、春佳には平凡な家庭の平凡な奥さんのほうが向いている。だが、春佳の今回の行為は、そんなささやかな幸せさえも困難なものにするだろう。人を刺し殺した若い女性に、世間の風は冷たく吹きつけるに違いない。やはり、妹を警察に渡すわけにはいかない。

香織は決意をあらたにすると、目の前の妹に語りかけるように、鏡の中の自分に呟いた。

「大丈夫だよ、春佳。お姉ちゃんに任せといて！」

二

まずは一刻も早く春佳の部屋に向かい、問題の死体をこの目で確かめなくては。

そこで香織は、トイレを出た瞬間から《お腹《なか》の痛い人》になって、課長から早退の許可をゲット。女子更衣室にて会社の制服を脱ぎ、私服に着替える。ボーダーのTシャツに半袖のパーカー、そしてデニムの短パンという彼女のスタイルは、若い男性社員には好評だが、年配のお偉方には不評である。「もう少し仏具店らしい恰好を」というわけだが、どんな恰好が要求されているのか、香織には理解できない。喪服でも着ろというのか。

ともかく着替え終えた香織は、「お大事に〜」という同僚たちの形式的なお見舞いの言葉に、力のない病人の笑顔で応対。だが、ふらふらした足取りで会社を出た次の瞬間、カッと降り注ぐ八月下旬の太陽の下、香織は放たれた野獣のような勢いで猛然と駆け出した。

「止まってえッ！」

通せんぼするような恰好で無理矢理タクシーを止めて、妹のアパートへ走らせる。

それは烏賊川市の駅の裏側、ごみごみした一画にある五階建てだ。

アパートの手前でタクシーを降りて、あたりを観察する。周辺の様子は普段どおり。パトカーや警官が溢《あふ》れているということはない。春佳の部屋の死体はまだ発見されていないようだ。少し安心した香織は、ゆっくりとアパートへと向かう。

建物の傍に一台の軽トラックが停車中だった。廃品回収業者の車らしい。荷台にはブラウン管テレビやパソコンのディスプレイ、それから音楽室で昔見たような馬鹿でかい弦楽器——コントラバスのケースが積んである。

助手席の窓からは、擦り切れたジーンズと汚れたスニーカーを履いた大きな足が、歩道に向かってにょっきりと突き出されている。運転席を覗いてみると、黄色いタンクトップの大柄な青年がひとり、窮屈そうな体勢で昼寝中。短い金髪をツンツン逆立てた頭の恰好がなんだか馬鹿っぽくて印象的だ。

香織は青年を起こさないように静かに軽トラの脇を通り過ぎる。電柱の脇に山積みにされたゴミ袋を横目で見ながら、建物の中へ。

エレベーターで四階の三号室へ向かう。持っている合鍵で施錠を解いて、鉄製の扉を開ける。たちまち部屋の中からむっとするような血の匂い——てなことはなくて、そこにはただシンと静まり返った無人の空間だけがあった。

「春佳の話では確か、現場はキッチン……」

玄関を上がった香織はキッチンの扉の前に立ち、ごくりとツバを飲み込む。正直恐い。

だけど、勇気を出すのよ、有坂香織！　そう自分に言い聞かせながら、香織は気合もろともキッチンの扉を「——ええい！」と開く。

そして、香織は妹の言葉がすべて真実であることを認識した。フローリングの床に横たわった女の死体。その周囲に広がる血の海。凄惨な光景に、香織は失神しそうになる。

「おっと、いけないいけない——」

香織はぶるッと頭を振って自分を取り戻した。「失神してる場合じゃないよね。えーと、あたしはここになにをしにきたんだっけ？　そう、死体よ。死体をどうにかしなきゃ！」

香織は勇気を振り絞り、間近で死体を観察する。

死体となった女性は、髪が長くて、うりざね顔。年齢は三十歳前後といったところだろうか。スリムで小柄な体型は香織と大差ない。ただし、都会的な洗練されたデザインの黒いパンツスーツ姿は、香織とは正反対で、バリバリと働く有能な女性を連想させる。

傷口はどこだろう。ざっと見渡したところでは目に入らない。よくよく死体を眺め回して見る。すると脇腹の後ろあたり、ちょうど死体と床との間に挟まれた見えにくい場所に、ナイフの柄が見えた。傷口はそこらしい。死体を半回転させれば直接目で確認できるが、そこまでする気はさすがに起きなかった。

「なにか、身元の判るようなもの、持ってないのかな……」

香織は女の着ているスーツのポケットを探った。だが、生憎《あいにく》なことに女は財布も携帯も所持していない。ポケットの中にあったのは一本の車のキーと、クリーニング店の受取証のみだった。車のキーには「MINI」のロゴの入ったキーホルダーが繋《つな》がっている。車でミニといえばミニクーパーのこと。それはお洒落《しゃれ》な女性が好んで所有する、人気の小型車だ。この女性の愛車に違いない。

一方のクリーニング店の受取証に目をやると、そこに女性の名前が記されていた。

「山田慶子《やまだけいこ》……これが、この人の名前ね」

店の名前は『本山《もとやま》クリーニング店』で、住所は猪鹿村《いのしかむら》となっている。猪鹿村は烏賊川市から川を遡《さかのぼ》っていったところにある。盆蔵山《ぼんくらやま》を中心に広がる山村だ。猪鹿村のクリーニング店を利用する人間は、たぶん猪鹿村の住人と考えていいだろう。

「猪鹿村の山田慶子さんかあ……」

呟いてみるが心当たりはない。春佳も全然知らない女性といっていた。香織の中で理不尽な怒りが沸々《ふつふつ》と湧きあがる。いったい誰なの、山田慶子？　なぜ、こんなところに迷い込んできたの？　妹に恨みでもあるわけ？

だが、死んだ人間に不満をぶつけても仕方がない。香織はこれからの対策を考えた。

ともかく春佳の話は事実だった。事情はどうあれ、春佳がこの女性を刺し殺したことは間違いない。警察を呼ぶのが筋だろうが、それはできない相談だ。ならば、どうする？　いや、考えるまでもない。というか、妹の電話を受けた直後から、香織の中で答えは決まっている。この死体を、この場所に置いておくわけにはいかない。

「どこかに捨てにいかなきゃ……誰にも知られないようにこっそりと……」

問題はその手段だ。死体を捨てにいくのは、女ひとりでできる作業ではない。誰かに協力してもらわないと無理だろう。それから、死体の入れ物も必要だ。死体をむき出しのままで運び出すことはできない。

「けど、共犯者になってくれそうな人なんていないし……」

香織は独身で恋人もいない。友人なら何人かいるが、共犯者にはなってくれないだろう。

「それに死体の入れ物ってのも思いつかないし……ん、待てよ」

香織はつい最近、それに相応《ふさわ》しい入れ物をどこかで見たような気がした。スリムで小柄な女性をすっぽり覆い隠せる巨大な入れ物。

「あ、コントラバスケース！」

死体の入れ物といえば、これに勝るものはない。学生時代に読んだ角川文庫の横溝正史《よこみぞせいし》『蝶々殺人事件』の表紙でもそれはそういう形で描かれていた。普段は滅多にお目にかかることのない代物だが、ここにくる途中、香織は確かにそれを見た。廃品回収の軽トラックの荷台にあったはずだ。

香織はキッチンの窓を開いて外を見た。路肩《ろかた》に停められた軽トラックは、まだその場所を動いていない。荷台の上に横たわった黒いケースが、いまや香織の目にははっきりと人間の形に見える。香織は興奮のあまり窓辺でぴょんぴょんジャンプ。頭上で自慢のポニーが跳ねまくる。

「あれよ、あれ！　よーし、あの金髪男をだまくらかして、あれ貰《もら》ってこよっと！」

いうが早いか、香織はキッチンを飛び出していった。

三

路肩に停めた軽トラックの運転席。窓枠に足を掛けて昼寝中だったタンクトップの大柄な男、馬場鉄男《ばばてつお》はあまりの暑苦しさに目を覚ました。時刻は午後二時半。残暑厳しき折、まだまだ暑さが和らぐ時間帯ではない。クーラーのない車内の空気は、オヤジの吐く息のように不快であつくるしい。鉄男は首に巻いたタオルで顔の汗を拭《ふ》き、飲みかけのままカップホルダーに差してあった缶コーラをひと口。それからペッと窓の外に吐き出した。

「ええ、くそ……コーラは40℃に温めて飲むもんじゃねえなあ……」

鉄男は気を取り直し、ダッシュボードの上に置かれたカセットの電源を入れる。テープの再生ボタンを押すと、屋根の上のスピーカーから流れ出す呼び込みの声。『テレビ、ラジカセ、パソコン、その他なんでも御相談ください。こちらから取りに伺います――』。エンドレステープに吹き込まれた文句は、毎日毎日、それこそ文字どおりエンドレスに聞き続けてきた言葉だ。いい加減うんざりするが、仕事だから仕方がない。

鉄男は有限会社『リサイクルの馬場』の社長であり唯一の社員。早い話が『リサイクルの馬場』とは、鉄男がただひとりで営業している零細企業であり、その実態は毎度お馴染み廃品回収業である。

「ええい、そろそろいくか！」

鉄男は漠然とした不満をぶつけるようにギアをローに叩き込み、普段よりは少し強めにアクセルを踏んだ。軽トラは怒った虎のように車体を揺らしながら急発進。と、次の瞬間、思いがけない光景に鉄男は目を見張った。

「止まってえッ！」

いきなり真横から飛び出してきた若い女が、通せんぼするように軽トラの前に立ちはだかる。鉄男は慌てて急ブレーキ。タイヤと路面とが擦《こす》れあい、耳障りな不協和音を撒《ま》き散らす。結果、軽トラは彼女の手前で間一髪急停車――とはならずに、ドスン！　衝突した。

哀れ、通せんぼに失敗した彼女は蹴られた犬コロみたいに「ぎゃん」と悲鳴をあげながら道端の電柱まで吹っ飛ばされ、山積みになったゴミ袋に頭から突っ込んでいった。目を覆いたくなるような惨劇を前に、鉄男は言葉を失った。冷たい汗が額《ひたい》に浮かぶ。

「…………」う、やべえ！　やべえよ！　いま俺、人を撥ねちゃったよ！

運転席の鉄男はハンドルを握ったまま硬直。逃げようか。悪い考えが一瞬脳裏をよぎる。いや、待て待て、馬場鉄男よ、早まるな。逃げたらそれこそ身の破滅だぞ。だいいち、いまのは飛び出してきた向こうが悪い。こっちは堂々として、相手に文句のひとつもいってやればいいのだ。――もっとも、相手が生きていればの話だが。

鉄男は意を決して運転席を飛び出した。撥ねられた女は電柱の傍らで四つん這いの恰好。ゴミ袋の山の中から、デニムの短パンを覗かせている。

「お、おい、大丈夫か」

鉄男の問いに、彼女は尻を振って自らの健在をアピールした。

「そうか。大丈夫なんだな。ぶ、ぶつけて悪かったな。け、けど、飛び出してきたそっちも、わ、悪いんだから、な。――お、おい、本当に大丈夫か。ちょっと顔見せろや」

「へ、平気、平気……これぐらいなんともないから……へ、へへ」

ふらふらと立ち上がった彼女は、小柄で童顔。雰囲気は学生っぽい。相当な衝撃を受けながら敢《あ》えて微笑《ほほえ》もうとする姿は健気《けなげ》であり、鉄男は彼女の優しさに胸を打たれた。

そう思って見ると、目の前の彼女は美人とはいえないが、充分かわいいと形容できる顔立ち。少なくとも鉄男の目には、そう映る。柔らかそうな唇、小さな鼻、優しげな眸、ポニーにした栗色の髪。その分広くなったおでこ。そこに一筋赤い鮮血が、つーッと滴り落ちる様には、妙な美しささえ感じられて——「うわあッ！」

鉄男は目を見開き、ぶるっと身を震わせた。た、大変だ——

「お、おい、これ使え！」慌てて首に巻いたタオルを差し出すと、

「？」彼女はぼうっとしたまま、頬の汗を拭《ぬぐ》っただけでタオルを鉄男に返した。「ありがと」

「い、いや、そうじゃなくって……」

本当に大丈夫なのか、この娘。心配になった鉄男は強引に彼女の額にタオルを押し付けて、額の血を拭ってやる。それから軽トラのダッシュボードの中から四角い絆創膏《ばんそうこう》を取り出し、それを彼女の額にバシッ！　音がするほどの勢いで貼り付けてやった。

「よ、よし、これでいい」

多少は話がしやすくなった。鉄男は威厳を示すようにゴホンとひとつ咳払《せきばら》い。

「おめえ、いったいどういうつもりだ。いきなり車の前に飛び出してきて。死にてえのか。

ああん――」と、結構強気に出た後で、鉄男は本題に入る。「でもまあ、無事でなにより
だ。そこでその、ひとつ提案なんだが、今回の事故はお互い様ってことで、その、なるべ
く穏便にお願いできませんか、ね、ははは……」
「？」
「いえ、ですから、早い話が、警察沙汰にはしないって方向でひとつお願いを――」
「警察！」たちまち、ボンヤリだった彼女の雰囲気が一変。噛《か》み付くような勢いで、鉄男
のタンクトップを摑んだ。「駄目！　警察なんて絶対駄目。あたしが許さないんだから！」
彼女の豹変振りは腑に落ちないが、とりあえず鉄男にとっては理想の展開だった。
「ほ、本当か。そりゃ助かる。いや、本当のところ、どうしようかと思ってたんだ。人身
事故だから、警察沙汰になりゃ、よくて免停、悪くて免許取り消しだ。この商売、車なし
じゃ無理だろ。そうなったら、明日からもう路頭に迷うしかねえ。この不景気な御時世に
まともな就職先なんてねえし、蓄えもねえし――でも、助かった。本当にいいんだな。本
当に警察沙汰にはしねえんだな」
「うん、いいよ、いいよ！　ただし、ひとつだけあたしのお願い事、聞いてくれたらね」
「願い事!?　ああ、いいぜ。なんでもいってくれよ。なんだって聞いてやらあ」
器のデカさを見せ付けるように鉄男は胸を叩《たた》く。彼女は惚《ほ》れ惚《ぼ》れするような満面の笑み

を浮かべて、胸の前で手を合わせた。

「本当！　本当になんでも聞いてくれる！」

「ああ、いいとも。あ、でもよ、『百万円よこせ』なんてのは駄目だぜ。金持ってねえから」

「うん、そんなことはいわない」

「あ、それから、『逆立ちして運動場百周』みたいなのも無しな。意味ねえから」

「うんうん、いわないいわない」

「あ、それから『誰かさんを殺して』なんてのも無理な。やっぱ殺人はマズイから」

「…………」彼女は一瞬口ごもって、「判ってるよお！　殺してなんていわないって！」

彼女は照れ隠しのようにドンと彼の背中を叩く。鉄男はウッと小さく呻《うめ》いて苦笑い。

「そ、そうか、それならいいぜ。他のことなら、なんだって聞いてやる。いってみろよ」

すると彼女は一瞬考えてから、かなり漠然とした願い事を口にした。

「なんていったらいいのかな……重たいものを運ぶのを手伝ってほしいんだけど……」

「なんだ、そんなことかよ！」鉄男は儲《もう》かったというように指を鳴らした。「もっと無理難題を吹っかけられるのかと思ったぜ。よし、任せろ。力仕事には自信があるんだ」

「ホント!?　ありがと〜嬉《うれ》しい〜」彼女は目尻を下げて礼をいうと、なぜか横を向いて小さくガッツポーズ。「よしッ、両方いっぺんに解決……」

「そっか、そりゃよかった。けど、両方いっぺんって、なんのことだ？」

「ううん、なんでもないよ。気にしないで」彼女は頭上のポニーを揺らしながら、くるりと踵《きびす》を返し、軽トラの荷台に向き直った。「ちょっと、あれ、見せてもらっていい？」

いうが早いか、彼女は軽トラの荷台によじ登る。そして荷台を占領したコントラバスケースを「ふむふむ」と頷きながら観察。彼女の意図が見えないまま、鉄男も荷台に上がる。

「おめえ、こんなもんに興味あんのか⁉　でも残念だな。それ、中身は空っぽだぜ。近所の高校がケースだけ捨てたんだ。——お、おい、なにやってんだよ、おい！」

鉄男の見ている目の前で、彼女は突然なにを思ったのかケースの蓋を開けると、ぽっかり開いた空間にいきなり自分から入っていった。身体を折りたたんだ彼女は、楽器のようにすっぽりとそのスペースに納まった。さらに彼女は自らケースの蓋を閉める。コントラバスケースは、見た目上は楽器が入っているとしか思えない状態になった。

「お、おい、なんのつもりだ。かくれんぼか⁉」

「………………」

返事はない。その代わり、ケース全体が携帯のマナーモードのようにブルブルと振動をはじめた。蓋に耳を押し当てると、中から苦しげな呻き声。中で彼女が暴れているらしい。

ふと見ると、蓋を固定する留め金が、どうした弾みによるものか本体に引っかかっており、蓋をロックしている。金具を外してやると、猛烈な勢いで蓋が開かれ、真っ赤な顔した彼女が「ぷはー」と息を吐きながら、身体を起こした。「はッ、死ぬかと思ったッ――」

「…………」

なんなんだよ、この娘⁉

四

ポニーテールの彼女は、「あたし、有坂香織」と名乗った。

「香織か。いい名前だ」そして鉄男も親指で自分の胸を差して、親からもらった自慢の名前を告げた。「馬場鉄男だ。鉄男って呼んでくれ」

「そう、それじゃあ、馬場君、このケースを持って、あたしについてきてね」

香織は軽トラの荷台を降りて、目の前の建物に向かってスタスタと歩き出す。「鉄男」と呼ぶ気はないらしい。まあ、出会ったばかりだから仕方がない。鉄男はいわれるままに馬鹿でかいケースを荷台から下ろした。

「ふうーん、運んでほしいものって、コントラバスケースのことだったのかよ」

そう呟きながら、両手でケースを抱えて彼女の後に続く。エレベーターの箱に乗って上昇。たどり着いた先は四階の三号室だった。香織が素早く扉を開け、鉄男を急がせる。

「さッ、中に入って、早く、早くッ」

ケースを抱えて中に入ると、すぐさま香織は扉を閉めて施錠する。鉄男は彼女の態度に不審なものを感じた。

「なんで、鍵掛けるんだよ。ちゃんと運んでやったじゃねえか。これでいいんだろ」

すると香織は「違う、違う」と手を振った。「そのケースを運んでほしいんじゃなくて、そのケースで運んでほしいものがあるの」

「このケースで運ぶって……ああ、なんだ」要するに楽器を運んでくれってことか。当然のように鉄男はそう理解した。「判った。で、どこにあるんだ、それ」

「えと、それは……キッチンに……」

「？」

キッチンに楽器を置いておくなんて、ますます変わった娘だ。多少の疑問を抱《いだ》きつつ、鉄男は手招きされるままに扉の前へ。ケースを抱えたまま、キッチンに足を踏み入れる。その瞬間、鉄男は彼女のいう《それ》が楽器ではなく女の死体だということを悟った。

「――ちち、畜生、だ、騙《だま》しやがったな！　お、お、俺、帰る――」

踵を返して逃げ出そうとする鉄男だが、馬鹿でかいケースが扉に引っかかり、真後ろに転倒。ケースを抱えてもがく彼の背中を、背後から伸びてきた香織の手がむんずと掴んだ。

「駄目だよ、馬場君、なんでもいうこと聞くっていったじゃない。ね、お願いだから」

「お、お願いって、いったい――」

「そこの死体をそのコントラバスケースで運んで！」

まるで、『そこの空き瓶をそのビールケースで運んで』とお願いするような口調だ。

「ふざけんな！　だいたい、殺人とかそういうのは無理って、いったじゃねえか！」

「『殺してくれ』っていってないよ。だってもう死んでるし。運ぶだけだから――ね！」

「なにが『ね！』だ」鉄男は恐る恐る、床に転がる血まみれの女性の姿を直視した。「ほ、本当に死んでるのか。なんで死んでるんだ。自然死じゃねえよな。殺されたのか。誰が殺したんだ。あ、まさか、おめえが！」

「違うよ。あたしじゃない」

「じゃあ、誰だよ」

「それを話したら、協力してくれる？」

「いや、べつにいい」鉄男はそっぽを向いた。「そんな話、俺とはなんの関係も……」

「実は今日の朝十時ごろ、妹がキッチンに立っていると、知らない女が現れて――」

「わ、わッ、勝手に話すんな。おめえの話なんか、俺はどうだっていいっての！」鉄男は両手で耳を塞《ふさ》ぎパフパフっとして、「あーあーあー、聞こえない聞こえない聞こえませんよーだ！」と、無関係な話を強引に遮断する。

「あのさあ、小学生じゃないんだからさあ……」

「うるさい！　とにかく俺を巻き込むな。犯罪の後始末なら、おめえひとりでやれ！」

「ひとりじゃ無理だから頼んでるんじゃない」

「こんな頼み方あるか。これじゃあ、まるで詐欺だ。当たり屋がわざと車にぶつかって、金よこせっていってるのと同じじゃねえか」

「えー違うよー。だって車にぶつかったのはわざとじゃなくて、リアルな事故だもん」

「嘘だ。おめえは最初から当たる気だったんだ。すべて俺を巻き込むための罠だ」

「違うんだけどなあ」香織は短パンのポケットから携帯を取り出して画面を開いた。「じゃあ、事故かそうじゃないか、警察呼んでハッキリさせてみる？」

警察の二文字を聞いて、鉄男の前に再び《免許取り消し》の文字が点滅した。だが、これはハッタリだ。殺人事件と交通事故、どっちがヤバイかは歴然としている。警察を呼べば、きっと困るのは彼女のほうだ。警察なんて呼べるわけがない。

「警察なんて呼べるわけがないって、そう思ってるでしょ」

と見透かしたように香織はいった。

「実はね、ここ妹の部屋なんだ。この女の人を刺したのは、あたしじゃなくて妹。だから、警察呼べば、妹が逮捕されることになる。確かに、それは困るの。でもね、警察呼ばなくたって、たぶん同じなんだよ。ここに死体がある限り、妹のやったことはいつか必ず表に出る。どうせ表に出るのなら、少しでも早くこちらから通報したほうが警察の心証はマシになる。あたしはこの死体をこっそりどこかに捨ててしまいたい。そう思っているけれど、それが不可能だと判断した場合は、その瞬間にキッパリ諦めて一一〇番通報するつもり。これ、ハッタリじゃないんだからね」

そう宣言してから、香織は鉄男の前で携帯を構えた。

「…………」騙されるな。これはハッタリそのものだ。

「…………」香織の指が携帯の①のボタンを押す。

「…………」ハッタリじゃなかったとしたら。

「…………」香織の指が再び①を押した。

「…………」ハッタリじゃなさそう。

「…………」香織の指が⓪へ。

「やめろよおおおおおぉぉぉぉぉぉ――――」

鉄男は絶叫しながら香織の手から携帯を奪い取ると、大慌てで画面を畳んだ。それから再び香織のほうを向くと、荒い息を吐きながら、脂汗の浮かんだ額を手の甲で拭った。

「判った、判った、判ったから詳しく事情を話せ。おめえは酷い女だが、悪い奴じゃなさそうだ。おめえがここまでするなら、妹さんも単なる殺人犯じゃねえんだろ。そのへんの事情を教えろ。そうすれば、そうすれば——」

「そうすれば、協力してくれる？」

「……う」

香織の真剣な眸に見詰められて、鉄男はもはや頷くしかなかった。

五

有坂香織が足を持ち、馬場鉄男が頭を持つ。二人はよっこらせの掛け声とともに死体を持ち上げ、床に置かれたコントラバスケースへと慎重に移動させた。ケースの蓋は開いていて、そこにはひょうたんに似た形の空間が存在している。

「よし、このまままいったん真下に下ろそうぜ。そう、そうだ……なんとか入るはず……」

「そうだよね……あたしの身体が入ったんだから……この死体だって入るはずだよ……」

悪戦苦闘の末、鉄男は山田慶子の死体をコントラバスケースの棺桶に収めることに成功した。ありがと、という香織の感謝の言葉を聞きながら鉄男は、果たしてこれでよかったのか、と自問自答せずにはいられない。

香織の口から詳しい事情を聞かされた鉄男は、結局彼女に協力することになった。半分は人身事故を公《おおやけ》にしたくないという保身のため。もう半分は妹の窮地を救おうとする香織の行為に共感する点があったからだ。そう、これは人助けなのだ、たぶん。

鉄男は無理矢理そう思い込むことにした。

「じゃあ、蓋するね」

ケースの蓋に手を掛ける香織に、鉄男は待ったをかけた。

「凶器はそのままにしといていいのか？　妹さんのナイフが死体に刺さったままだぜ」

「あ、そうか。死体の傍に凶器を残してちゃマズイよね」

「そういうことだな」

「……そういうことだね」

「…………ナイフを抜くんだ」

「…………ナイフを抜かなきゃ」

「…………くそ、俺がやんのかよ！」

お願いします、とこういうときだけしおらしく頭を下げる香織。鉄男はやれやれと首を振りながら、死体の脇腹に刺さったナイフの柄に手を掛け、ひと息にそれを引き抜く。右手に残る嫌な感触。鉄男はそれを振り払うように、血のついたナイフを床に放り捨てた。

「うう、気色悪《わ》る〜」鉄男は身震いする。

その傍らで、香織は投げ捨てられた凶器をしげしげと見詰める。どうしたんだ、と鉄男が尋ねると、香織はナイフに顔を近づけて、

「いや、なんかさ、果物ナイフにしては変わった形だな、と思って」

「そういや、ナイフっていうより小刀みたいな形してるな」

「春佳、こんなのでリンゴ剝《む》いてるの?」

「知るか、そんなこと。いいだろ、べつに。どんな刃物でリンゴ剝いたって、リンゴはリンゴだ。そんなことより、蓋、閉めるぞ」

「あ、うん、いいよ」

結局、凶器にまつわるささやかな疑問は、それ以上深く検討されることはなかった。

二人はコントラバスケースの蓋を閉じた。もはやケースの中身は楽器だとしか思えない。これを運ぶ二人を見て、よもや死体を運んでいると見抜く者はいないだろう。準備は整った。後は、これをどうやって運ぶかだ。

「この重量じゃ、車で運ぶしかねえな。俺の軽トラの荷台に載せて、どこかに――」

「あ、そうだ、車といえばさ」香織は思い出したようにポケットの中から一本の車のキーを取り出した。「これ、山田慶子が持っていた車のキーなんだ。たぶん、この近所に彼女の乗ってきた車が停めてあるんだと思う」

「これってミニクーパーのキーだな」

さっそく二人は部屋の窓から外を眺めて、それらしい車を捜す。すると案の定、隣に建つ雑居ビルとの間にある駐車場の一角に、赤いミニクーパーが停車中だった。他にも青いフランス車っぽい車などが停まっている。

「この駐車場は、このアパートのものなのか」

「違うよ。この駐車場は、そこの雑居ビルのもの。だけど、このアパートに用のある人も、よく間違って停めたりするみたい。だから、あれが山田慶子の車で間違いないと思う」

「そうか。だったら、あの車、ここに放置しておくわけにはいかねえな」

「うん、死体と一緒にどこかにやらないと」

「じゃあ、いっそのこと、あのミニクーパーに死体を積んで出発すればいいんじゃねえか。あの車、屋根の上に荷物載せられるようになってるみてえだしよ」

それになにより、あのミニクーパーを利用すれば、自分の軽トラを霊柩車として使用し

なくて済む。そんな鉄男の提案に、香織はパチンと指を鳴らして、

「馬場君、それ正解だよ！」と、嬉しそうに鉄男の胸を指差した。「よし、じゃあ決まりだね。死体をミニクーパーに積んで出発！」

六

それから数分後。鉄男と香織はコントラバスケースを抱えて部屋を出た。死体入りのケースは力自慢の鉄男でさえも、ひとりでは担ぎきれないほどの重量がある。二人は、ケースの底を廊下の上でズルズルと引きずるようにしながら、なんとかそれをエレベーターの扉の前まで運ぶ。廊下はがらんとしており、エレベーターを待つ人はいない。

やがてエレベーターの箱が四階に到着。鉄男はケースを箱の中に引きずり込み、「閉」のボタンを「ダダダダダ！」と高橋名人ばりの指使いで押しまくる。「閉閉閉閉閉ッ……」

「落ち着いて、馬場君！　そんなに何回も押したって意味ないって！」

「んなことねえ！　十回押せば十倍早く閉まるかもしれねえだろ！」

焦る鉄男は必死だった。できることなら、このまま誰にも見られずに建物を出たいのだ。

とにもかくにも反応の遅いエレベーターの扉が、のろのろと閉まりかける。鉄男がホッ

と気を抜いた瞬間、思いがけない展開——

「あ！　待って！」

誰かの叫び声がしたかと思うと、ポロシャツ姿の青年が扉をすり抜けて箱の中に飛び込んできた。そして青年は「開」のボタンを押して、閉まりかけた扉を再び開けてしまった。

「……な！」なにしやがんだ、この野郎！　俺が必死で閉めようとした扉を、指一本でいともたやすく開けやがって！　勝手なことすんな！　俺のエレベーターだぞ！

べつに誰のエレベーターでもないのだが、沸々とこみ上げてくる理不尽な怒りを禁じ得ない。葛藤のあまり顔面をピクピク、口をパクパクさせる鉄男に対して、青年は人の良さそうな笑みを向けて丁寧に頭を下げた。

「すみません。急いでいるものですから。——おーい、みんなー、急げー」

「……え」みんなって、おいまさか！

悪い予感とともに廊下に目をやる。そこには大学生風の五人の男女がいて、ぞろぞろとこちらに向かっていた。鉄男は飛び出しそうになる悲鳴を喉の奥で飲み込んだ。

落ち着け。落ち着くんだ、馬場鉄男。これぐらいは想定の範囲内だ。まさしくこういうこともあり得ると思えばこそ、わざわざ死体をコントラバスケースに詰めたのではないか。慌てる必要はない。現に、隣のポロシャツ青年もコントラバスケースを見て、なんら不審の表情をしていない。つまり、楽器を運んでいるようにしか映っていないということだ。

こみ上げてくる不安と必死で戦う鉄男。なにも知らない若者たちは、次々にエレベーターに乗り込んでくる。小さな箱の中は立錐《りっすい》の余地もなくなった。そして最後のひとりが乗り込んだ瞬間、破滅を報せる悪魔の音色が狭い箱に鳴り響いた。

ブ――ッ！

重量オーバーを告げるブザー。鉄男は青ざめながら凍りつき、香織は赤くなって俯《うつむ》いた。

何も知らないポロシャツ青年が、まるで何かを知っているかのように不審の声をあげる。

「あれ、定員オーバーか。変だな。このエレベーター、八人は乗れるはずなんだけど」

釣られるように仲間の男女がざわざわしはじめた。

「ちょうど、八人よ」「定員も八名だぜ」「なんで、ブーッなんだ」「百キロぐらいある人、いる？」「いないわ」――そして誰かがボソリといった。「判った、コントラバスだ」

六人の男女の視線が鉄男の抱えている黒いケースに集まる。

鉄男は上下左右を鏡に囲まれたガマガエルよろしく、たらーりたらりと全身に脂汗を滲《にじ》ませた。だが、彼に注目が集まったのは、ほんの一瞬のこと。すぐに若者のひとりが、気を利かせて箱から降りる。

ブザーは鳴り止み、今度こそ扉が閉まる。古いエレベーターはゴトゴトした動きで、降下をはじめた。微妙な沈黙が舞い降りる箱の中で、再び誰かが先ほどの疑問を蒸し返す。「コントラバスって、そんなに重いの？」「人間よりは軽いだろ」「じゃあ、なんでブーッて鳴ったんだ？」「ブザーの故障か」――そしてまた、誰かがいった。「ひょっとして見えない誰かが、もうひとり乗ってたりして」

鉄男は心臓が喉から飛び出しそうだった。確かに、この箱に乗っているのは見た目上は七人だが、実際は八人で、だから九人目は乗れなかったのだ。見えない誰かはコントラバスケースの中にいる。鉄男は、この連中がケースの中身に気付くのではないか、いや、すでにもう気付いているのではないかという、強い不安に駆られた。すると――

「ふふん、君たちはなにも知らないんだな」

と、やや高飛車な口調で喋《しゃべ》り出したのは例のポロシャツ青年だった。「コントラバスというものは想像以上に重たいものなのさ。ケースだけでも十数キロ。本体を含めれば、そりゃあもう相当な重さ――ですよね？」

「え！」いきなり話を振られた鉄男は、ここぞとばかりに大きく頷く。「そ、そうだ、そのとおり！　コントラバスは凄《すご》く重い楽器だ。だから、ブザーが鳴ったんだな。あは、はは」

「小柄な女性ひとりぶんぐらい、ですか？」

「そう、小柄な女性ひとり——うんにゃッ！」鉄男は鞭打ち症になるほどにブルンと首を振った。「んなことはねえ！　そんなに重いわけあるか！　小柄な女性だなんて——」

「あれ、じゃあ、なんでブザーが——？」

「……う」シマッタ。また最初の疑問に戻ってしまった。鉄男は俯き加減になりながら、消え入りそうな声で必死の弁明。「だから……その……あれだ……要するに……楽器としては重いけど……人間ほどじゃないっていうか……けど、ブザーが鳴る程度の重さはあるわけで……だから……なんだ……ほら、よくあるじゃねーか……えーっと……」

しどろもどろの鉄男の肩を、背後から香織の手がポンと叩く。「いこう、馬場君」

「ハッ——」顔を上げると、すでにエレベーターは一階に到着。若者たちはキャッキャとはしゃぎ声をあげながら遥か前方に遠ざかっていた。鉄男が心配するほどには、彼らはケースの中身に興味がなかったらしい。鉄男は深い憎悪を湛《たた》えた眸で、彼らの背中を睨んだ。

「くそ、あいつら絶対、わざとやってやがる！　俺を困らせようと思ってわざと！」

そんなはずないよ、と隣の香織が鉄男を宥《なだ》めた。

それから二人はコントラバスケースの前後を持ちながら、建物の外へ。楽器のケースをやけに重たそうに運んでいる二人組に、歩道を歩いている数人が好奇の視線を向ける。鉄男は、おらおら、おめえら、なに見てんだよ、といわんばかりの威嚇《いかく》するような目つき。その背後では香織が、どうもすみませんね、というように愛想笑いを浮かべる。

間もなく二人がたどり着いた雑居ビルの駐車場。足元にまとわりついてくる太った三毛猫を蹴っ飛ばしながら、二人は停車中の真っ赤なミニクーパーに接近した。

屋根の部分に銀色の荷台が付いている。コントラバスケースを載せるにはちょうどいいスペースだ。二人は黙ったまま互いに頷きあうと、ケースの左右に付き、呼吸を合わせた。

「いいか、いくぞ！」「うん、いいよ！」「それッ」「はいッ、せーのッ」「いーちにーのーさん、はいッ」「いっせーのッ」「いちにッさんッ」「待って待って！」「タンマタンマ！」

鉄男と香織は重たいケースをいったん地面に置いた。ハアハアゼエゼエと肩で息をしながら、二人は同じ嘆きを口にする。

「俺たち……全然呼吸……合ってねえ……共同作業に……向いてねえ」

「ホントだね……あたしも全然……君のタイミングが……判んないよ」

だが二人の力を合わせなければ、死体入りコントラバスケースは永遠に車の屋根に載らない。鉄男は香織と顔を寄せ合い、真剣に対応策を練った。三十秒で話は纏《まと》まり、二人は再びケースの左右両側についた。「いいか、香織」「いいよ、馬場君」と互いに頷く顔と顔。

「いっせーの」

「——せいッ」

掛け声とともに二人は、小柄な女性ひとり分の重量を一気に車の屋根にまで持ち上げる。見事成功。二人はロケット打ち上げに成功したＮＡＳＡ（アメリカ航空宇宙局）の管制官たちのように、肩を叩き合い、熱い抱擁を繰り返す。鉄男は奇妙な達成感さえ覚えたりした。

それから鉄男は、屋根の上のケースをロープで固定していった。走行中に車の屋根からケースが落下して、路上に中身がゴロリなんてことになったら悲劇だ。作業は入念におこなわれ、やがて屋根の上にコントラバスケースを括《くく》り付けたミニクーパーが完成した。

「なんか、かわいいよね、これ。ミニクーパーが帽子被《かぶ》ってるみたいで」

「確かに、そう見えなくもねえな」実際には帽子ではなくて死体を被っているわけだが。

「じゃあ、さっそく出発しようよ。どっちが運転する？」

「じゃあ、俺が——あ、だけど、少し待ってくれ」鉄男は親指で車道を示した。「俺の軽トラ、路肩に置きっぱなしだろ。そのへんの百円パーキングに停めてくる。おめえ、ここで待ってろ。すぐ戻るから」

いうが早いか、香織の返事も聞かないままに、鉄男は駐車場を駆け出して路上駐車の軽トラへ。運転席に収まりシートベルトもせずにスタート。百メートルもいくと、お目当ての百円パーキングの看板が目に留まった。

鉄男の脳裏に邪悪な、しかし当然といえば当然の考えが浮かんだのは、そのときだ。

「ん、待てよ」鉄男は車を一旦停止させて考えた。「俺、このまま逃げてもいいんじゃねえか⁉」

香織を裏切ることになるが、そもそもが半分脅かされて協力しただけの話。それに、もう死体は車に積み込んである。後は彼女がどこへなりと好きな場所に捨てにいけばいいだけのこと。それぐらいは彼女ひとりでも、なんとかなるはずだ。もう自分の役目は終わっている。人身事故の償いとしては充分すぎる働きだ。そうだ。ここはいっそこのまま――

「このまま逃げちまおう――なんて思ってないよね、馬場君？」

「うわあ！」運転席の窓の向こう、斜め後方から突然問いかけられ、鉄男は驚愕のあまり座ったまま十センチ以上ジャンプした。「か、香織！　なんで、おめえが！　ていうか、おめえ、どっから顔出してんだよ！」

鉄男はすぐさま扉を開けて後方を確認。なんと香織は軽トラの荷台の上。そこから身体を伸ばして運転席に話しかけているのだった。

「こ、こいつ、いったいいつの間に……」

だが、答えを聞くまでもない。彼女は鉄男が車をスタートさせたときから、すでに荷台の上に乗って身を隠していたのだ。万が一にも鉄男の裏切りを許すまいという執念のなせる業か。唖然《あぜん》とする鉄男に対して、香織は駄目を押すようにひと言。

「逃げたりしないよね、馬場君」

「あ……ああ、逃げねえよ、逃げるわけねえだろ」

「よかった。じゃあさ、そこの空いてるところに車、停めようよ。ほら、そこそこ」

「……いまそうしようと思ってたんだよ！」

鉄男は逃亡を諦めて、いわれるままに軽トラをパーキングに駐車した。

こうして二人は、いまきた道を引き返して、再びミニクーパーのもとへ舞い戻る。運転席に鉄男、助手席に香織がそれぞれに乗り込んで、ようやく出発進行。これ以上、何事も起こらなきゃいいが。不安な気持ちを抱きながら鉄男は慎重に車をスタートさせた。

駐車場を出てすぐのところで、一台の黒いベンツとすれ違う。

ベンツの運転席に座る若い女性に睨みつけられたような気がして、鉄男は一瞬どきり。顔を引き攣《つ》らせながら、思わず目を逸《そ》らす。だが、気のせいだと思い直した鉄男は、すぐに前を向き、万が一にも事故など起こさないようにと安全運転に徹する。やがて外車の運転にも慣れたころ、鉄男は助手席の香織に最も大事な質問をした。

「で、この死体、どこに捨てにいくんだ？」

「そうだねえ、ここは烏賊川市なんだからさ、やっぱり烏賊川の河川敷なんてどうだろ？」

まるで壊れたテレビでも捨てにいくような言い方だな、と鉄男は思った。

第二章　クレセント荘にたどり着く

一

あら⁉　あの車、いまうちのビルの駐車場から出てきたみたい――

「また不法駐車ね。まったく図々しい！」

黒いベンツの運転席に座る二宮朱美《にのみやあけみ》は、すれ違いざまに向こうの車の運転手を睨みつける。目が合った瞬間、運転席の若い男は、まるで重大な犯罪の現場を目撃されたかのように、顔を引き攣らせながら目を逸らせた。罪の意識は充分にあるらしい。だったら最初かららやらないでよね、と朱美は小さく呟いた。

二宮朱美は烏賊川市在住のビルオーナーである。若いながらに黎明《れいめい》ビルという名の雑居ビルを親から与えられ、そこから上がってくる家賃という名の不労所得をもって生活の糧《かて》としている。要するに、あくせく働く必要のないお気楽なお嬢さんといってもいい。それでも、駐車場の無断使用が腹立たしいことに変わりはない。

朱美は不愉快な思いのままベンツを操り、自分のビルの駐車場に無造作に突っ込んだ。すると、いきなり駐車中の青いルノーの陰から飛び出してくる男の影。朱美が慌てて急ブレーキを踏むと、男はその場にばったりと倒れて、運転席の朱美の視界から消えた。朱美は一瞬考えてから、ゆっくり車を再始動させ、自分の駐車スペースに切り返し二回で無事にベンツを駐車。レジ袋の中の玉子が無事かどうかを確かめて、運転席を出る。それから地面に倒れたまま動かない背広姿の三十男に、心配そうに駆け寄った。

「大丈夫、鵜飼《うかい》さん！」

「それで心配してるつもりか、朱美さん」

寝転がったまま不満を口にするのは、鵜飼杜夫《もりお》という男。黎明ビルの四階に《トラブル大歓迎》の看板を仰々しく掲げ、子供たちの明るい未来に奉仕する癒しの私立探偵。朱美にとっては家賃が度々滞る要注意人物であり、まさにトラブルそのものというべき存在である。そんな鵜飼は朱美の顔をジロリと見据えながら、なおも非難の言葉を続ける。

「だいたい、こういう場合は、すぐに運転席から飛び出してきて、お怪我はありませんか？　と聞くところだ。それなのに君って奴は――」

「申し訳ありませんでした。お怪我はありませんでしょうか？」

どうせ、彼はこういうにきまっている。ふふん、この程度のことで怪我などしていては、探偵は務まらないよ——とかなんとか。

「怪我!? ああ、どうやら大丈夫だ」鵜飼は上半身を起こし袖の埃《ほこり》を払った。「まあ、この程度のことで怪我などしていては、探偵は務まら——」

「はいはい」

「はいはい、ってなんだ！　そういうのがいちばん傷つくんだぞ！　こっちは轢《ひ》き殺されるかと思って本気で肝を冷やしたのに」

「あら、平気よ。探偵ってのは、なかなか死なない人種だもの」

「ふん、君は知らないだろうが、探偵だってベンツと衝突すれば死ぬこともあるんだよ」

「あなたが急に飛び出してきたのよ」

文句をいいながらも、仕方がないので朱美は鵜飼に手を貸してやる。「ほら、いいから立ちなさい。いったい駐車場でなにうろうろしてたのよ」

「人を待ってたんだ」鵜飼は朱美の手を借りながらよろよろと立ち上がった。痛めた腰を手で押さえて顔をしかめる。「約束の時刻はもうとっくに過ぎた。それでも事務所に姿を見せないから、気が急《せ》いてしまってね。様子を見に駐車場へと出てみたところ——」

ベンツに轢かれそうになった、ということらしい。サンタを待ちきれない子供か、あんたは。朱美は心の中でそう呟きながら、

「で、誰なのよ、待ち人って。あ、ひょっとして新しい依頼人？」

「まあ、そんなようなもんだ」

「わ、凄いじゃない」彼の探偵事務所に新しい依頼人が現れるのは、サンタがやってくるぐらい珍しいことだ。「で、どういう人なの？　お金持ち？」

「いや――」

「じゃあ、貧乏人？」

「そうじゃないって。まだ、なにも判らないんだ。僕も電話で声を聞いただけなんでね。声の感じは若い女性だった。きっと美人だ。声で判る」

「声だけじゃ判らないと思うけど。名前とかは？」

「ああ、それは判ってる」そして鵜飼は、相手の名前を無造作に口にした。「山田慶子っていう人だ。でも平凡すぎて、これじゃなにも判らないのと同じだろ」

朱美は鵜飼とともにビルの階段を上がり、四階にある『鵜飼杜夫探偵事務所』に向かった。事務所に入ると、ひとりの青年がソファに横になったまま漫画雑誌を読んでいる。南

国の浜辺とハイビスカスをあしらったトロピカル〜な模様のアロハシャツに、くたびれたジーンズ。足許はサンダル履き。あまり感心できない身なりのこの青年は戸村流平《とむらりゅうへい》といって、探偵事務所の非正規社員であり、鵜飼探偵の弟子である。

脇腹を押さえながら現れた師匠を見るなり、流平は驚きの声で「どうしたんですか、鵜飼さん、誰にやられたんですか」といいながら、指先で漫画のページを一枚めくった。どうも本気で心配しているようには見えない。

案の定、鵜飼が絞り出すような声で、「車に撥ねられそうになった」と答えるのを聞いても、流平はただ「そっすか、そりゃ災難でしたね」と薄い反応を示すだけ。興味がないなら聞かなきゃいいのに、と朱美は思う。

「ところで流平君、なにやってるの？　仕事はしなくていいの？」

「えー、なにいってるんですか、朱美さん、僕が遊んでるように見えますか」

「遊んでるようには見えないわね」漫画を読んでいるように見える。「少なくとも、仕事はしていないみたい」

「とんでもない。これでも電話番の真っ最中ですよ。ね、鵜飼さん」

「ああ、そうだった。山田慶子からは、まだなにもいってこないか」

「ええ、電話一本きませんね。もう永久になにもいってこないんじゃありませんか」

「そうか。……困ったな、これは」

鵜飼の表情に不安げな影が差す。二、三ヶ月なら収入ゼロ円でも全然平気、そんな能天気な彼が、このような顔をするのは珍しい。朱美は非常に興味を惹《ひ》かれた。いや、この探偵にではなくて、彼の抱えている事件に対しての興味だ。朱美は探偵事務所の職員でもなんでもないのだが、このビルのオーナーという立場上、探偵事務所は自分の傘下にあるも同然と心得ている。彼の事件に首を突っ込むことには、いまさらなんのためらいもない。

「今回は、どういう依頼なのよ?」

「あ、それ、僕もまだ詳しく聞いていませんよ」流平が鵜飼に説明を求める。「浮気調査? 失《う》せ物捜し? それともまたペットの捜索とか」

しかし鵜飼は困惑した顔のまま、二人の前で肩をすくめて見せた。

「実は、まだ依頼されていないんだよ」

まだ依頼されていない、とはどういう意味なのか。それを説明するために鵜飼は骨董品といっても差し支えないような、小型カセットテープレコーダーをテーブルの上に置いた。朱美の口から「これ、ホントに動くの?」という根本的な疑問が飛び出したのも無理はない。現役で活躍中のカセットテープレコーダーは現代では絶滅危惧《きぐ》種である。

「もちろん、動くとも」馬鹿にしてもらっちゃ困る、とばかりに鵜飼が胸を張る。「探偵事務所に掛かってくる電話は、すべてこのカセットテープレコーダーに録音されている」

「そう……そうなんだ……」

なにゆえカセットテープレコーダーなのか、という質問は敢えてしないでおく。四畳半の部屋に住みながら馬鹿でかいブラウン管テレビを見ている人に、なぜ薄型大画面テレビにしないの、と聞くようなものだから。

「昨日の夜に一本の電話が掛かってきたんだ。まあ、二人とも黙って聞いてくれ」

鵜飼は唇の前に指を立てながら、録音機の再生ボタンを押す。回転をはじめるテープ。朱美と流平は、ソファに座りながら固唾《かたず》を呑む。かすかに聞こえる録音機の機械音。スピーカーから漏れてくる細かなノイズに耳を傾けながら五秒……十秒……。徐々に高まる緊張感の中、極限まで神経を集中させていた朱美の耳元で、鵜飼がポツリ。

「――あ、故障だ」

朱美と流平は同時にソファから滑り落ちた。さんざん緊張を煽っておいて、これか！

「だから、ホントに動くのかって聞いたんじゃないの！　だいたい、いまどき大事な会話をカセットテープに録音する探偵なんて、存在自体が変よ。いくら貧乏だからって、探偵として必要最小限度の設備投資を怠るんじゃないの！　だいたい、あんたはねえ……」

鵜飼は朱美の口から矢継ぎ早に繰り出される言葉を避けるように、事務所中を右往左往。

「ま、まあ、落ち着いて、朱美さん。と、とにかく、テープ自体は生きていると思うから、そこのラジカセで再生を——」

鵜飼は、これまた相当な年代物と思われるCDラジカセをテーブルに置き、ダブルデッキの片側にテープを挿入した。再生ボタンを押すと、ようやくスピーカーから昨日の電話の様子が聞こえてきた。電話の相手は女性で、応対しているのは鵜飼である。

『あの、そちら鵜飼探偵事務所ですか』

『はい、こちら伝統と実績、勇気と信頼の鵜飼杜夫探偵事務——』

『突然、お電話差し上げて申し訳ありません。実は差し迫った用件で、ぜひ相談に乗っていただきたいと思いまして』

『それはそれは、よくぞお電話いただきました。わが探偵事務所は失せ物捜しから殺人事件に至るまで、依頼人のありとあらゆる御要望にお応え——』

『そう思ってお電話いたしました。猪鹿村のクレセント荘というペンションで、不穏な動きがあるのです。ひょっとすると大きな事件かもしれません』

『え、なんですって。大きな事件というと、例えばどういう——』

『ああ、それは電話では申し上げられません。明日、そちらに伺ってもよろしいでしょうか。詳しい話は、そのときに』

『ええ、もちろん構いません。いちおう始業時刻は午前十時となって――』

『では、午前十時きっかりに参ります』

『ああ、そうですか。ところで、あなたのお名前――』

『申し遅れました。わたくし山田慶子と申します。慶子の慶は慶應大学の慶です。念のため携帯番号をお伝えしておきましょう。×××―○○○です』

『判りました。ちなみに鵜飼探偵事務所の場所はご存知で――』

『ええ、はい――やだあ、判ってるわよ、それぐらい。うん、うん、判ったわ。大丈夫。じゃあ、また今度ね』

『うん、また明日ね～』

『それじゃ、さよなら～』

『うん、さよなら～』

プツンという音を残して通話は終了。後はカセットテープの駆動音が響くのみ。

朱美はわずかに首を傾《かし》げた。なんといえばいいのだろうか。謎の多い通話ではある。

鵜飼がラジカセを止めると、さっそく流平がもっとも素朴な質問を口にする。

「なんですか、この会話の最後のほう。女友達同士の馴れ馴れしい会話、みたいな感じになってますが」

「想像するにだ、たぶん電話している山田慶子は人の気配を察したんだろう。そこで彼女は探偵との会話を悟られまいとして、急遽《きゅうきょ》、仲のよい女友達との会話を装ったのだと思う」

「だからって、鵜飼さんが女友達の演技をする必要はないでしょ。なんですか、最後の『うん、また明日ね～』って、気色悪い」

「こっちが合わせてあげたほうが、向こうだって芝居がしやすいじゃないか」

その気配りは全然必要ないと思うが、それはこの際どうでもいいことだ。

「とにかく」と朱美がいった。「この会話から判ることは、相手の名前が山田慶子ということ。彼女はクレセント荘というペンションで事件発生の予感を覚えている、ということ。彼女はそのことを警察ではなくて探偵の力を借りて処理したいと考えていること。それぐらいかしら？」

「うむ、他に判ることといったら、山田慶子は他人の話を最後までちゃんと聞かない女だということだな。彼女は常に、僕の言葉を遮るようにくい気味に喋っていた」

「それはあなたの話がダラダラと長くて、聞いていられなかったんじゃない？」

確か、伝統と実績、勇気と信頼の鵜飼杜夫探偵事務所――とかいっていた。能書きがうるさすぎる。しかし鵜飼は、そんなことあるもんか、というように首を振った。

「とにかくだ、電話の女は今日の午前十時にここにくる。いくつかの疑問はそこで解けるだろう。で、流平君、いま何時かな？」

「午後三時半ですね」

「午後三時半！」鵜飼は床を蹴るように立ち上がった。「なぜ彼女はこない。事件が起こるんじゃなかったのか。それとも事件発生の危機はすでに去ったのか。それなら問題はない。だが、もしそうでなかった場合は、非常に問題だ——そう思わないか」

「確かに非常に問題ね」依頼人がやってこないということは、探偵たちの怠惰な生活が当分続くという意味だ。それは困る。「とりあえず、彼女の携帯番号に掛けてみたら」

「何度もしたさ。だが、まったく出ないんだ。ますますおかしいだろ」

「そう、なぜかしらね」

首を傾げる朱美の横で、流平がニヤニヤ笑いながら縁起でもないことを呟く。

「ひょっとして、山田慶子は何者かの手により、すでに電話に出られない状況に陥っているのかも。——早い話、消された、とか」

「馬鹿なこといわないで」朱美は流平の戯言《ざれごと》を一笑に付した。「確かに変だとは思うけど、鵜飼さん、あなたまさか依頼もされていない事件に首を突っ込む余裕はないわよね」

「もちろん。鵜飼さんはこれでもいちおう職業探偵なんですから。報酬に関係なくただの好奇心で動く素人《しろうと》探偵とは全然違いますよ」

朱美と流平の冷ややかな反応の前に、鵜飼は沈黙した。優れた鈍感さを誇る名探偵も、この空間に自分の味方がいないという事実にようやく気がついたようだ。

「じゃあ、あたしは階段の掃除があるから、このへんで——」

「僕も、コンビニのバイトが入ってるんで、そんじゃあ——」

「おいおいおい！　こらこらこら！」

鵜飼の叫びを背中で聞いた二人は、同時に振り返って、

「なによ？」「なんです？」

鵜飼は朱美と流平の顔を交互に指差して、

「『なによ？』『なんです？』——じゃないだろ、この薄情者！　いったい君たちは階段の掃除とコンビニのバイトと探偵の仕事と、どれがいちばん大事だと思ってるんだ！」

「…………」「…………」

朱美と流平は互いに顔を見合わせて、ほぼ同時に前を向いた。

「階段の掃——」「コンビニのバ——」

「まあまあまあ、落ち着いて落ち着いて」

鵜飼は慌てて二人の言葉を遮ると、もう一度二人をソファに座らせた。

「そりゃあ、君たちの気持ちは判る。確かに、依頼されてもいない事件に乗り出す意味はない。タダ働きは、僕だってご免だ。しかし、いってみるぐらいいいじゃないか。猪鹿村なんてすぐそこだし、ペンションの場所だって判ってる。ちょっと調べてみたんだがクレセント荘はなかなか洒落たペンションらしい。お盆の季節も過ぎたことだし、そう混雑もしていないだろう。ちょっと遅い夏休みだと思って、いってみようじゃないか。そこでもし、山田慶子の予告どおりに事件が起これればそれでよし、なにも起こらなければ骨休めして帰ってくればいい。――クレセント荘には、温泉もあるというし」

「温泉……はッ」朱美はようやく鵜飼の意図するところを悟った。目的はそれか！要するに、この探偵は山田慶子の謎めいた電話を口実にして、温泉のあるペンションでくつろぎたいだけなのだ。ろくな稼ぎもないくせに、夏休みとは笑わせてくれる。朱美は目の前の貧乏探偵に睨みを利かせながら、「あのね鵜飼さん、なに馬鹿な――」

「最高です、鵜飼さん！　ナイスアイデア！」

流平の感極まったような声が、朱美の発言を一瞬で吹き飛ばした。

「見直しましたよ、鵜飼さん。鵜飼探偵事務所、夏の慰安旅行。素晴らしいじゃありませんか。コンビニのバイトなどしている場合じゃありません。ぜひいきましょう」

「おお、やっと判りあえたな、流平君！」

鵜飼と流平の師弟コンビは肩を叩きあって、喜びを分かち合う。朱美はもはやこの二人になにをいっても無駄と思いつつ、いちおう苦言を呈する。

「なにが夏の慰安旅行よ。あなたたち毎日が夏休みみたいな生活してるくせに、これ以上、休んでどうすんのよ——って、ちょっと、なにやってんの、あなたたち！」

朱美の言葉が終わらぬうちに、流平はいそいそと旅行鞄《かばん》を取り出し、鵜飼はクレセント荘に予約の電話を入れはじめていた。

二

有坂香織の携帯が着メロを奏でる。香織はポケットの中の携帯を左手一本で取り出した。仙台にいる春佳からだ。香織は慌てて携帯を耳に当て、慎重に小声で話しかけた。

「もしもし、春佳ね。どうしたの？　なにかあった？」

『ううん、わたしは大丈夫だよ、お姉ちゃん。今晩泊まるホテルが決まったから、連絡しておこうと思っただけ』

「ああ、そっか。あたしがそうしろっていったんだったね。ふッ——で、なんてホテル？」

『仙台駅から歩いて十分の《シティホテル青葉《あおば》》っていうビジネスホテルよ』

「そう、うん、判った。はッ——じゃあ、春佳はそこでゆっくりしていなさい。後のことはなにも心配しなくていいから——むッ」

『うん、判ったけど……お姉ちゃん？』

「なに？」

『お姉ちゃん、さっきから「ふッ」とか「はッ」とか、変な声だしてるけど、どうしたの？　身体の調子でも悪い？　ひょっとして、わたしのためになにか無理してない？』

「な、なんでもないよ。む、無理なんかしてないもん。いいのよ、春佳はそんなこと気にしなくて。全部、お姉ちゃんに任せておけばいいんだから、ね。それより春佳、あたし、いま手が離せないんだ。悪いけど……」

『あ、そうなんだ！　忙しいとこ、ごめん。それじゃあね！』

「うん、また後で電話する」香織は妹との通話を終えるや否や、もうひと声。「ふぬッ！」

気合を入れて、ずり落ちそうになる巨大な荷物を抱え直す。左手で携帯を操作している間、香織は右腕一本でコントラバスケースの首の部分を抱えていた。文字どおり、手が離せない状態だったのだ。ケースの尻の部分は鉄男が持っている。二人は死体入りのケースの前後に付きながら烏賊川の河川敷を横断中だった。

「いまの電話、妹さんからか？　なんていってた？」

背後から問いかける鉄男に、香織は前を向いたまま答えた。

「べつに……あ、そうそう、馬場君のことを話したらね、『見ず知らずのわたしのために力になってくれてありがとう』って、そういってた。すんごく感激してたよ。泣きそうだった。あれはきっと馬場君に惚れたね、うん、間違いないよ」

「そ、そうか……へへ、なーに、礼には及ばねえよ、当然のことをしたまでだぜ」

「…………」

ごめんね、馬場君。誰も君に礼なんかいっていないんだよ。香織はさすがに申し訳ない気分になった。だが、甘い気持ちは捨てなくてはいけない。妹を警察には渡さない。そのためには、男の純情を利用することぐらい、ためらってはいけない。心を鬼にするのだ。

それに——と、香織は腕に食い込むケースの重量を感じながら思う——やはり馬場鉄男を共犯者にしたのは正解だった。自分ひとりの力では、この死体入りケースは一メートルも動かすことができなかったに違いない。

そうこうするうち、二人の前には背丈ほどの雑草の生い茂る、深い草むらが出現した。

「見ろよ、香織！　ここなんか絶好の場所じゃねえか！」

「ホントだ！　ここなら当分の間、見つかりっこないね！」

理想郷を見つけたアダムとイブのように歓声をあげる香織と鉄男。さっそく草むらを掻《か》き分けながら進んでいく。やがて、ひと際背の高い雑草をなぎ倒したところで、いきなり目の前の視界が開けた。「……あれ⁉」

痩せた松の木の傍に、デニムシャツを着た青年が佇《たたず》んでいた。青年は悪戯を見つかった子供のように、なにかを背中に隠す仕草。香織は咄嗟《とっさ》に、なにかいわなくては、と焦った。しかし香織が言葉を発するより先に、青年のほうが安堵《あんど》したように口を開いた。

「やあ、あなたたちもですか！」

「は⁉」香織は息を呑む。

「実は僕もなんですよ」

僕も──なんだ⁉　実は僕もここに死体を捨てにきたんですよ、といっているわけではなさそうだ。ということは、まさか──嫌な予感に震える香織の前で、青年は仲間たちに向けるような親しげな微笑を浮かべた。

「それ、コントラバスですよね。凄いなあ。僕のは、ほら、これです！」

青年は背中に隠し持っていた物体を、得意げに顔の前に掲げた。真夏の陽光を受けて燦《さん》然《ぜん》と輝くそれは金色のトランペット。青年は河川敷でよく見かける素人音楽家だった。

香織と鉄男はケースの底を地面に下ろし、いかにも中身が楽器であるかのように軽がると支えた。そして二人で顔を寄せ合い小声で密談。

「どうしよっか。あの人、あたしたちのこと、演奏家だと思い込んでるみたい」

「まあ、河川敷でこんなもん運んでりゃ、そう思われるのも無理ねえな」

二人はわが身の不運を恨むように揃って溜め息。一方、トランペット青年は無邪気な笑みを見せながら、二人に無茶な要求をする。

「ね、ね、それ中身を見せてもらえませんか！　できれば音を聴かせてもらえませんか！」

「…………」

残念ながら、死体を奏《かな》でるわけにはいかない。

結局、香織と鉄男は「二人っきりになりたいんで」とラブラブなカップルを装い、再び重たいケースを二人で抱えた。逃げるようにその場を離れる二人の背後からは、豆腐屋のラッパを思わせる間の抜けたトランペットの音色が響きはじめた。

「くそ、絶対わざとだ。みんなで俺たちをおちょくってやがるんだ。そうに違いねえ！」

ひょっとすると、そうかもしれない。香織もだんだんそんな気がしてきた。

「うーん、死体捨てるのって、案外難しいんだねー」

烏賊川の西の空に傾いた夕陽を眺めながら、香織は嘆息した。

「壊れたテレビを捨てるのとはわけが違うみたい」

「おめえ、やっぱりそういうふうに安易に考えてやがったな」

鉄男は恨むような目で香織を睨む。香織は「へへへ」と頭を掻いた。

香織と鉄男のミニクーパーは、烏賊川の土手に停車中。その屋根の上には黒いコントラバスケースが、いまだに載せられたままになっている。素人音楽家に邪魔されたあの場面のほかにも、ここぞと思う機会は何度かあった。人けのない河川敷。薄暗い橋の下。河口付近の工場跡地などなど。捨てようと思えば捨てられないことはなかったのだ。

しかし、そういうときに限ってパトカーとすれ違ったり、ホームレスと遭遇したり、はたまた無邪気な子供たちに、「やーい、カップルカップル!」と冷やかされたりで、結局香織たちは二の足を踏むばかり。そうこうするうちに、夕方になってしまったのだ。

「まあ、夜のほうが、やりやすいけどね」

香織は自分に言い聞かせるようにそういうと、助手席の窓から外の景色を眺めた。

烏賊川の河川敷は市民の憩いの場だ。遊歩道で犬と一緒にジョギングする中年男性、野球やサッカーに興じる少年たち。寄り添いながら散歩する恋人たち。様々な人たちがそれぞれの形で金曜日の夕暮れを過ごしている。平凡で平和な日常の風景。ふと香織は自分たち二人だけがこの世界から取り残されているかのような、心細さを感じた。

「きっと死体を運んでいるのは、あたしたちだけなんだろうねー」

「あったりめえだろ。大勢いたら異常だって」実際は一人二人でも充分異常である。鉄男は運転席で身体を起こした。「で、これからどうすんだ。まだ河川敷にこだわるのか」

香織はもう嫌、というように頭を振った。

「川はやめよう。思ったより人目があるみたいだから。それより山はどう？　死体捨てるっていったら、やっぱり山じゃない？」

「確かに死体っていやあ、山に埋めるイメージだな」そして鉄男は河川敷とは逆の方角に目をやった。「山といえば盆蔵山か」

烏賊川市の背後に聳《そび》える盆蔵山は、街で暮らす人々にとっては馴染み深い山だ。烏賊川の水源のいくつかは盆蔵山の山頂付近にある。盆蔵山なくして烏賊川はあり得ず、烏賊川なくして烏賊川市はあり得ない。そういう関係である。

「そうだ。盆蔵山といえば猪鹿村だよね。猪鹿村といえば山田慶子の地元じゃない」

確実にそうと決まったわけではないが、山田慶子は猪鹿村の住人である可能性が高い。

「なるほどな。山田慶子が猪鹿村の人間なら、その死体も猪鹿村のどこかで発見されたほうがいい。そのほうが、筋が通るし、俺たちが巻き込まれる危険も少ないもんな」

「そうだよ。ね、そうしようよ、馬場君」

鉄男の腕を取り、ねえねえ、お願いだから、と香織が頼むと、結局彼もその気になった。

「判った。山にいくのはいいとしよう。けど俺、盆蔵山なんて最近全然いったことねえ。どの道を通っていけばいいのか見当もつかねえぞ。この車、カーナビ付いてねえし」

「大丈夫だよ。あたしに任せて」

香織は右手で胸を叩き、その手をまっすぐに烏賊川の川上に向けて突き出した。

「ほら、この川の流れを遡っていけばいいんだよ。間違ってないって。だって烏賊川の源流は盆蔵山にあるんだもん。大丈夫。この道をゆけばどうなるものか、危ぶむなかれ。踏み出せばその一歩が道になり、踏み出せばその一歩が道になる。迷わずゆけよ……」

ゆけば判るさ！

三

「……とかなんとか、いってやがったくせによお！」

有坂香織と燃える闘魂。二人の言葉をごちゃ混ぜにして、うっかり真に受けたのが間違いの元。一、二、三、ダーッとギアをシフトして、勢いよく走り出したのは最初だけ。いまや馬場鉄男の運転するミニクーパーは、暗い森の中で迷走状態だった。

助手席では香織が申し訳なさそうに小さくなっている。頭上のポニーもしおれた花のようだ。鉄男はすでに香織の道案内など関係なしに、彼自身の感覚で車を走らせていた。

「いったいどこ走ってるんだ、俺たち」

あたりはすっかり夜の闇に覆われている。さっきまで烏賊川と併走していた道路は、いつの間にか川から離れて、いまは闇に浮かぶ一本道だ。だが、この道をゆけばどうなるものか、それが鉄男にもさっぱり判らない。

「でもさ、ここまでくれば、もうどこに死体を捨てたって、きっと大丈夫だね」

「そうかもしれねえけど……いいや、やっぱりまだだ。もう少し先へいってみよう」

アクセルを踏み込みながら、鉄男は舌打ちするように呟いた。「やっぱ、途中でショベルを買っておくんだったな」

「え、なんでショベルなんかいるの?」

「きまってるだろ。穴を掘って死体を埋めるためだ」

「えー、そんなことする必要ないよ。死体はどこかそのあたりに捨てればいいじゃない。ねえ、馬場君、なにか勘違いしてない? あたしは妹が警察に捕まらないようにしたいだけ。死体を妹の部屋から運び出したのは、そのためなんだよ」

「ああ、判ってる。だから最初、俺たちは運び出した死体を烏賊川の河川敷にテキトーに捨てようとしたよな。でも、やっぱりそれじゃあ不充分なんじゃねえか」

「不充分って、どういうこと？」

「河川敷だろうが山奥の道端だろうが、死体が発見されりゃ警察の捜査がはじまるだろ。山田慶子の身許が調べられ、妹さんとの関係が明らかになる。結局、捜査の手は妹さんのところにまで伸びてくるってことさ」

「そんなことないよ。妹と山田慶子はもともと無関係だもん」

「それは妹さんがそういってるだけだろ」

「春佳が嘘をついてるっていうこと⁉　ふふん、それはないね。馬場君、見当違いだよ」

「いや、だけど――」

「いいえ、ありません！　ないったらないの！」香織は断固主張した。「馬場君は知らなくて当然だけど、春佳はお姉ちゃんに嘘をつくような娘《こ》じゃありませんもんねーだ！」

ベエーと舌を出す香織を横目で見ながら、鉄男は、おめえ本当に社会人かよ、と本気で聞きたくなった。振る舞いがガキだぜ！

「俺がいってるのはだな、妹さんが山田慶子のことを知らなくても、山田慶子は妹さんのことを知ってるっていう、そんな関係だってあるんじゃねえかってことだ。例えば、妹さんには付き合っている男がいて、山田慶子はその男のべつの恋人とか――」

「なんですって！　じゃあその男、春佳と山田慶子とを天秤に掛けてたの！　酷い！　それじゃあ、春佳があんまり可哀相《かわいそう》――」

「………」馬鹿かよ、こいつ！「落ち着けよ。いまのは、単なる喩《たと》えだ。要するにだな、妹さんを事件と切り離しておきたいなら、山田慶子の死体はそのへんにぽんと捨てちゃいけねえってことだ。河川敷にうっかり捨てなくて、正解だったんだぜ、きっと」

「そうかなあ。そういうもんかなあ……でも、いまさら穴を掘って埋めるったって……」

「だから、ショベルを買っておけばよかったなって、いまそう思ったとこだ……」

「素手じゃ大きな穴は掘れないもんね……」

香織は溜め息をつきながら、答えを求めるかのように助手席の窓から外を眺める。車は切り立った崖の上を走行中。鉄男は運転に集中する。すると香織が、まるで新大陸でも発見したかのように大きな声をあげた。

「わあ、見て、馬場君――あれ、なに！」

「な、なんだよ、あれって」

鉄男は驚いて道路の端に車を停めた。香織は車を降りて、道路脇のガードレール越しに身を乗り出す。鉄男も遅れて車を降りる。崖の下には黒々とした森の景色が、海のように広がっている。香織はその一角を指差した。

「ほら、あそこだけなにか光って見える」

確かに樹木に覆われた森の一部分が、輝いて見える。三日月かバナナのような形だ。

「森の中に池かなにかあるみてえだな」鉄男は頭上に輝く月を見上げて、「池の水面が月の光を反射して、光って見えてんだよ」

「そっか。あれ池なんだ。なにかと思ったよ。三日月形してるから三日月池だね」

「ん——三日月池⁉」鉄男はその名前に聞き覚えがあった。「そうだ、ありゃ三日月池だ」

「馬場君、知ってるの、あの池」

「ああ、いま思い出した。子供のころ盆蔵山にキャンプにきたとき、聞いた話だ。三日月池っていう池があって、危険だから絶対近寄らないようにって。なんでも、三日月池ってのは底なしでよ、溺《おぼ》れた奴は、死体も浮かび上がらねえらしい。いままで大勢の人間が三日月池で溺れ死んだけど、浮かび上がった死体はひとつもねえ。そんな話だ——」

鉄男の話を聞いていた香織の表情が、見る見るうちに興奮の色を帯びていった。

「それだよそれ、馬場君！　まさに天の配剤だね！　道に迷って偶然たどり着いた先に、こんなおあつらえ向きの場所があるなんて、あたしたちツイてるよ。そう思わない？」

「え⁉　おあつらえ向きって、おめえ、まさか——死体を池に？」

「そうだよ。当然でしょ。せっかく底なしの池があるんだもん。利用しない手はないよ」

「そりゃまあ、そうか……」確かに、死体を池に沈めるのは、穴を掘って埋めるのよりずっと簡単だ。まさに渡りに舟、という気もする。「なるほど、いいかもしれねえな」

「そうだよ。この広い山の中を、これ以上ウロウロしても仕方ないもんね」

こうして話は軽率なほど簡単に纏まった。車に戻った二人は、眼下に見える三日月形の輝きを目印に、再び車をスタートさせた。

四

崖の上では舗装されていた道路が、坂を下ると砂利道になり、ついには地面剝き出しのでこぼこ道になった。激しくジャンプを繰り返すミニクーパーを鉄男が必死のドライビングで制御する。助手席では香織が叫ぶ。

「なによ、これ、まるで密林の中のオフロードドラリーみたいだよ！　道、間違ってるんじゃないの！　引き返したほうがいいんじゃないのッ、馬場くッ！」

「いまさら引き返せるかよ！　それより、おめえ、あんまり喋ってると舌嚙むぞ！」

鉄男は香織を一喝して、車をもう少しだけ走らせた。すると突然、《工事中》と書かれた立て看板が車の進行を妨げた。そこから先は通行止めになっている。

「嘘でひょー、ここまれきて行き止まりらってさ」

「――おめえ、舌嚙んだだろ」

うんうん、と口を押さえて頷く香織。だから、いわんこっちゃねえ、と呟きながら鉄男は車を降りる。周囲を見渡したところ人の姿はない。離れた場所にクレーン車のシルエットが見えるから、工事中には違いないのだろうが、なんの工事なのか判らない。少なくとも道路工事ではないらしい。《工事中》の看板の向こうにも、普通に道は続いているのだ。

「ねえ、ダッシュボードの中に懐中電灯があったよ」

助手席から降りてきた香織が、一本の懐中電灯を前に突き出しスイッチを入れる。光の輪が道の向こうをボンヤリと照らし出す。二人はその明かりを頼りにしながら、通行止めの道に足を踏み入れた。未舗装の道を、まるで肝試しのカップルのように歩く。

道の両側は背の高い樹木。あたりは夜の闇で、月明かりがわずかに照らすのみだ。しかし、ほんの五十メートルほどいくと景色は一変。いきなり目の前の視界が開けた。上空に目をやれば、何物にも遮られることのない夜空。そこには明るい月が浮かんでいる。

「なんだよ、ここ」

鉄男の前には、なにもない真っ黒な地面が広がっているように見えた。鏡のように滑らかな黒い地面。だが、これは地面ではない――

ぽちゃん！

突然の水音を聞いて、香織が「きゃ」と身をすくめた。魚が跳ねたような音。真っ黒な地面と思われた、その表面に円形の波紋が広がっていく。波紋は月明かりを受けて妖しく輝き、やがてまた静かな表情を取り戻した。黒い地面と思われたものは、闇を流し込んだような暗い水面。鉄男と香織は水辺に佇みながら、その暗い水の広がりを眺めた。

細長い形。その縁はなだらかなカーブを描いている。おそらく真上から見れば、一本のバナナ、あるいは三日月に似たような形状を示しているに違いない。

「これが三日月池か。噂にゃ聞いていたが、実物を見るのは初めてだ」

「なんだか、気味が悪い池だね。それに、なんかとっても深そう」

「そりゃあ深いさ。だから好都合なんだろ」

「そうだね。それじゃあ、さっそく死体に重石《おもし》をつけて、池の中にドボンと――ん!?」

ふと大事なことに気がついたように香織が首を傾げる。「死体のほうはそれでいいとしてさ、車のほうはどうしよう？　あの車も放ってはおけないよね」

「そりゃそうだ。車のほうも処分する必要がある。そのために俺たち、わざわざあの車でここまできたはずだぜ」

「うん、確かにそうだった。じゃあ、車もこの三日月池に沈めちゃったほうがいい？」

「うーん、どうなんだろな……」

鉄男は広がる水面を眺めながら考えた。ある意味、車を捨てるのは死体を捨てるよりも難しい。池に沈めるという手段は、乱暴すぎる気もするが、簡単といえば簡単だ。だが、女性の変死体の傍にその女性の車が一緒に沈んでいたら、警察はなんと思うだろうか。

「ん、待てよ。——そうだ。死体をコントラバスケースから出して、あの車の運転席に乗っけるんだ。でもって、両方いっぺんに池に沈めるってのはどうだ？」

「自動車事故とか入水《じゆすい》自殺に見せかけるってこと？　それは無理じゃないかな。だって山田慶子はナイフで刺されて死んでるんだよ。いまさら事故にも自殺にも見えないよ」

「そりゃ、いまはそうかもしれねえ。でも、池の底に沈んだ死体が発見されるのは、いますぐじゃねえだろ。きっと何ヶ月か先のことになる。何ヶ月か池の底に沈んでたら、死体なんか魚に食われてボロボロになるだろ。そうなっちまえば、死因がなんなのか判らなくなる。警察だって毎日毎日、仕事で忙しいんだから、いちいち深くは考えねえはずだ」

「あ、そうか。『なんかよく判んないけど、車に乗ったまま池の底に沈んでたんだから、これって事故なのかなあ、それとも自殺かなあ』ぐらいに思うはずだよね。わあ！」

香織は鉄男を指差して、彼のアイデアを絶賛した。

「凄いよ、それ最高だよ！　馬場君、見た目よりか頭いいじゃん！」

そんなこんなでしばらくの後——

二人は準備万端整えて、今日の犯罪の最後の仕上げに取り掛かるところ。ミニクーパーは水際まで移動させてある。先ほどまでコントラバスケースに押し込まれていた山田慶子の死体は、いまは運転席に置かれている。車の窓は死体が飛び出さない程度に開けてある。ギアはニュートラルになっている。人の手で少し押してやれば、車は目の前の水に頭から飛び込んでいくだろう。死体遺棄完了だ。

有坂春佳の過剰防衛の罪は水底に沈み、これで香織もひと安心。巻き込まれた鉄男の役目も無事に終わる。だけど……あれ……なんだっけ……なにかが気になる。

しかし、そんな鉄男の思考を遮断するように、香織が気合のこもった声で、

「よーし、それじゃあ、いってみようか！」

「え、ああ、うん——」鉄男は中途半端な気持ちのまま車の背後につく。疑問は解消されていないが、だらだらと考えている暇はない。「じゃあ、掛け声は例のやつな」

二人は車のリアウインドウあたりに両手をつき、しっかりと足場を固めた。緊張を高めながら、呼吸を合わせる。そして掛け声！

「いっせーの」

「――せいッ」

二人は同時にミニクーパーの尻を押した。

もともと地面がなだらかな下り斜面になっていたせいもあり、車は難なく動きはじめる。勢いのついた車はまるで自分の意思でそうするかのように頭から水面に突入。そのまま船のようにいったん水の上にぷかりと浮かび、鉄男たちをひやりとさせた。しかし、それも一瞬のこと。岸辺から離れていくに従って、車は徐々に沈みはじめる。

やがて水のラインが窓枠を超えると、車内への浸水が加速度的に速まり、車はたちまちバランスを崩した。あっという間に車は斜めになり、そのまま水没。後は、水面に立ち昇る無数の泡と、それが描き出す波紋が広がるばかり。やがてそれもなくなり、あたりは再び静寂を取り戻した。

「やったあ！」香織は両手を握って鉄男の前に示した。「ほら、馬場君、馬場君！」

「……は⁉」

「ほら、グータッチ！　グータッチ！」

香織は本塁打した小笠原《おがさわら》を迎える原《はら》監督のように、二つのグーを前に突き出す。

「……え、ああ」鉄男は仕方なく香織と拳を合わせた。「…………」

「あれ、どうしたの、馬場君？　元気ないね。――原監督、嫌い？」

「いや、そういうんじゃなくてよ……なんか、大事なことを忘れているような……」

「そう⁉　あたしはなにも感じないけど。ま、いいか。それよりさ、仕事も片付いたことだし、これ以上こんな場所に長居は無用だよ。さ、街に戻ろ。帰りはあたしが運転してあげるから――きゃあああああ！」

香織は突如、ムンクの『叫び』のように両手で自分の頬を覆って悲鳴をあげた。それを聞いた瞬間、鉄男もようやく重大な過ちに気がつき、同じく絶叫した。「わああああ！」

顔と顔を見合わせる香織と鉄男。

「大変、あたしたち帰る車が――」

「しまった、俺たち帰る車が――」

二人は同時に同じ言葉を叫んだ。

「車がなぁ――――――い！」

五

馬場鉄男と有坂香織は歩いていた。車がないから歩くしかないのだ。

だが、見知らぬ土地、見知らぬ山道。地図も持たず、しかも夜。頼りになるのは一本の懐中電灯と月の光だけ。歩けば歩くほど自分たちの居場所が判らなくなる。鉄男は大きな不安と、大きなコントラバスケースを両方抱えながら、山道を歩き続けた。だが、そのような道行きにもすぐに限界が訪れる。

「くそ、駄目だ」鉄男は立ち止まりコントラバスケースを地面に下ろした。「ケースだけでも滅茶苦茶重い。これを持ったまま山道を歩くなんて無理だ。くそ、どうすりゃいい」

「だからさっき、あたしがいったのに。『このケースも一緒に池に沈めよう』って。そしたら、馬場君が『駄目だ』っていったんだよ。ねえ、なんで捨てちゃ駄目なの？」

「そんなの当然だろ。三日月池の死体はいずれ発見される。そのとき、死体の傍にコントラバスケースが沈んでたら、いかにも怪しいじゃねえか。勘のいい刑事なら、このケースが死体運搬に使われたって絶対気づくぜ」

「だけど、気づかれたところで問題ないよ。だって、こんなケース、楽器店にいけば誰でも手に入るんでしょ。だったら、このケースを警察が調べたとしても、馬場君の名前にたどり着くはずないよ。これと同じものが全国にたくさん出回っているんだから」

「そ、そうなのか⁉　そういうもんなのか、これって」

「そうだよ。そうだと思うよ。だって単なる楽器のケースだもん」

「そっか、そうだよな。指紋さえ残さなけりゃ、捨てても大丈夫だよな。よし、だったら捨てるぞ。絶対、捨てる。こんなもん、街まで持って歩けるかってえの」

「うん、そのほうがいいよ。あ、だけど、いまからまた三日月池に戻るのは嫌だよ」

「それは俺も御免だ。どっかそのへんに捨てられねえかな」

鉄男はあらためてあたりを見回した。車一台がやっと通れる程度の砂利道。くるときに通った道のような気もするし、全然違う道のような気もする。道の両側は雑草が生い茂り、黒々とした木々が覆いかぶさるように枝を広げている。そのとき香織が声をあげた。

「ほら、そこになんか看板があるよ」

見ると、びっしりと生い茂る草むらの中に古い看板。消えかけた文字で『この先、赤松《あかまつ》川《がわ》』と書かれている。看板の横には藪《やぶ》の切れ目があり、その先は細い獣道のような小道が森の中の暗闇へと続いている。この先に赤松川があるらしい。赤松川が烏賊川の支流のひとつであることは、鉄男も知っていた。

「車は池に。ケースは川に。ちょうどいいんじゃねえか」

「そうだね。じゃあ、さっそくいってみよ」

鉄男と香織は懐中電灯の明かりを頼りに、小道へと分け入った。二人は途中、何度か足を滑らせながら、斜面を下っていった。

するとⅩ分後、二人の目の前に一本の川が出現した。川といっても岩肌を縫って流れる、小さなせせらぎにすぎない。川の両側は人の進入を拒むかのような斜面。ちょうど、アルファベットのV字のような谷になっている。

「こういう場所なら、人も滅多にこねえはずだ。よし、ここに決めた」

せせらぎを少し離れたところに、水溜りがあった。鉄男はそこにコントラバスケースを突っ込み、全体を水に浸した。万が一にも指紋など残さないようにとの用心である。ケースは川に流そうかとも思ったが、川の水量が少なすぎるので、そのまま水溜りの中に放置する。こうしてコントラバスケースは、いかにも街の無法者が不法投棄していった粗大ゴミといった感じで、川岸に打ち捨てられた。

これにて今夜の作業はすべて完了。死体は捨てた。車も捨てた。コントラバスケースもいま捨てた。後は街に戻るだけだ。しかし、いまの二人には意外とそれがいちばん難しい。

鉄男はふと目の前を流れる小川を懐中電灯の明かりで照らした。

「赤松川は烏賊川の支流だ。てことは、この川を下れば、烏賊川市にたどり着ける」

「そうかもね。だけど、どうやって川を下るの？　この浅い川に舟でも浮かべる？」

「ま、無理だな。仕方がねえ。さっきの砂利道まで戻ろうぜ」

「そうだね」香織は目の前の小さな川をピョンと跨《また》いだ。「じゃ、早くいこうよ、馬場君」

「は？　どこいく気だ、おめえ」

「さっきの道に戻るんでしょ。だから、いま下りてきたこの斜面を今度は登って――」

「おいおい待て待て！　違うだろ。俺たち、こっちの斜面を下ってきたんだぞ」

「えー、なにいってんの？　あたしたちこっちの斜面から下りてきて、川を跨いで、そっちの岸にたどり着いたんだよ」

「違うって。最初から俺たち、こっちの斜面を下りてきて、こっちの岸に着いたんだって」

V字形をした谷の底。小川を挟んで真っ向から対立する二人は、互いの主張を一歩も譲らないかと思いきや、意外とそうではなくて――

「じゃあ、判ったよ。馬場君のいうとおりにしてあげる。そっちの斜面を登るんだね」

「いや、やっぱり香織のいうとおりにしよう。そっちの斜面だ。おめえが正しい」

鉄男が川を跳び越えて香織の側に移動すると、そうはいくかとばかりに、香織もまた川を跳び越えて反対側に移る。断固とした態度で激しく譲り合う二人。

「駄目だよ。実をいうと、あたし極端な方向音痴なの。正しい方角の逆逆にいっちゃうから、あたしの逆がきっと正しいんだって」

「いいや、実は俺のほうこそ絶望的なまでの方向音痴なんだ。しかも記憶力も悪いときている。頼むから俺を信用しないでくれ」

鉄男が再び川を跳び越えると、香織は逃げるようにまた反対の岸へ。

「馬場君、ずるい！　あたしに責任押し付けようとしてるでしょ！」

「おめえこそ、ずるいぞ！　もともと、ここまできた責任はおめえにあるんだかんな！」

二人は小さな川を何度も何度もピョンピョン跨ぎながら、お互いに責任を押し付けあう。そうこうするうちに、お互いがどっちの斜面を支持していたのか本人たちにも判らなくなってしまい、虚《むな》しい争いは虚しいまま終了。醜い争いに嫌気が差した鉄男は、川岸に転がっていたガラス瓶を取り上げて提案した。

「こうなったら、行き先はこのコーラ瓶で決めようぜ！」

「映画とかでよくあるやつだね！」

「よし、それッ！」鉄男がコーラ瓶を無造作に宙に放る。回転しながら落下した瓶は岩の上に落ちてガチャン！　粉々に砕け、無数の破片となって飛び散った。「…………」

夏の終わりにしてはやけに涼しい風が、二人の間を吹き抜けていった。

「あのさあ、馬場君、ガラス瓶ってものはね、落としたら大抵割れるんだよ……」

「うるせえうるせえ、う・る・せ・え！」鉄男は自己嫌悪に陥りながら、必死で責任転嫁。

「俺のせいじゃねえ。ガラス瓶が悪い。ペットボトルだ。ペットボトルはねえのかよ」

鉄男はペットボトルを見つけて、もう一度それを宙に放った。——カラン！

「こっちだぞ。文句ないな？」

「こっちだよ、文句ないね？」

文句は出ない。二人はペットボトルが示したほうの斜面を登りはじめた。登り出してすぐに鉄男は、やっぱり向こう側が正解だったのでは？　と思ったが、それを言い出すとまた話が面倒になるので黙って登り続けた。

森の中は真っ暗闇。墨汁の中を漂っているようなものだ。これで無事に元の場所に戻れたら逆に奇跡だな、鉄男がそう思いはじめたとき、香織が歓声をあげた。

「見て、あそこ出口みたいだよ」

香織の指差すほうを見上げると、密集した木々の中にぽっかりと切れ目。その隙間《すきま》から月の浮かんだ夜空が見える。鉄男と香織は、喜び勇んで斜面を駆け上がる。そうして二人は、ようやく一本の道路に飛び出した。

「——あれ!?」靴底の感触に違和感がある。鉄男はその場にしゃがんだ。「この道、アスファルトだぜ。俺たちがさっきまで歩いてた道は砂利道だったのに」

「てことは、全然違う道に出ちゃったってことか。あーあ、完全に迷子だね、あたしたち」

香織は疲れたように肩を落とし、鉄男の隣に並んでしゃがみこんだ。

「ねえ、方向音痴のあたしたちが、これ以上夜道を彷徨《さまよ》っても、埒《らち》が明かないよ。街に戻るのは明日でいいからさ、とりあえず今夜泊まれる場所を捜したほうがいいんじゃない？」

「それもそうだけどよ」鉄男はあたりを見回しながら、「けど、こんな山奥で泊まれる場所なんて、あんのかよ……」

六

こうなったら旅館でも民宿でもかんぽの宿でも、なんでも構わない。とにかく泊まれそうな場所に出くわしたら、そこに泊まろう。そう思いながら、さらに夜道を彷徨うこと約一時間。二人の行く手に大きな三角屋根のシルエットが忽然《こつぜん》と現れた。普通の民家にしては特徴のありすぎる建物だ。鉄男と香織は門のところから中の建物を覗き込んだ。

「へえ、ログハウスってやつだな。結構、立派じゃねえか」

「看板に『クレセント荘』って書いてある。ペンションみたいだよ」

「だったら好都合だ。泊めてもらおうぜ。けど問題は、こんな飛び込みの客を向こうが受け入れてくれるかどうかだな」

「いい、馬場君、向こうは絶対断ってくると思うから、そこをなんとか頭下げて頼み込むんだよ。ここで追い払われたら、あたしたち今晩、野宿決定なんだから」

「ああ、なにがなんでも泊めてもらおうぜ」

鉄男と香織は、それから数分間の打ち合わせ。それが済むと、二人は道場破りに向かう武道家のように肩をいからせながら、クレセント荘の正面玄関へと歩を進めていった。

鉄男が木製の重厚な扉を押し開ける。

間髪をいれず、香織がまるで42・１９５キロを走り終えたランナーのように、片膝をついた。「駄目、あたしもう一歩も動けない」

鉄男は、「おい、大丈夫か、しっかりしろ」と香織の身体を抱き起こしながら、素早く玄関ロビーを見回す。「……ちッ、誰もいねえぞ」

「なんだ、馬鹿みたい」香織は自分の足ですっくと立ちあがった。「せっかく迫真の演技だったのに——ちょっとー、誰かー」

玄関ロビーには、フロントと思《おぼ》しきカウンターがあるのだが、スタッフの姿は見当たらない。鉄男はカウンターにある呼び鈴を、無造作に押してみた。奥のほうでチーンという軽快な音。続いて響く人の足音。すぐさま香織はまるで42・１９５キロを二回走り終えたランナーのように、両膝をついた。「駄目、あたし今度こそ本当にもう一歩も動けない」

「大丈夫か、しっかりしろ——ああ、この宿の人ですか」

現れたのは三十代と思しきエプロン姿の女性。ペンションのスタッフであることを示す名札が胸に見える。橘《たちばな》静枝《しずえ》と読めた。

「まあ、どうなさいました?」

「はい。実は俺——いえ、僕たち二人、夜道で迷ってしまいまして、どこか泊まれるところはないかと思っていたところ、偶然、こちらの宿を見つけた次第で——な、香織」

「そうなんです。もう本当に疲れてへとへとなんです。どうか、ひと晩だけでも……」

「ああ、そういうことですか。しかし、御予約はないわけですよねえ」

「はあ、すいません」鉄男が頭を下げる。「今夜、遭難すると判っていれば、昨夜のうちに予約しておいたんですが」

「そうですか、弱りましたねえ」

静枝は困惑を露《あらわ》にした。暗くなってから突然現れた二人組を、歓迎していないことは明らかだ。もちろん、そのような対応を見越して、鉄男たちは遭難者を演じているのだが、その過剰な演技はむしろ相手の不審を買っているように思えた。

まずい。このままでは野宿決定だ。

と、そのとき鉄男たちの背後から、思いがけない救いの声。

「暗い中、道に迷ったのですか。それは可哀相に」

驚いて振り向く鉄男。そこにいたのは、若いのか若くないのか判らないような背広姿の冴《さ》えない男だった。まるで湧いて出たかのように玄関ロビーに出現した彼は、いままでの鉄男たちのやり取りを密かに窺《うかが》っていたらしい。男は静枝に直接話しかけた。

「この付近には、この宿以外に宿泊施設はない。彼らは、ここを追い出されたら他に行き場がないわけだ。夏とはいえ、この山の中で野宿はつらい。わたしからもお願いします。彼らを泊めてあげてください、女将《おかみ》さん。いや、ペンションで女将さんは変か。ならばマダムとお呼びいたしましょう。マダム、彼らに一夜の寝床と温かい食事をどうか――」

「え、ああ、そうですねえ、そういわれると……」

静枝の態度が微妙に変化するのを見て、香織が畳み掛けるようにいう。

「お金のことでしたら心配いりません。なんだったら、前金でも構いませんから」

二人が揃って頭を下げると、静枝も仕方がないというように表情をやわらげた。

「そうですか。そういうことなら、部屋も空いてることだし――」

こうして、鉄男と香織はクレセント荘への宿泊を許された。見知らぬ男の口添えが効果を発揮したことはいうまでもない。二人は宿泊カードに記入し、宿泊料金を前払いした。

鉄男は静枝から部屋の鍵を受け取ると、親切な男に向き直って丁寧に礼を述べた。

「力になってくれて、ありがとうございます。助かりました」

「おかげで野宿しなくて済みます」香織は嬉しそうに男の前で頭を下げた。「よかったら、お名前を聞かせてください。あたしは有坂香織といいます。こっちは友達で馬場鉄男君」

「なに、名乗るほどの者ではないよ」といいながら男はすぐに名乗った。「鵜飼だ。鵜飼杜夫。困っている者を見ると放っておけない普通の男さ」

「普通だなんて、とんでもない!」香織は感激の面持ちで、《普通の男》を見詰めた。

初対面の挨拶《あいさつ》が済むと、鉄男と香織は踵を返した。玄関ロビーから二階へと続く長い階段。木製の踏み板を一歩ずつ踏みしめながら、二人は囁《ささや》くような小声で語り合った。

「よかったね。鵜飼さんみたいないい人がいてくれて」

「まったくだ。地獄で仏とはこのことだぜ」

二人は階段の途中で立ち止まり、振り返って、もう一度鵜飼に目礼。鵜飼は小さく手を振って応え、それからカウンターの静枝を向いた。「そうそう、ところでマダム――」

鉄男たちは鵜飼の声を背中で聞きながら、ゆっくりと階段を上っていく。

「ひとつ、教えていただけませんか。わたしの知り合いが、このペンションに宿泊したことがあるかどうか知りたいのです。ああ、名前ですか。知り合いの名は山田慶子――」

「！」鉄男は思わず階段を踏み外し、

「！」香織は驚き鉄男にしがみつく。

そして二人は互いにしっかり抱き合いながら、

「き」「う」

「や」「ひ」

「あ」「や」

「あ」「あ」

「あ」「あ」

「あ」「あ」

「あ」「あ」

「……」「……」

長い階段を一気に転がり落ちていった。

第三章　不穏な空気が流れる

一

「どうしたの？　いま、誰か階段から落っこちたみたいな音がしたけど」

「あれ、てっきり鵜飼さんが落ちたのかと……でも、違うみたいですね」

騒ぎを聞きつけた二宮朱美と戸村流平が揃って玄関ロビーに顔を覗かせる。鵜飼は誰かを見送るような視線を階段の上に注いでいたが、やがて朱美たちのほうを向くと、不服そうに口をへの字に歪《ゆが》めた。

「失礼な。僕はなにもない階段で足を滑らせるような間抜けじゃないよ。落っこちたのは、若い二人組だ。でも、ちゃんと歩いて部屋へ向かったから大丈夫だろ。ところでマダム、質問の途中でしたね。ええっと、なんでしたっけ、そう——山田慶子だ」

山田慶子。クレセント荘での事件発生を警告する電話を探偵事務所に掛けてきた女性だ。その電話を口実に鵜飼が温泉旅行を言い出したのが三時半過ぎ。それから三人は彼の愛車であるルノーに乗り込んで、この宿を訪れたのだった。訪れてみるとクレセント荘は立派なペンションで、流行《はや》らない探偵事務所の夏休み旅行の舞台としては贅沢《ぜいたく》すぎるほどだった。

「山田慶子という女性の名前に、心当たりはありませんか」

鵜飼の問いに対して、橘静枝は申し訳なさそうな顔になった。静枝は夫らとともに、クレセント荘を切り盛りする女性である。朱美もここに到着してから、すでに何度か静枝と会話を交わしたが、とても気さくで感じのいい女性だ。しかし、この場面では静枝は毅然として首を振った。

「わたくしの記憶する限りでは、山田慶子さんという名前には覚えがありません。過去の宿泊者の中にそのような方がいらっしゃった可能性はありますが、お教えするわけにはまいりませんので、どうか御勘弁を」

「いや無理もありません。個人情報には厳しい御時世ですからね。なに、わたしもちょっと気になって聞いてみただけですから、お忘れください――いや、それにしても！」

鵜飼は失敗に終わった情報収集を誤魔化そうとするように玄関ロビーを見回した。

「このペンションは見事な建物ですね。盆蔵山の中腹に、これほどの本格的ログハウスがあったなんて驚きです。この重厚な玄関扉！　ああ、これは一枚板なんですね、素晴らしいなあ！　それに美しい木目を活かした床板、幅の広い階段。ゆったりしていて、落ち着くなあ！　手入れも行き届いていて、壁も天井もピカピカだあ、いやあ素晴らしいなあ！」

大袈裟な溜め息を漏らしながら、クレセント荘を誉めそやすあんたは『建もの探訪』の渡辺篤史《わたなべあつし》か！　と朱美は心の中で鵜飼に突っ込む。鵜飼が飾り棚の花瓶を褒めはじめるのを眺めながら、朱美は静枝に尋ねた。

「今日になっていきなり突然三名泊めてくれなんていって、御迷惑だったのではありませんか」

「いいえ、迷惑だなんてとんでもない。実はここ数日、外国からおいでのバックパッカーのグループが泊まっていて、結構込み合っていたんです。ですから昨日や一昨日《おととい》でしたら、お断りするところでした。けれど、その方たちも今日の午前中にチェックアウトされて、ちょうどいい具合に部屋に余裕があったのです」

「じゃあ、運がよかったんですね、あたしたち」

朱美はにこやかに微笑んだ。鵜飼は花瓶を褒め終えて、今度は窓ガラスの表面に曇りのないことを褒めちぎっている。そろそろやめさせないと駄目ね、朱美がそう思ったころ、鵜飼が暗くなった窓の向こうを指差した。

「おや⁉　また誰かきたみたいですよ。こんな時間に、いったい誰だ？」

やがてクレセント荘の玄関扉が開かれ、ひとりの男が姿を現した。男は建物に入るなり、常連客のように気安い調子で片手を上げた。

「やあ、これは奥さん、御無沙汰しております。どーも豊橋《とよはし》です、どーもどーも」

いきなり現れ豊橋と名乗った男は見た目、四十代と思しき中年。白いワイシャツに茶色のネクタイ。パリッとした紺色の背広姿で、右手には黒いビジネスバッグ。市街地を闊歩《かっぽ》していれば先端のビジネスマンに見えただろう。だが、山奥のペンションでこの生真面目な恰好は、違和感を覚えずにはいられない。

「ああ、豊橋さん……いらっしゃいませ……」

静枝はなぜかぎこちない挨拶。すると、彼女の背後から、カントリー風の格子縞のシャツに身を包んだ男が顔を覗かせた。長身で痩せ気味、銀縁の眼鏡《めがね》が知的な風貌を演出している。静枝の夫、橘直之《なおゆき》である。直之の姿を目にするなり、豊橋は再びにこやかな笑みを浮かべながら、またしても「や、どーも」と片手を上げた。

「こんばんは、直之さん。また、ごやっかいになりますよ。予約は入っているはずですから、問題はないと思いますが」

「ええ、確かに……ようこそいらっしゃいました……」

豊橋の親しげな雰囲気とは対照的に、橘夫妻の表情は酷く強張って見える。彼らはどういう関係なのかと、朱美が不審を抱いたとき、横から鋭く飛び込んでくる声があった。

「待てよ、兄貴！」

そこに立っていたのは、目、顔、身体全体、どこもかしこも丸い形をした太り気味の男。直之の弟、橘英二《えいじ》だった。英二はクレセント荘の売りである本格的フレンチを提供するシェフ。いまも厨房から現れたらしく白い前掛けをしている。英二は威嚇するような鋭い視線を豊橋へと向けた。

「兄貴、こんなろくでもない男を泊めてやることはない。叩き出してやろうぜ」

一瞬、豊橋の表情が不愉快そうに醜く歪む。眸の中に隠しきれない怒りの色が滲む。張り詰めた空気が、クレセント荘の玄関ロビーを支配する。睨み合う豊橋と橘英二の間には、一触即発の空気が漂っている。

鵜飼は流平とともに玄関ロビーの片隅から、興味津々の眼差《まなざ》しを二人に注いでいる。

「ふふん、これは見ものだ。殴り合いでもはじめる気かな」

「体格なら英二のほうに分《ぶ》がありますね。——僕は英二に千円！」

「いや、英二は格闘向きの体型ではない。――わたしは豊橋に三百円だ」

「それじゃ賭けは成立しないでしょ！」いや、違った。そんなことより、「呑気に賭けてる場合じゃないでしょ！」

実際、橘英二と豊橋は、いつ大喧嘩がはじまっても不思議ではない険悪な雰囲気だ。しかし直之は静観している。静枝はオロオロするばかりで、混乱を収める力はないように映る。鵜飼や流平は論外だ。場合によっては、あたしが出ていかざるを得ないのかも――

朱美がそこまで決意を固めたとき、階段の上から、ひとりの老人が姿を現した。

「なんじゃ、騒がしいと思ってきてみたら、またあんたか。性懲りもなく、よくくるな」

老人は白い開襟シャツにグレーのズボン。麦藁《むぎわら》帽子が似合いそうな日焼けした肌をしている。この場の誰よりも小柄な身体でありながら、その態度や物腰は、まるでこのペンションの主のように堂々としたものだ。

「や！　どーも、これはこれは雪次郎《ゆきじろう》さん。いらっしゃっていたんですか」豊橋は英二との睨み合いをやめて、老人のほうに頭を下げた。「御無沙汰しております。その節はどうも」

「その節とは、どの節じゃ？　この前もハッキリいったはずだ。このペンションを売る気はないとな。甥っ子たちも同じ意見じゃよ」

甥っ子たち、というのは橘直之、英二の兄弟のことらしい。どうりでこの雪次郎という老人、一般の宿泊客とは雰囲気が違うわけだ。

「さあ、そうと判ったら、帰った帰った。他のお客さまの迷惑じゃ」

「まあまあ、そうおっしゃらないでください。今日はわたしもひとりの宿泊客として参ったわけですから、もう少し歓迎してくれたっていいじゃありませんか」

「なんじゃと、本当か」

雪次郎は疑わしそうに豊橋の姿を見つめる。直之が心配そうな顔で横から口を挟む。

「おじさん、豊橋さんのいってることは本当です。豊橋さんは立派な宿泊客です。失礼な物言いは慎んでください。――英二、おまえもだ」

兄から釘を刺された英二は、抗議する代わりに丸い鼻をふんと鳴らした。

雪次郎も多少は冷静な態度で、豊橋に向かった。

「ううむ、そうか、仮にも客ならば追い返すわけにはいかんな。まあ、いいわい。どうせ、あんたがここにきた理由は、例の件なんじゃろう。判った。では、他の人たちの迷惑にならないように、わしの部屋で話そうじゃないか。少しの時間なら、話を聞いてやるとしよう。もっとも、わしの考えは絶対に変わらないから時間の無駄じゃと思うがな」

「いえいえ、お話をさせていただくだけで充分ですとも。きたかいがありました」

ホッとした表情の豊橋は橋兄弟を無視して、雪次郎のもとに歩み寄る。二人は階段を上って二階へと消えた。二人の背中が見えなくなるのを待って、英二が吐き捨てる。

「兄貴もおじさんも、あの男に甘すぎる。話なんか聞いてやることはない。叩き出して、二度とくるなといってやればいいのに」

「黙れ。お客さんの前だぞ。おまえは厨房に戻ってろ」

英二は恨みがましい視線を兄である直之に向けながら、再びふんと鼻を鳴らして、玄関ロビーから姿を消した。直之も奥へと下がっていく。ようやく混乱が収まると、静枝が申し訳なさそうな顔を鵜飼たちに向けた。

「お恥ずかしいところをお見せいたしました。お詫《わ》びいたしますわ」

平身低頭する静枝。だが鵜飼は、とんでもない、というように笑顔で右手を振った。

「いえいえ、なんの問題もありませんよ、奥さん。むしろバカンスには、これぐらいの刺激が必要です。理想的ですよ。実に理想的。わざわざ、きたかいがあったというものです」

二

時計の針が九時を示すころ。すでにフレンチの夕食に舌鼓をうち、温泉を堪能した朱美はゆったりとした水色のワンピース姿。一方、鵜飼と流平は定番の浴衣《ゆかた》姿である。クレセント荘はお洒落なペンションを目指しているはずだが、それでも温泉がある以上、浴衣という必須アイテムを外すことは難しかったようだ。

「ならば、どこかに卓球台があるはずですよ、鵜飼さん」

「うむ、いま僕もそれを考えていたところだよ、流平君」

二人の意思疎通はあまりに完璧すぎて、朱美が疑問を差し挟む余地はどこにもない。浴衣の二人は、しばし建物内を探索。卓球台なんてあるわけないでしょ、日本旅館じゃないんだから。そう呟く朱美の目の前で鵜飼がひとつの扉を開け放つ。部屋の中央には体育館で見たような濃緑のテーブルが、でんと存在していた。どうだ、と鵜飼が勝ち誇る。

「あ、あるんだ——なんで⁉」朱美にはクレセント荘のコンセプトが見えなくなった。

その部屋は遊戯室らしき一室。卓球台の上では、いままさに二人の男たちの白熱したラリーが繰り広げられていた。

ひとりは日焼けした顔にワイルドな顎鬚《あごひげ》を蓄えた中年男。いかにもアウトドア派といった雰囲気を漂わせる大柄な体格と精悍《せいかん》な風貌。デニムの半袖シャツから覗く腕は、鍛えられており逞《たくま》しい。右手に持ったシェイクハンドのラケットが小さく見えるくらいだ。テーブルを挟んで相対するもうひとりは、鬚の男よりは少し若くて三十代くらい。グレーのポロシャツとカーキ色のチノパンという装いの小柄な男だ。わずかに茶色く染めた髪と色白の肌のせいか、アウトドア派の匂いはしない。街で暮らす会社員が休日を利用して山奥のペンションに和みにやってきた感じ。ラケットさばきと、軽快なフットワークはなかなかのものだ。

二人の実力は伯仲しているらしく、ラリーは延々と続く。すると、腕組みしながら眺めていた鵜飼の口から、目前の光景をあざ笑うような挑発的な発言が飛び出した。

「ふッ、これぞまさしく温泉旅館のピンポンゲームだな、そうだろ流平君」

「まったくですね、鵜飼さん、あまりに退屈で欠伸《あくび》が出そうですよ、へッ」

ダブルスで対戦しませんかと、どうして素直にいえないの、あなたたち？

朱美は申し訳ない気持ちでいっぱいになりながら、思わず俯く。先客二人はラリーを中断して、見知らぬ挑戦者たちを見据えた。大柄な男が顎鬚を震わせて渋い低音を響かせる。

「自信がおありのようだ。なんなら、お手合わせいただけますか。ちょうど二人ずつだし、ダブルスでどうです？」

　大人の対応ね、と朱美は思った。鵜飼たちが小学生レベルなだけに、そう見える。

「望むところです。そんじょそこらの温泉卓球とは違う、リアルな卓球競技の真髄をご覧に入れましょう」鵜飼は棚からラケット二本を取り出し、片方を流平に手渡した。「十ポイント先取の一本勝負。ジュースは無し。負けたほうがビールをおごる。いいですね」

　それってまさしく、そんじょそこらの温泉卓球ルールじゃないの？

　朱美は疑問に思ったが、相手の男たちは納得したように頷いた。こうしてビールを賭けた真剣勝負の話が纏まった。否応なく、朱美は審判と得点係を押し付けられる。

　鵜飼はピンポン球を台の上でもてあそびながら、いきなり嘘の自己紹介。「わたしは鵜飼杜夫。彼は戸村流平。とある会社の上司と部下です。あなたがたは？」

「寺崎亮《てらさきりょう》太《た》です」色白の男がいった。「街で不動産屋をやっています」

「南《みなみ》田《だ》智明《ともあき》です」顎鬚の男がいった。「ログビルダーをやっています」

　ログビルダーという聞きなれない単語に、朱美は首を捻《ひね》った。だが鵜飼は特に疑問に思う様子もなく、それとはべつの質問。

「お二人はどういう御関係なんですか。年齢も職業も違うようですが」

「南田さんと僕とは、ここの常連です。だから、よく偶然一緒になったりして——あ！」

て卑怯すぎるサービスエースとなった。これが卓球の真髄？　朱美はなんだか恥ずかしい。

寺崎亮太の説明が終わらないうちに、鵜飼がサーブ。放たれた球は相手の右隅に決まっ
「なるほど、常連さんですか。じゃあ、ひとつ教えてもらえませんか。先ほど、橘兄弟と豊橋という男との間でひと悶着起こったんですが、その際に二階から現れて場を収めた人がいたんですよ。背が低くて、だけど妙に貫禄のある老人。あれは何者ですか」

「ああ、橘雪次郎さんのことですね」寺崎がピンポン球を右手にもてあそびながら答える。「彼は橘兄弟のおじに当たる人ですよ。このペンションのオーナーでもある」

「え！　あのおじいちゃんがクレセント荘のオーナー――わ！」

鵜飼が驚きの声をあげる間に、寺崎亮太の静かなるサーブが放たれ、ひっそりと決まった。悔しがる鵜飼。寺崎はどうだとばかりに茶色の前髪を指で掻き上げる仕草。朱美は、早くこの試合、終わんないかしら、と思った。

「なるほど、オーナーですか。それなら、あの堂々とした態度も判る。では、この立派なログハウスを造ったのは雪次郎さんなのですね――はッ！」

質問と同時に再び騙し討ちのようなサーブを放つ鵜飼。しかしながら、

「違います！」気合とともにそれを打ち返し、真ん中に決めたのは南田智明だった。「このログハウスを造ったのは孝太郎《こうたろう》さんという人です。橘孝太郎さん。雪次郎さんの兄で、

橘兄弟の父親です。脱サラした孝太郎さんがこの場所に本格的なログハウス建築のペンションを建てようと考えた。孝太郎さんは当時飲食店を経営して羽振りのよかった雪次郎さんから融資を受けて、それを実現させた。それがいまから十年前です」

「では、兄の建てたペンションが、いまは弟の所有になっているわけですね。なぜです?」

この質問には、寺崎のほうが答えた。

「その孝太郎さんは、一年前の事故で死んでしまったんです——よッ!」

衝撃的な事実とともにスピンを利かせたサーブで揺さぶる寺崎。しかし——

「事故⁉」鵜飼がラケットの端で適当に拾った打球は、運良く相手の左隅に落ちた。「どんな事故ですか?」

「川で溺れ死んだんです。赤松川の川岸で足を滑らせたんですね。孝太郎さんは雨で増水した川に流されて、そのまま帰らぬ人に。死体は川下にある滝の傍で発見されました」

「なるほど。では、その事故をきっかけにペンションは雪次郎さんの所有になったのですね。雪次郎さんが融資する際に、土地や建物が抵当に入っていたわけだ」

「ええ。雪次郎さんはペンションの経営を甥っ子たちに任せて、自分は街に暮らしています。週末にやってきては山の自然を満喫して、また街に帰っていくという感じですね」

「なるほど。確かに今日は金曜日。では、普段どおりの週末というわけか……えい！」

「とりゃ！」もうその手には乗らないとばかりに、寺崎が鵜飼のサーブをカットで返すと、

「おりゃ！」出番のなかった流平がこれまた見事なカットで跳ね返す。寺崎と流平の間でラリーの応酬と相成った。それ！　ほら！　くそ！　おらよ！　てい！　どうだ！

熾烈《しれつ》なラリーの行方を見守っていた鵜飼が、ふと顔を上げて南田に尋ねた。

「ところで、豊橋さんという人物は何者なんですか。えらく腰の低い、嫌われ者でしたが」

「ああ、豊橋昇《のぼる》ね。彼は『鳥賊川リゾート開発』という中堅建設業の渉外担当課長ですよ」

「その豊橋昇がどうしてクレセント荘の人たちと揉《も》めているんですか」

「豊橋の会社はこの付近に温泉施設を計画しているんですよ。最近はやりのヨーロッパ風スパリゾートってやつです。それで豊橋は度々このペンションに足を運んでは、頭を下げているわけです。どうか、このペンションをわたくしどもにお譲りください、とね。もっとも実際のところ、彼らはペンションを欲しがっているわけではなくて、この一帯の土地を手に入れたいだけのようです」

「ふむ、しかしオーナーの雪次郎さんには売る気がない。英二さんも絶対反対みたいだ」

「直之さんもですよ。英二さんほど強硬ではないにせよ反対には違いない。静枝さんも含めて、売却賛成という人はこのペンションにはひとりもいないはずですよ」

「それで豊橋は懐柔策に躍起になっているわけか。なるほど。よくある話ではある……」

ええい！　なにくそ！　くらえ！　まだまだ！

「……リゾート開発計画と、それに反対する土地所有者の対立か……」

はッ！　ふッ！　やッ！　とッ！

「ひょっとして彼女が電話で警告していたのは、このことか……ああもう、君たち、うるさいな！　人が考え事をしているときに、隣でピンポンピンポンと！」鵜飼は目の前で延々と続くラリーに横から割り込むや否や、左手を伸ばしてピンポン球を空中でキャッチ。激闘を演じていた流平と寺崎を一瞬で沈黙させた。「そう、それでいい！」

「………」鵜飼を除く三人の男たちは、

「………」意味が判らないままに、

「………」全員黙り込んだ。

「あんた自分がなにしてるか判ってる？」

朱美は冷ややかな目で彼を睨みつける。

「ん!?」鵜飼は自分の手にしたピンポン球に目を落とし、ハッと我に返った。「やあ、しまった。つい考え事に夢中で、卓球中だということを忘れていたよ。これはすまなかった。

――ええっと、朱美さん、スコアはいま何対何かな？」

「しっかりしてよね。いまの反則で9対9のマッチポイントよ」

朱美が適当な嘘をつくと、意外や意外、文句をいう者は誰もいない。誰もが早くこの無意味な卓球対決を終わらせたいと願っているのだ。こうしてビールを賭けた真剣勝負はいきなりクライマックスを迎えた。鵜飼はその場の全員に聞こえる大声で、流平に耳打ち。

「いいか、流平君、勝負はこの一点で決まる。いまこそX攻撃だ！」

「判りました、この一撃に全力を賭けて！」

流平は右手に持っていたラケットを、これ見よがしに左手に持ち替えた。流平君、いつから左利きになったの？　尋ねる間もなく寺崎がサーブ。鵜飼がレシーブ。それから数回のラリーの後、南田の打った球が高く浮いた。鵜飼組のチャンスボール。鵜飼と流平の叫び声が遊戯室にシンクロした。――「これだあぁッ」

次の瞬間、鵜飼の右のラケットと流平の左のラケットが二枚ピッタリと重なった。二人分のパワーによる渾身《こんしん》の一振り。まさにX攻撃！　唖然とする朱美の目の前で、ピンポン球は潰《つぶ》れんばかりの勢いで打ち抜かれ、相手コートのど真ん中に突き刺さっていった――

三

「カンパ――イ！」クレセント荘の食堂に響く陽気な声。キンキンに冷えたジョッキから琥珀の液体をグッとひと口。たちまち二人の口からは、

「ぷふぁ〜〜〜ぁ」

「くうぅ〜〜〜ぅ」

至上の快楽を極めたかのような愉悦のため息がこぼれる。南田智明と寺崎亮太は《奢《おご》りのビール》という、文字どおりの勝利の美酒に酔っていた。

遊戯室での卓球対決は一点を巡る攻防の末、南田組が勝利した。鵜飼組の必殺、X攻撃は完璧。だが相手コートに突き刺さったピンポン球は、待ち構えていた寺崎のラケットによって、たやすく弾《はじ》き返され試合終了。X攻撃に見た目ほどの威力はなかったようだ。

「ふはは、流平君、僕らのあれは《X攻撃》というより《×攻撃》だったな！」

「そうですね。でも鵜飼さんだけですよ、その冗談で笑えるのは……」

そんな二人はビールとは似て非なる敗者の飲み物、冷えた麦茶をわびしく啜《すす》っている。

自腹で焼酎のお湯割りを飲んでいる朱美は、先ほどから気になっていた質問を口にした。

「ところで南田さん、さっきいってたログビルダーってなんなんですか」

「ああ、それはね、バーベルなどの器具を用いた運動によって、逞しい肉体美を――」

「ごめんなさい、鵜飼さんは黙ってて」

「ほら、あれですよ、最近話題になっている、ブログを書く人――」

「それはブロガーよ、流平君――って、ログビルダーと全然かかってないじゃない！」

「まったくだな。ボディビルダーと勘違いするほうが、多少なりともマシってもんだ」

どこがマシだ！　むしろ、あんたのほうがベタなぶんレベルが低い！

朱美は叫びたい気分をグッと堪《こら》えて、もう一度同じ質問。

「ログビルダーってなんですか」

「ログというのは丸太のことなんです。それをビルドする人でログビルダー。つまりログハウスを組み立てる専門家のことですよ。まあ、丸太小屋専門の大工ってとこですね」

「へえ、そういう職業があるなんて初めて聞きました。あ、じゃあ、ひょっとしてこのクレセント荘を組み立てたのも南田さん？　そうなんですね。わあ、凄いじゃないですか！」

「いやあ、それほどでも。先ほどもいったように、これを造ったのは橘孝太郎さんで、わたしはログビルダーとしてそのお手伝いをしただけですから」

照れくさそうな南田だが、顎鬚を撫《な》でる表情には隠しきれない喜びの色が滲んでいる。結構、自慢の仕事なのだろう。そんな彼の自尊心をくすぐるように、寺崎が口を挟む。

「南田さんは謙遜していますが、実際、この建物は南田さんの作品といっていいと思いますよ。ハウスの設計から、丸太材の調達、道具の準備、重機が必要なときはそのレンタルまで、すべて南田さんがやったそうです。南田さんの存在なしには、これほどのログハウスを完成させることは不可能だった。そうでしょ、南田さん？　生前の孝太郎さんはずいぶん、南田さんの腕前を買ってくれていたと聞いていますよ」

「いやいや、そんなことは。——それより、せっかくの機会だ。ちょっとみなさんに御説明しましょうか、クレセント荘の特徴について」

南田智明によれば、クレセント荘はラウンドノッチとピースエンピース方式を組み合わせたものであり、主な使用材はダグラスファー。ルーフシステムはポストアンドビームで支えられているとのこと。要するに凄く手の込んだログハウスなのだなあ、ということだけは朱美にも判る。逆にいうと、それ以外のことは深海魚の生態ぐらい意味不明だ。

そんな中、鵜飼だけはすべて完璧に理解したというように何度も頷きながら、

「確かに、こんな本格的なログハウスは滅多にない。たぶん、ここにくるお客さんの多くは、この建物に惹かれてくるんでしょうね。あ——ひょっとして君たちもそうなのか

い？」

鵜飼が持ち前の図々しさで、離れたテーブルに座る若い男女に声を掛ける。すると食後の珈琲を飲んでいた彼らは、背中を打たれたようにビクリと背筋を伸ばした。女の子は栗色の髪をポニーにした可愛らしいタイプ。男のほうは金色の髪を逆立てたゴツイ体格だ。

「い、いえいえ、お、俺たちはその……」

「ち、違いますよ、あたしたちはその……」

いきなり話しかけられてオドオドする——というより少しビクビクしているように見える二人。ははん、さてはわけありのカップルね、ひょっとして駆け落ち中？　妄想逞しくする朱美の隣で、鵜飼がシマッタというように額に手を当てる。

「そうそう、君たちは道に迷ってここにきたんだった。やあ、これは僕の勘違いだ。ええと、馬場鉄男君と有坂香織ちゃんだっけ。そういえばさっき階段から派手に落っこちてたけど、怪我しなかったかい？」

「ええ、おかげさまで」と二人は揃って頭を下げた。積極的に会話に参加する様子はない。

するとウ鵜飼は「あ、そうそう」と急にべつの用件を思い出したように、南田と寺崎のほうに向き直った。「そういえばお二人に、ひとつ聞いておきたいことがあったんです。山田慶子さんという名前の女性を知りませんか」

すると二人が答えるよりも先に、朱美の背後で「ぶふッ」と変な反応。振り向くと、先ほどのポニーの女の子が、真っ赤な顔で咳き込んでいる。珈琲が気管に入ったらしい。隣の男が、「おいおい、なにやってんだよ」と引き攣った笑顔を浮かべながら、彼女の背中をさすってあげている。朱美の視線に気がつくと男は小さく頭を下げて、すみませんね、こいつがうるさくして、というような顔をした。どういたしまして、と朱美も視線で頷く。

あらためて前を向くと、南田と寺崎は二人とも鵜飼の問いに首を振っていた。

「山田慶子ですか、平凡な名前ですね。誰なんですか」

「わたしも初めて聞く名前だと思います。お知り合いですか」

二人に逆に聞き返された鵜飼は、「なに、ちょっとね」などと、適当な答えで誤魔化し、それでこの話は終わりになった。朱美はなぜだか背後からの熱い視線を感じていた。

それから、しばらくにこやかな歓談が続いた。鵜飼が麦茶を片手に、寺崎に質問する。

「ところで、寺崎さんの場合、このペンションのなににいちばん魅力を感じているんですか。建物？　温泉？　それとも卓球？」

選択肢は、その三つだけ？　朱美は寺崎の答えに注目。寺崎は「うーん」と呻いて、色白の頬に右手を当てた。

「僕が惹かれたのは、このペンションの周囲の自然ですね。僕は渓流釣りをやるんですよ。赤松川に絶好のポイントがあるんですが、付近に宿泊施設はここしかない。それで釣りのたびにここに泊まるようになり、いつの間にかすっかり常連になったというわけです。そうそう、釣りといえば、雪次郎さんは今夜もいくのかな……」

呟くように付け加えられた寺崎の言葉に、鵜飼が即座に反応する。

「え、雪次郎さんも釣りをなさるんですか」

すると噂をすると影が差すの諺《ことわざ》どおり、食堂に橘雪次郎がその小柄な姿を現した。

「ああ、雪次郎さん、いまちょうど噂をしていたんですよ。今夜もいかれるんですか」

寺崎が指先を一本立てて棹《さお》を振る仕草。それを見て雪次郎は当然とばかりに頷いた。

「ああ、そのつもりじゃよ。寺崎君もどうかね、今夜わしと一緒に付き合わんかね」

「え、いやあ、僕は遠慮しておきます。なにしろここは完全な山の中でしょう。夜になると、あたりは真っ暗闇。とてものんびり糸を垂れる気にはなれませんねえ」

二人の会話を黙って聞いていた鵜飼の表情が、見る見るうちに強張る。

「え、ええッ、雪次郎さん、ひょっとして夜中に釣りに出かけるのですか。夜中の渓流釣りですか？　本気ですか？　いやしかし、それは寺崎さんのいうとおり危険ですよ。どうしても夜釣りがしたいというのなら、明日の朝になさったほうが――」

「それじゃ、夜釣りにならんじゃないか」

「なるほど。こりゃ一本取られましたね」探偵はピシャリとおでこを叩いて、若干古めのリアクション。「とにかく、あまり危険なことはなさらないほうが賢明ではないかと」

「なに、これはわしの週に一度の楽しみじゃ。長年の習慣でもある。慣れておるから、いまさら危険はない。それともなにかね、君――」雪次郎はふと疑問を感じたかのように探偵の顔をジッと見据えた。「今夜が特に危険だという根拠でもあるというのかね」

「え、いや、それは――」鵜飼は戸惑いの表情で口ごもる。

警戒を要する根拠は、ないことはない。それは山田慶子の警告電話だ。だが、それは根拠と呼ぶにはあまりにも曖昧《あいまい》で漠然としたものだ。おそらく探偵も、そんなふうに判断したのだろう。彼は迷いの表情を引っ込め、とぼけるような微笑を浮かべた。

「なに、ちょっと心配に思っただけですよ。気にしないでください。ちなみに、釣りのポイントはどのあたりですか。クレセント荘の近くですか？」

だが、雪次郎は意地悪そうに唇の端で笑うと、ゆっくりと首を振った。

「秘密のポイントだから詳しくは教えてやれんよ。車で少しばかり下流にいったところ、とだけいっておこうか。わしのお気に入りのポイントじゃ」

「何時ごろ、お出掛けになるのですか」と、これは南田智明の質問。

「いつもどおり、真夜中の零時ごろじゃ。帰りは明日の朝になるな。まあ、南田君も寺崎君も期待して待っていてくれたまえ。釣れたら、御馳走するよ」

雪次郎は常連客に親しげな笑みを送った。それから彼は常連客ではない鵜飼と流平の顔をしげしげと眺め、彼らの飲み物に視線を落とした。

「ところで、つかぬことを聞くが、なんで大の男が二人して麦茶など啜《すす》っているのかね？」

「はあ、それが実は……」

「X攻撃を破られまして……」

と、鵜飼たちは仲良く麦茶のグラスを合わせる。雪次郎は彼らの言葉を理解しようとする努力をアッサリ放棄して首を振った。

「よく意味が判らんが、まあ、なんでもいい。なんなら出会いの印に一杯おごろうじゃないか。なに遠慮はいらな――」

「では、シングルモルトウイスキーをダブルで」

「では、プレミアム生ビールを大ジョッキで」

こら――ッ！　遠慮しなさい、二人とも！　一緒にいるあたしの身にもなって！

だが、朱美の心の叫びが無粋な彼らに届くはずもない。鵜飼と流平は雪次郎から望みの酒をせしめた。朱美も御相伴にあずかる恰好で、焼酎のお湯割りをお代わり。そんな彼女の姿は、雪次郎の目には図々しい三人組の一員として認識されているに違いなかった。

今夜の釣りを控えた雪次郎はノンアルコールビールを傾けながら上機嫌である。

鵜飼はここぞとばかりに、クレセント荘売却問題にまつわる情報を得ようとして、盛んに話を振る。だが、雪次郎の話は、のらりくらり。彼の口から漏れてくるのは、主に豊橋昇という男についての個人的な感想ばかりで、その大半は悪口だった。クレセント荘売却問題の、具体的な部分などは、いまひとつ判らずじまいである。

そんな中、例の若いカップルが静かに席を立ち、こそこそと食堂を出ていくのを、朱美は視界の片隅に捉えた。なんか、気になるわね、あの二人——

そんな印象を漠然と抱きながら、朱美は二人の背中を見送った。

四

食堂を出た鉄男と香織は、ひと目をはばかりながら自分たちの部屋へと舞い戻った。

「あー、びっくりした！　どういうことなの、馬場君！」

有坂香織は後ろ手に扉を閉め、息を弾ませた。「あの鵜飼って人、いったい何者？　なんで山田慶子の名前を聞いて回ってるの？」

「判らねえ」鉄男は吐き捨てるようにいうと、大股で部屋をうろつく。「だけど、あいつが山田慶子の知り合いだってことは間違いねえ。ひょっとすると行方不明になった山田慶子を捜しにきた関係者かもしれねえな」

「家族や親戚とか？」

「そうかもな」

「恋人とか友人とか」

「それもあり得る」

「あるいは、そういう人たちに雇われた探偵とか」

「それも――」鉄男はピタリと足を止め、冗談めいた話を片手で振り払う。「いやぁ、それはあり得ねえ。あれは探偵って面《つら》じゃねえ」

「ああ、そっか。確かに、そうだね」と、香織は納得。探偵って面がどういうものなのかと聞かれれば、答える自信はないけれど。

「とにかく、あの男はクレセント荘に山田慶子を捜しにきた。てことは、クレセント荘は山田慶子となんらかの繋がりがあるってことなんじゃねえか」

「そうなるよね。てことは、あたしたち知らず知らずのうちに、山田慶子と縁のある場所に泊まっちゃったってこと？」

「らしいな。――ああ！　なんだか俺たち、山田慶子の死神に追いかけられてるみてえだ」

鉄男が漏らした嘆きの言葉を耳にして、香織は肌が粟立つのを感じた。

「これから、どうしよう？」

「どうするったって、俺たちはこの宿に一泊するんだからよ、なるべく怪しまれないように普通のカップルっぽくするしかねえ。さっきみたいに山田慶子って名前を聞くたびに、おどおどしてたら逆に怪しまれる」

「そうだね。堂々としてたほうがいいよね」

「そういうことだ。じゃあ、飯も済んだことだし風呂にでもいくか。なんでもこのペンションヨン、温泉が自慢らしい。入らないと、かえって変に思われるぜ」

「そうだね。あ、だけど、あたしはもう少し後で入る。馬場君、先に入ってきて」

「そうか」鉄男は特に気にする様子もなく、「じゃあいってくらあ」と、部屋を出ていった。

部屋に残った香織は、まずはベッドで横になって大きく背伸び。ひとりになるのはずいぶん久しぶりのような気がした。なにしろ昼間に鉄男を事件に巻き込んで以来、ずっと彼と一緒に行動していたのだ。いまとなっては今日の午前中まで見知らぬ他人同士だったことが信じられない。そんな二人も、いまや立派な共犯者。人生は判らないものだ。

「……とか、感慨に浸ってる場合じゃないよね」香織は勢いをつけてベッドの上で身体を起こした。「春佳に電話してあげなきゃ」

昼間に河川敷で短い通話をして以来、もう長い時間、春佳と連絡を取っていない。あれからいろんなことがあったのだ。事件の経過を当事者である妹にも説明してあげなくては。

「だけど、なんて説明すればいいんだろ。本当のことをいっても大丈夫かな⁉」

香織は考えの纏まらないまま、とりあえず携帯を取り出し、妹の番号に掛けた。

「あ、もしもし、お姉ちゃんだよ。春佳、大丈夫？」

『大丈夫じゃないよ、もう！』電話越しの春佳の声は、かなりご機嫌斜めだ。『後で連絡するっていってたくせに、全然連絡くれなかったじゃない！』

「あ、そうだったね。ごめんごめん、ちょっといろいろあってさ」

『そういえば、お姉ちゃん、あたしの部屋に死体を見にいくとかいってたけど、本当にいったの？　そう……あったでしょ、女の人の死体……キッチンに……』

「うん、あった。確かに死んでた。でも、大丈夫だよ。もう全部片付いたから」

『え⁉　全部片付いたって、どういうこと？　お姉ちゃん、まさか……まさか、あのキッチンを片付けてくれてたの？　あの血だらけのキッチンを？　大変じゃなかった？』

「う、ううん、そうでもなかったよ」

春佳は姉が自分の部屋を掃除してくれた程度に勘違いをしているようだ。まあ、無理もない。姉が死体を丸ごと片付けてくれたなんて、彼女の想像力では考えられないのだろう。香織は妹の勘違いは敢えてそのままにして、もうしばらく事実を伏せておくことにした。

「と、ところでさ、春佳、ひとつ教えて。山田慶子って名前に心当たりはない？」

『山田慶子⁉　ううん、聞いたことない名前。誰なの？』

「山田慶子は、あの死んだ女の名前よ。ポケットの中にクリーニング屋の受取証があって、それで判ったの」

『ええッ、お姉ちゃん、死体のポケットを探ったの！　凄い……あたしなんか、指一本触らずに逃げ出したのに……そうなんだ、お姉ちゃん、あたしのためにそんなことまでしてくれたんだ。気分悪くならなかった？』

「う、うん、平気だったよ。ナイフ抜くときが、ちょっと気持ち悪かったけどね」

『え……ナイフ⁉』電話の向こうで春佳の声が微《かす》かに揺れる。

「あ、いや、ナイフを抜いたっていうのは、つまりその、ナイフは凶器だから、さっさと片付けておいたほうがいいなあと思ってね。し、死体はそのままだよ、もちろん」

『お姉ちゃん、死体からナイフを抜いたの？　それ、本当？』

「う、うん、本当だよ」正確にはナイフを抜いたのは鉄男だが、とりあえずそう答えておく。「なによ、ナイフ抜いちゃまずかった⁉　あ、ナイフっていえばさ、春佳、変わった形の果物ナイフ使ってたんだね。小刀みたいなナイフ。ああいうのが流行ってるの？」

『小刀みたいなナイフって……なに？』

「いや……なにって……」

『……………』

奇妙な沈黙が数秒間。それから突然、電話の向こうでなんらかの感情が爆発したかのような『わあああッ』という声があがった。香織は思わず携帯を耳から離した。それでもスピーカー越しに妹の声がはっきり聞こえてくる。その声はなぜか歓喜に震えていた。

『やった、お姉ちゃん！　あたし、助かるかも。ううん、間違いない。あたしじゃなかった。あたし、殺人犯じゃなかったんだ！』

「判ってるよ。春佳は正当防衛。悪いのは向こうだもん。春佳は殺人犯なんかじゃない。他のみんなはどう思うか知らないけれど、あたしだけは春佳の味方だから――」

『そうじゃないの。いい、よく聞いて。お姉ちゃんは死体からナイフを抜いたんでしょ。でも、それって、あり得ないのよ。だって、あたしは事件の後、手に持っていた果物ナイフを床に放り捨てたんだもん。間違いない。はっきり覚えてる』

「放り捨てた⁉　えーと、捨てたってことは、つまりポイっと適当にそのへんに……」

意外な事実に対する驚きがじわじわと胸に迫ってくる。香織は携帯を強く握り締めた。

「なな、なんですって！　そそ、それじゃあ、なんで投げ捨てたナイフが死体に突き刺さってんのよ！　あり得ないじゃない！」

『だから変なのよ。それにね、あたしが使っている果物ナイフは、ピンク色の柄が付いた可愛らしいものよ。お姉ちゃんがいうような小刀みたいなナイフじゃないわ』

「てことは、どういうことなのよ」

『だから、そのナイフはあたしのじゃない。誰かべつの人がその小刀みたいなナイフを山田慶子の脇腹に突き刺したってことだと思う。ね、お姉ちゃん、山田慶子の死体にはいくつ傷口があったの？　一箇所、二箇所？』

「い、一箇所だったと思う。ナイフが刺さった脇腹の傷だけ……あ！　ということは春佳の果物ナイフは！」

『そう、あたしの果物ナイフは、相手の身体のどこにも刺さっていなかったのよ。つまり、あたしは人殺しじゃない。正当防衛でも過剰防衛でもない。ただ、自分がナイフで刺したと思い込んでいただけだったのよ』

「そっか、そういうことか。春佳、よかったじゃない！」だが、歓喜の声をあげる傍から、香織はまたすぐに大きな疑問にぶち当たった。「でも待ってよ。じゃあ、山田慶子はいつどこで刺されたの？　彼女が春佳の部屋のキッチンで死んだことは事実でしょ。でも刺されたのはキッチンじゃないってことは――」

『どこかべつの場所で刺されたんだと思う。あたし、やっと判った。あのとき、なぜ彼女がいきなりあたしの部屋に飛び込んできたか。なぜ、あんなに鬼気迫るような顔であたしに向かってきたか。たぶん、あのとき彼女はもう誰かの手で脇腹を刺されて、息も絶え絶えだったんだよ。瀕死の重傷を負った彼女は、必死であたしのところに助けを求めてきた。なぜ、それがあたしのところだったのか、それは判らないよ。とにかく、彼女は必死だった。でも、状況の判らないあたしは恐がってしまい、手元にあった果物ナイフを夢中で彼女に突き出した。その刃は彼女の身体には刺さらなかったけれど、あたしの身体とぶつかった勢いで彼女は床に転倒した。そのとき、もともと彼女に刺さっていたナイフが脇腹をさらに抉《えぐ》るようになったんじゃないかしら。それが致命傷で、彼女は絶命した。あたしは自分の突き出したナイフが彼女を刺し殺したと早合点して、よく死体を確認しないまま、ナイフを放り捨てて逃げ出した――ねえ、お姉ちゃん、キッチンの床にピンクの柄の果物ナイフが落ちていなかった？』

「知らない。見なかった——ていうか、最初から、そんなものがあると思って捜していないから判らないよ。よく捜せば、あったんだと思う。きっと冷蔵庫の下とか流し台の陰とかに、隠れちゃってたんだね。血の付いていない、もう一本の果物ナイフが」

どうやら間違いない。いま春佳が推理したような出来事が、現実に起こったのだ。

電話の向こうから春佳の後悔する溜め息が聞こえた。

『ごめんね、お姉ちゃん、こんなことになるんだったら、あたし、もっと詳しくナイフのこと、説明しておけばよかった。ううん、その前に、あたしがもうちょっと冷静に死体を観察しておけば、自分が殺したんじゃないって、その場ですぐに判ったのに……あたしったら、臆病だから逃げ出したりして……』

「し、仕方ないよ。目の前で人が死んだんだから、気が動転するのも無理ないもん。とにかく、よかったね、春佳。お姉ちゃんもホッとしたよ。これでもう逃げ回らずに済むね」

『うん、ありがとう。でも、こうなると、誰が山田慶子を殺したのか、そっちが問題だね。警察には絶対犯人を捕まえてもらわなきゃ。あ——でも、お姉ちゃん、この事件って警察はまだなにも知らないんだよね。あたしが一一〇番しないで逃げちゃったせいだけど』

「そ、そうだねえ……」

『じゃあ、早く報せてあげないと。よーし、それなら、さっそくあたしが！』

「ちょ、ちょっと待ちなさい！」香織は慌てて妹を制止すると、携帯を顔から離して独り言。「どうしよう……通報するっていっても死体がないよ……」

『え、なに⁉ なんていったの、お姉ちゃん？』

「ううん、なんでもないよ。こっちの話」香織は努めて明るい声でまくし立てた。「あのさ、春佳、あなたはせっかく仙台までいったんだから、もうしばらくそこでのんびりしていなさいよ。明日は土曜日だしさ。牛タンは食べた？ そう、食べたんだ。じゃあ伊達政宗《だてまさむね》の銅像は見た？ え、見てもしょうがない。——それもそうだね。じゃあ楽天は？ 駄目だよ、春佳。宮城県営球場でノムさんとマー君を見なきゃ、仙台にいった意味ないよ」

『だけどあたし、仙台観光にきたわけじゃないんだよ。それから、お姉ちゃん、判ってると思うけど、いまはもう宮城県営球場っていわないんだよ。いまは——』

「知ってるよ、フルキャストスタジアムでしょ」

『違うよ。クリネックススタジアムだよ』

「どーだっていいわよ、そんなこと！」本当にどうでもいいところで妹は姉より細かい。「とにかく、決まりね。春佳は、もう一日、仙台にいるということで、こっちのことはお姉ちゃんに任せてね。警察には、あたしのほうから頃合を見て通報するから」

『え、頃合って……』

「いいから、お姉ちゃんに任せなさい！」断固とした命令口調で、香織は妹の疑問を封じた。「じゃあねー、またなにかあったら連絡するねー、バイバーイ」

『えと、あの、ちょっと、お姉ちゃ——』

「えい！」携帯の向こうでまだなにかいいたそうな妹を、香織はボタンひとつで黙らせた。

「許して、春佳、いまのお姉ちゃんにはあなたにいえない秘密があるの……」

沈黙した携帯に香織は目をつぶって頭を下げた。その姿勢のまま数分。ようやく顔を上げた香織の口からは、海よりも深く川よりも長い溜め息が漏れた。

「……はあああぁぁぁ……なんてことしちゃったんだろ、あたしったら……」

山田慶子の死体は捨てるべきではなかった。最初から常識どおりに一一〇番通報するべきだったのだ。そうすれば、こんなことにはならなかった。だが、もう遅い。たとえ妹が無実でも、姉はすでに死体遺棄をやり終えた後なのだ。それに——

「ああッ！　馬場君になんていったらいいんだろ！　無理矢理協力させておいて、いまさら余計なことでしたなんて、そんなのあたしの口からいえないよ！」

香織は居ても立ってもいられない気分で、ベッドを飛び降りた。

「……あぁぁ、もう最悪！　香織の馬鹿！」

香織は軽率な自分に罰を与えるように、自分の頭を部屋の壁にゴツンと押し付けた。

五

「やあー、いい風呂だったー、生き返ったぜー」

浴衣姿の鉄男は部屋の扉を開け、香織に呼びかけた。「おめえも入ってこいよ。大浴場に檜《ひのき》の湯船があって、すんげえ気持ちいいから――って、お、おい、香織！」

鉄男は目の前で繰り広げられている異常な光景に愕然とした。

香織が壁に向かって自分の頭を打ちつけている。まるで自分の頭に恨みでもあるかのようにガツンガツンともの凄い勢いで何度も何度も。自慢のポニーテールは暴れ馬の尻尾のように揺れまくる。と同時に彼女の口から漏れる、自らを呪うかのごとき悲痛な叫び――

「馬鹿、馬鹿、香織の馬鹿、香織の馬鹿ぁ――ッ」

その震える背中に鬼気迫るものを感じて、鉄男は一瞬、言葉を失った。

「…………」哀れ、有坂香織！　自らの悪行の後ろめたさに耐え切れず、ついに精神の平衡を失ったか。「お、おい！　なにやってんだ、香織、やめろって！」

鉄男は香織の顔を両手で押さえつけ、抗《あらが》う香織をなんとか壁から引き剝《は》がす。すると今度は香織のほうから鉄男に抱きついてきた。「鉄男おおぉ……ごめんねえええぇ……」

「う……へ、へへ、どうしたんだよ、おい……」

浴衣越しに感じる彼女の感触に、一瞬、鉄男は確かに喜んだ。やがて、目に涙を浮かべながら顔を上げる香織。そんな彼女の額からは、再び鮮血が一筋、彼女の顔をつつーッと縦に流れ落ち、鉄男は「うわあ！」と目を見張って仰《の》け反《ぞ》った。昼間の交通事故でできた傷口が開いたらしい。

自分で自分の頭を壁に打ち付け、額の傷口をわざと開かせて流血するなんて、おまえは《黒い呪術師》A・T・ブッチャーか、《インドの狂虎》T・J・シンか！

「おめえ、なにがやりてえんだよ、ちゃんと説明しろ！」


ベッドの端に座り香織が涙ながらに語る話を、鉄男は壁に背中を預けた恰好で聞いた。

「なるほど……そういうわけか……」

聞き終えて鉄男は暗澹《あんたん》たる気分になった。どうやら自分はまったく無意味な犯罪の片棒を担がされていたらしい。鉄男は責めるような目で、香織を見据えた。

こいつが事態を正確に把握していれば。こいつが俺を事件に巻き込まなければ。こいつが死体を池に沈めようなんていわなければ——そうすればこの事件は、こんな複雑なことにはならなかった。有坂香織、全部、こいつのせいなのだ！

「ごめんね、鉄男……あたしのせいでこんなことに……」

「ばっきゃろー、おめえが悪いんじゃねえや!」鉄男は一瞬で考えを改めた。「悪いのは犯人だ!　そうだ。間違いねえ。どこのどいつか知らねえけど、山田慶子を殺した真犯人って奴がいる。そいつが山田慶子を殺したから、俺たち死体抱えて、こんな山奥まできたんじゃねえか。そいつがいちばん悪い。おめえは悪くねえ!」

彼女を必死で弁護する鉄男は、無意識のうちに、つまりなんの下心もないままに、ごく自然に彼女の隣に座り、拳を握って熱弁を振るう。見つめる香織の眸は感激に潤んでいた。

「ありがとう。やさしいんだね、鉄男」

ベッドの端に座る香織が、身をゆだねるように鉄男のもとに身体を寄せる。

「!」

降って湧いたようなチャンスを前に、鉄男は緊張した。だが、ここで焦って押し倒すような真似をしてしくじった男が、この世の中になんと多いことか。慌ててはいけない。鉄男は与えられた好機を確実にモノにするべく、ゆっくりと慎重に彼女の背後に左腕を回した。だが、一気に彼女の腰を抱き寄せようとしたその瞬間、香織はすっと立ち上がり、

「――あたし、お風呂いってくる」

「!?」鉄男の左腕はベッドの上の空気を虚しく抱き寄せた。「……あ、ああ、風呂か、う

ん、いってこいよ」

くそ！　風呂なんかどうだっていい！　風呂なんか入らなくていい！　むしろ風呂なんか入るなよな！　すると鉄男の心中を知ってか知らずか、香織は扉の手前で振り返り、微笑みながらこういった。

「戻ってくるまで寝ないで待っててね」

「お！」鉄男は素早くその意味を察した。「おう、わ、判ったぜ」

香織は部屋を出ていった。彼女のベッドにひとり残された鉄男は、はやる気持ちを抑えきれないように、なぜかその場で腕立て伏せを三十回。それから彼女のベッドにごろんと横になり、あれやこれやの期待に胸を膨らませながら、ヘラヘラと薄ら笑い。そしてゆっくり目を瞑《つぶ》り、まぶたの裏に映る香織の浴衣姿に溜め息をつくうちに、昼間の疲れがどっと押し寄せ、鉄男はいつしか深い眠りの中へと落ちていったのだった。

「……ｚｚｚ」

六

二宮朱美は大浴場にて檜の湯船に身を浸し、すっかりリラックスした気分だった。彼女にとって、本日二度目の風呂である。探偵たちとの腐れ縁で、成り行きのまま訪れたクレセント荘だが、半日を過ごしたいま、朱美はここが結構気に入りはじめていた。綺麗な建物とおいしい料理。檜の大浴場も素晴らしいが、なにより事件がないのが最高だ。このまま、なにも起こらないでくれれば、いい休暇になるのだが……

そんなことを思っていると、背後で扉の開く音。湯煙の向こうから姿を見せたのは若い女性。先ほど食堂で顔を合わせた駆け落ちカップルの女の子だ。名前は有坂香織。確か鵜飼がそう呼んでいた。

その香織は朱美の姿を認めると、一瞬びくりとした様子。それから、すぐに「こんばんは」と挨拶して檜の湯船へ身を浸した。

「こんばんは――ん!?」朱美は、思わず香織の顔を二度見した。「――三日月?」

その言葉を聞いた瞬間、香織は「ひッ」と叫んで、湯船の中で腰を浮かせた。「え、え、三日月が、なに!? 三日月がどうかしましたか!?」

「…………」なにをそんなに驚いているの、この娘。朱美は怪訝《けげん》に思いながら、自分の額を指差した。「おでこの三日月傷、どうしたの? まるで時代劇のヒーローみたいじゃない」

「え、ああ、三日月って、傷のこと……」香織はなぜかホッとしたような表情を浮かべ、自分の額に指先を当てた。「——えへへ、天下御免の向こう傷〜ってね」

「…………」ノリのいい娘だ。あと、この歳で早乙女主水之介《さおとめもんどのすけ》を知っている女性も、なかなかいないと思う。「面白い娘ね、あなた」

「そ、そんなことないです。普通です、普通。あの、この傷、目立ちますか。そっか。前髪で隠しとこっと」

香織は前髪をおでこにたらして、必死に三日月傷を隠そうとする。

「ねえ、知ってる？　このペンションに泊まっている女性は、あたしたちだけみたいよ。静枝さんはスタッフの一員だから、たぶんお客さんと同じお風呂には入らないはず」

「そうなんですか。てことは、このお風呂、あたしと朱美さんの二人専用ってことですね」

「そういうこと。——あれ⁉　あなた、なんであたしの名前、知ってるの？」

「え⁉　そ、それはその、さっき食堂で鵜飼さんが、そう呼ぶのを聞いたから……」

そうか。いちおう納得できるけど、なんだか変だ。この娘は、恋人と食事をしながら、離れたテーブルにいる鵜飼の様子をわざわざ気に掛けていたのだろうか。

「あの、鵜飼さんって、どういう人なんですか？　朱美さんとはどういう御関係ですか？」

「え⁉」動揺した朱美は咄嗟に機転を利かせ、「鵜飼さんは普通の会社員よ。流平君はその派遣社員なの」と、いま風のリアルな嘘。

「そうなんですか。じゃあ、朱美さんはその会社のＯＬさん？」

「いいえ、あたしはビル経営者」ここは嘘をつく必要がない。朱美はそう判断した。「で、鵜飼さんはあたしのビルに住んでるの。そういう関係ってこと」

「ビ、ビル経営者！　わあ、凄いじゃないですか、朱美さん、お金持ちなんですね」

「そうでもないわ。ビルっていっても古ぼけた雑居ビルよ。『黎明ビル』っていうんだけど、知らないでしょうね。烏賊川駅の傍なんだけど、あのへん建物が多いから」

「名前は聞いたことないですけど、知らないうちに近くを通っているかもしれませんね。あたしの妹――いえ、知り合いが駅の傍に住んでいますから」

「じゃあ、どこかですれ違ってたりしてね、あたしたち」

「そうですね」香織は微笑むと、立ち上る湯気を見詰めながら、「そっか……鵜飼さんは烏賊川市の人なのか……ふーむ」

「？――あなた、なんで鵜飼さんのことにそんなに興味があるの？」

「え⁉　いやいや、そんな興味だなんて。ただ、恰好いい人だなあって思っただけで……」

香織は慌てたようにバタバタと手を振り、湯船の中で立ち上がった。「あ、そうだ。あたし、早く上がらないと。彼を待たせてるんです。それじゃあ、あたしはこのへんで」

いうが早いか、有坂香織は湯船を飛び出して建物の中へと消えていった。

風呂場にひとり取り残された朱美は、首を斜め四十五度に傾けながら呟いた。

「恰好いい⁉　鵜飼さんが⁉　なんでそう思えるの⁉」

七

それから数時間後の午前零時が近づくころ。そろそろ寝ようと思い窓辺のカーテンに手を掛けた朱美の目に、橘雪次郎の姿が映った。雪次郎は駐車場にいて、釣り道具一式を軽自動車に積み込むところ。やはり彼は真夜中の渓流釣りに出掛けるらしい。

朱美はふいに胸騒ぎを感じた。クレセント荘で事件が起こるという山田慶子の警告が、いまさらのように気になったのだ。朱美は咄嗟の判断で部屋を出て、駐車場へと向かった。

すでに雪次郎は出発の準備を万端整えて車に乗り込む寸前。朱美はそんな雪次郎に、やんわりと注意を促した。

「あの、なんといえばいいのか……今夜の釣り、気をつけてくださいね」

「ありがとう。だが、妙じゃな。なぜ君がわしの身を案じてくれるのか。なにか理由でも？」

「理由というか……そうだ、雪次郎さんは山田慶子さんという人を知りませんか？　クレセント荘の関係者だと思うんですが……」

「いや、この宿の関係者に、そんな女はいないね。その山田さんが、どうかしたのかな？」

「い、いえ、そうですか……」

朱美は言葉に詰まった。どこの誰だか判らない女性が口にした、なにが起こるか判らない警告を、ここで伝えていいものか。迷う朱美を尻目に、雪次郎はさっさと軽自動車に乗り込み、エンジンを始動させた。

「では、わしはこれで。大漁を期待していてくれたまえ」

雪次郎は車の窓から悠々と手を振りながら車を走らせ、クレセント荘を出ていった。果たしてこれでよかったのだろうか。後悔に似た思いを抱きながら、朱美は車の去った方角をしばらく眺め続けた。だが、出ていった車が戻ってくるはずもない。やがて朱美は気を取り直すようにくるりと踵を返すと、自分を納得させるように呟いた。

「ま、仕方がないわね。あたしは警察でも私立探偵でもないんだし——あら!?」

そのとき、朱美の視線の先に、まさしく探偵の姿。鵜飼だ。浴衣のまま建物を出てきた彼は、慎重に周囲を窺う素振り。朱美は声を掛けようかどうしようか迷ったが、鵜飼の挙動があまりにも不審だったので、黙ったまま彼の背中を追った。

鵜飼はゆっくりした歩みで建物を回りこみ、裏庭へと向かう。そこに見えるのは一軒のコテージ。その窓からはオレンジ色の明かりが漏れている。鵜飼はまっすぐコテージに歩み寄ると、迷うことなく扉をノック。すると音もなく扉が開かれ、鵜飼はコテージの中へと身を躍らせるようにして消えていった。

「な、なんなのよ、あれは！　滅茶苦茶怪しいじゃない！」

まるで女性と密会するかのような——と、思ったところで朱美はハッとなる。有坂香織？　いやまさか。でも、彼女は鵜飼のことを随分気に掛けていたようだったし、恰好いいともいっていた。鵜飼だって香織のような可愛らしいタイプは嫌いではないだろう。特に三十代四十代の男性の多くは、若い女性のポニーテールに過剰な反応を示す、という信《しん》憑《ぴょう》性の高いデータも存在すると噂されるし——

「でもまあ、鵜飼さんが誰と密会しようと、あたしの知ったこっちゃないか……」

数分後——

朱美は忍者のように壁を背にしてコテージにへばりついていた。本当は気になって気になって仕方がないのである。そっと窓辺に顔を突き出し、室内の様子を窺おうとする朱美。そんな彼女の肩を、背後からいきなりポンと叩く男の手。瞬間、朱美は幽霊に呼び止められたかのような恐怖を感じて、

「きゃゃゃゃあぁぁ――」

恥も外聞もないような悲鳴をあげる。だが振り返ると、そこに立っていたのは幽霊ではなくて戸村流平。探偵の弟子は、呑気そうな顔で右手を上げた。

「やあ、朱美さんも興味あるんですか、サッカー」

朱美はわけが判らない。「サッカーって、なんのこと⁉」

すると、彼女の悲鳴を聞きつけたのだろう、コテージの窓や扉がいっせいに開き、数人の男たちが顔を覗かせた。直之と英二の橘兄弟、南田智明、寺崎亮太。鵜飼の姿があるのは、いうまでもない。これはいったい、なんの集会なのか。

あらためて窓越しにコテージの室内を覗き込む。たちまち朱美は、状況を理解した。コテージの壁際に置かれた薄型テレビ。大画面の中では、サッカーの国際試合、日本対バーレーン戦が、いままさにキックオフを迎えたところだった。

第四章　川に死体が転がる

一

一夜明けた、土曜日の午前七時。朝日が降り注ぐクレセント荘の食堂にて。

二宮朱美は窓際の席で珈琲カップを傾けていた。向かいの席には背広にノーネクタイの鵜飼。身振り手振りで昨夜の日本代表の戦術を熱く分析しているが、朱美にはどうでもいい。正直、眠いのだ。

朱美はあの後、鵜飼や他の人たちと一緒になってテレビのサッカー中継に見入った。酒やビールを酌み交わしながらのサッカー観戦は大いに盛り上がったが、必然的に朱美の就寝時刻は遅くなった。試合が終了したのは、真夜中の二時近くだったのだ。

「流平君は、どうしたの？」

「彼はコテージのソファで寝てる。いまもぐうぐういびきを掻いているはずだ——おや」

窓辺から外を見やった鵜飼が声をあげる。一台の普通乗用車がクレセント荘の門を入り、駐車場の端で停まるところだった。

「雪次郎さんが釣りから戻ったようだ」

「違うわ。雪次郎さんは軽自動車で出掛けたんだもの」

そのとき朱美は初めて、駐車場に軽自動車が一台も停まっていないことに気づいた。雪次郎はまだ戻っていないということか。ふいに嫌な予感を覚えた朱美の視線の先で、乗用車からひとりの男が降りてきた。若い制服巡査だった。嫌な予感が飛躍的に高まる。

鵜飼は椅子を蹴るように立ち上がると、食堂から玄関へ。朱美もそれに続く。やがて玄関扉が開かれるのと同時に、巡査の若くて張りのある声がロビーに響いた。

「ごめんくださ——」

しかし鵜飼は、興奮気味の巡査の機先を制するように、「シィーッ！」と人差し指を唇に当てて、「どうか、お客さんの迷惑にならないように！」

巡査はシマッタという顔で手を口に当てた。鵜飼は真剣な顔で声を潜める。

「どうしたんですか。いったいなにがあったんです」

「クレセント荘の方ですね。わたくし、駐在の吉岡《よしおか》と申します」

「なにがあったのかと聞いているんです！」鵜飼は心配で胸も張り裂けんばかりの面持ちで巡査の肩を掴む。「ま、まさか、おじさんの身になにかあったとか……」

「は、はあ、実は……」巡査は沈痛な面持ちでさらに声を潜めた。「つい先ほど駐在に連絡がありまして、橘雪次郎氏と思われる遺体が発見されたとのことです」

「な、なんですって！　いったい、どこで発見されたのですか！」

「はい、発見現場はここからしばらく山を下った、烏賊川市三ツ《みつ》俣町《またちょう》の河川敷です」

「川で死んだということは溺死ですか」

「いまのところその可能性が高いとのことです」

「ああ、だから夜釣りは危険だとあれほどいったのに！　でも、お巡りさん、ひょっとしてとは思いますが、誰かに殺された、なんてことはないんでしょうね」

「いえ、その点についてはまだなんとも。捜査ははじまったばかりですので……。ついては関係者に遺体の御確認を願いたいのですが、御同行いただけますか？」

「確認!?　わたしでいいのですか」鵜飼は手を胸に当てながら、自信なさそうに首を傾げて、「いやあ、わたしで判るかなあ。なにしろ、昨日知り合ったばっかりだし――」

「…………」巡査の顔がサッと青ざめた。「失礼ですが、雪次郎氏の御家族の方ですよね？」

「いいえ、わたしは雪次郎氏の御家族ではありませんよ。――え、どういう御関係かって？　さあ、どういう関係といわれても、わたしは雪次郎氏が所有するこのクレセント荘に昨日から宿泊している、普通の旅行客にすぎませんが、それがなにか？」

「関係者の方を呼んでください！　いるんでしょう、家族とか親戚とか！」

若い巡査は、今度は顔を真っ赤にして両肩をぶるぶると震わせた。

「まあ、そう興奮しないで。駐在のくせに村人の顔を把握していなかった、そっちが悪い」

「赴任して、まだ間がないんです！」

「だろうと思いましたよ。ああ、ところで遺体の確認なら橘兄弟が最適です。わたしが呼んできて――いや、どうやら、その必要もないようですね。きましたよ、二人とも」

玄関先の騒ぎを聞きつけたのだろう、直之と英二の橘兄弟が、揃って建物の奥から姿を現した。吉岡巡査は、あらためて二人に向かって勢いよく頭を下げる。

「ごめんください。わたくし、駐在の――」

すると兄の直之が、「シィーッ！」と人差し指を唇に当てて、「どうか、お客さんの迷惑にならないようにお願いします。で、どうしたんですか。いったいなにがあったんです」

「クレセント荘の方ですね。わたくし、駐在の吉岡と申します」

「なにがあったのかと聞いているんです！」弟の英二は心配で胸も張り裂けんばかりの面持ちで巡査の肩を摑む。「ま、まさか、おじさんの身になにかあったとか……」

「は、はあ、実は……あの、その前に、お二人はクレセント荘の本物の関係者？　単なる宿泊客とかではなくて？　本当ですかぁ」

吉岡巡査は人間不信に陥ったらしい。橘兄弟はわけが判らず顔を見合わせる。鵜飼は我関せずと、飾り棚の花瓶を愛《め》でている。仕方がないので、朱美はゴホンとひとつ咳払い。

「その方たちは、正真正銘クレセント荘の人ですよ。雪次郎さんの甥御さんたちです」

ようやく納得したらしい吉岡巡査は、鵜飼に話した内容を、あらためて橘兄弟の前で繰り返した。兄弟はさすがに本物の関係者だけあって、雪次郎の訃報に激しい動揺を示した。二人はペンションの仕事を静枝に任せて、現場へと向かうことを即決した。

「では、僕も一緒にいきましょう！」緊迫した雰囲気に水を差すように、鵜飼が叫ぶ。

吉岡巡査はうるさい蠅《はえ》を追い払う仕草で、

「あなたは雪次郎氏とは無関係なんでしょ。余計な口出しをしないでくださいね」

「雪次郎氏とは無関係ですが、烏賊川署の砂川《すながわ》警部とは多少の関係がある。あなたも猪鹿村の警官ならば、御存知じゃありませんか。この冬に猪鹿村で発生した善通寺《ぜんつうじ》家の事件を。そして、あの事件を見事解決した、鵜飼杜夫という探偵の存在したことを」

それは誇張が過ぎないかしら。朱美は鵜飼の隣で静かに首を振った。そもそも善通寺家の事件において、鵜飼の活躍はほんの一部分だったはずだ。が、しかし――

「鵜飼杜夫ですって！」吉岡巡査は意外なほどの反応を示した。「善通寺家の事件を快刀乱麻の推理力で解決に導いた伝説の名探偵！　あなたがそうだったんですか！」

「なるほど、いわれてみれば確かに」直之が眼鏡の縁に指を掛けて、注目する仕草。

「そういえば、どこかで聞き覚えのある名前だと思った」英二が太い指を鳴らす。

「…………」思わぬ展開に朱美は絶句した。

どういうわけだか知らないが、鵜飼杜夫の名前は烏賊川市では二束三文の値打ちもないのに、猪鹿村の人々の間では生きた伝説となっているらしい。事件と娯楽の少ない土地柄のせいで、話が大きく派手な形で広まったのだろう。意外な現象に驚く朱美の隣では、他ならぬ鵜飼本人が当惑した様子で、ぎこちない笑みを浮かべていた。

「は、ははは――まあ、そういうことですよ。わけあって、いままで隠していましたがね。さ、とにかく時間が惜しい。さっそく現場に駆けつけようじゃありませんか」

名のある探偵さんにご一緒してもらえるなら心強い。そんな直之の言葉で話は纏まった。

二

橘兄弟は吉岡巡査の運転する車で出発。鵜飼と朱美もルノーでそれに続く。盆蔵山を一気に駆け下りた二台の車は、やがて現場である烏賊川市三ツ俣町の河川敷に到着した。

三ツ俣町は烏賊川市の外れ、猪鹿村との境に位置している。町の中央を流れる烏賊川沿いに住宅や農地が点在する。烏賊川市はそもそも都市と呼ぶのもおこがましい弱小地方都市に過ぎないが、その外れに位置する三ツ俣町などは、もはや日本全国どこに出しても恥ずかしいほどの立派なド田舎である。

だが今朝に限って景色は一変。警察車両と制服警官、さらにそれを遠巻きに見守る野次馬たちが加わって、河川敷はまるで田舎の盆踊り会場のような賑《にぎ》わいを呈している。

橘兄弟と鵜飼たちは、吉岡巡査に先導されて黄色いテープをくぐり、事件現場に足を踏み入れた。警官たちの群れの中から、ひとりの中年刑事が目ざとく彼らの姿を認めて、歩み寄ってくる。烏賊川市の殺人現場ではかねておなじみの顔。砂川警部である。

警部は無表情なまま橘兄弟に一礼すると、事務的な口調で話をはじめた。

「わざわざ、お呼び立ていたしまして申しわけありません。とりあえず経緯を御説明いたしましょう。今朝の六時半ごろに、河川敷を散歩中の近所のお年寄りから、『川に男性の死体が浮かんでいる』との一一〇番通報がありました。さっそく我々が駆けつけ、死体を川原に引き寄せました。それから死体の持ち物などを調べたのですが、幸いこの男性は車の免許証を持っておりました。橘雪次郎氏の免許証でした」

「では、やはりおじの遺体と見て間違いないのですね」と落胆したように直之。

「いや、まだ判りません。というのも問題の遺体は特に顔の損傷が激しくて、免許証の写真と見比べようがないのです。雪次郎氏の免許証を持っていたというのも、傍証にすぎません。そこで親類の方に確認していただこうと思い、御連絡したわけですが——ところで、ひとつ質問してよろしいですか」

そして砂川警部は離れた場所に佇む鵜飼をまっすぐ指差した。「あの男は雪次郎氏とどういう関係です？　遠い親戚かなにかですか」

「いいえ、あの人はおじの所有するクレセント荘に昨日から宿泊中のお客様ですが——」

「なるほど。よく判りました」砂川警部は皆まで聞かずに踵を返すと、彼の背後に控える忠実な部下に命じた。「おい、志木《しき》！　あの男を摘《つま》み出せ！　女も一緒にだ！」

「了解です」若い刑事が歩み出て、鵜飼と朱美の前に仁王像のように立ちはだかる。

さては力ずくで排除する気ね。思わず朱美が身構えると、意外や志木刑事は手の甲をこちらに向けて、「ほら、あっちいって、シッシッ！」

「なに、その野良犬扱い！　頭にくるわ！」

朱美は猛然と反発したが、しかし、この手の扱いに慣れっこの探偵は傷つく様子もない。

「いいんですか警部さん、僕を排除するような真似をして。そのせいで、この事件が迷宮入りしたとしても、僕は責任持ちませんよ」

「ほう、妙なことをいう。迷宮入りもなにも、この事件が殺人事件か否かは、まだ不明だ。いやむしろ川で溺れ死んだことは事実なのだから、まあ普通に考えれば不慮の事故の可能性が高い。探偵の出る幕はないぞ」

「これが事故⁉　はん、とんでもない。このタイミングで雪次郎さんが死んで、それが単なる事故だなんてあるはずがないですよ〜だ」

「ほう、このタイミングとは、どのタイミングかな」

「さあ〜ねえ〜どのタイミングなんでしょうかねえ〜」

「…………」

「あ〜あ〜どうなっても〜僕《ぼか》ぁ知りませんからねえ〜」

「こいつ、川に突き落としてやる！」砂川警部は血相変えて鵜飼に摑みかかり、彼の背後に回ると、その喉もとに太い腕を回し、「なぜだ、なぜおまえは事件の現場に必ず顔を出すんだあ!」と、悲痛な叫びをあげながら、探偵に対してぐいぐいとスリーパーホールド。川に突き落とすんじゃなかったの、警部さん? 技を間違っているわよ、と朱美は思う。

「警部、冷静に」志木刑事が上司をいさめる素振りを見せながら、その耳元に小声でそっと忠告する。「いまは駄目です、野次馬たちがこっちを見てます」

「ああ、そうか、そうだったな。わたしとしたことが、つい……」

砂川警部が腕の力を緩めると、探偵はその場にどさッと崩れ落ちた。復活には時間が掛かりそうだ。朱美は鵜飼がいいたかったであろうことを、彼に成り代わって主張した。

「要するに、雪次郎さんが単なる事故死ではない、というその根拠をわたしたちは持っているの。その情報が欲しいのなら、警部さん、あたしたちを邪険にしないほうがいいわよ」

「……本当に重要な情報なのかね。しょうもない小ネタじゃないだろうな」

朱美は、鵜飼がよくそうするように、わざと思わせぶりに深く頷いた。

「ええ、間違いなく重要よ。単なる事故を殺人事件にしてしまうくらいにね」

「そうか。まあいい。君たちが橘兄弟の連れなら、我々もそう軽くは扱わないさ。ただし捜査には協力的であること。判ったな」

砂川警部はそう釘を刺してから、ようやく橘兄弟のほうを向いた。

「それでは、お二人にはさっそく遺体を御確認いただきましょうか」


烏賊川の川面に浮いた状態で発見された死体は、いまはもう捜査員たちの手で川原の広い場所に運ばれていた。その死体を目にするなり橘兄弟、そして朱美の口からも小さな呻き声があがった。死体の状況は、想像していたよりも遥かに凄惨なものだった。

額はまるで大きな斧《おの》で叩き割られたよう。顔の皮膚には無数の擦過傷《さつかしょう》。手足の露出した部分も同様に傷だらけだ。右の膝小僧などは骨が見えるほどに深く切れている。ぐっしょりと濡れた服は、破れたり裂けたりで、まるで拾ったボロ布を纏っているかのようだ。

「酷い死に様だな……」鵜飼が顔を顰《しか》める。

「あら、もう復活したの？　早かったわね」朱美は探偵の復元力のほうにむしろ驚く。

すると英二が、その丸い顔を引き攣らせながら奇妙な言葉を発した。

「ああ、またこんなことに……」

天を恨むような嘆きの声。「また」とはどういう意味なのか。

一方、直之は科学者のように冷静な眸を眼鏡の奥で光らせながら、

「間違いありません。この死体はおじ、雪次郎のものです。着ている服は、昨夜出掛ける

際に身につけていたものと同じですし、顔や身体の特徴も一致しています。例えば鼻の下の目立つほくろ、左手の甲のやけどの跡などがそうです」

「では間違いなさそうですね。ところで雪次郎氏は昨夜、どちらへ出掛けられたのですか」

「釣りですよ。おじは毎週末ごとにクレセント荘を訪れては、夜中に釣りに出掛けるのを趣味にしていました。昨夜も深夜の零時ごろに車で出掛けていったようです」

「では、雪次郎氏は釣りのさなかに不慮の事故で川に落ちて死んだのか――ふむ」

なんだ、やはり事故か――小さく呟く砂川警部に、朱美が疑問を差し挟む。

「ちょっと待って。川に落ちただけじゃ、こんな酷い死に様にはならないんじゃないの？この死体、まるで石かなにかで滅茶苦茶に殴られて、川に放り捨てられたみたいだわ」

この問いに答えたのは直之だった。「いいえ、二宮さん。これはたぶん滝のせいです」

「滝⁉」

「ええ。ここから一キロほど上流にいったところで、川は烏賊川とその支流の赤松川に分かれます。その赤松川をさらに上流に一キロほどいくと滝があるのを御存知ですか」

「そういえば、龍ナントカっていう滝があるとか、聞いたことがあるけど」

「そう、龍《りゆう》ヶ《が》滝《たき》です。そして渓流釣りは龍ヶ滝の上流でおこなわれます。滝を下ってしまうと、川幅が広くなって、もはや渓流釣りという雰囲気ではなくなってしまうからです。おじが昨夜、どこのポイントで釣り糸を垂れていたのか、正確には判りません。しかし渓流釣りが趣味のおじですから、そのポイントは滝の上流であることは間違いない」

「つまり、雪次郎さんは滝から落ちて亡くなった？」

「そう思います。龍ヶ滝はなだらかな斜面になった岩肌を水が滑り落ちる、まるで岩でできた滑り台のような滝なんです。あの滝を人間が滑り落ちた場合、岩や川底に全身を打ち付けて、悲惨なことになるでしょう。ちょうど、このおじの死体のように」

傍らで聞いていた砂川警部も納得した顔で頷いた。

「確かにそう考えれば、死体の損傷や衣服の破けようも説明できる。雪次郎氏が龍ヶ滝を滑り落ちた可能性は高そうです」

そして警部はくるりと踵を返すと、大きな声で捜査員たちに指示を伝えた。

「龍ヶ滝付近を徹底捜索だ。まず雪次郎氏の乗っていた車を捜せ。それから川沿いに遺留品があるはずだ。釣竿やクーラーボックスなどが残されていれば、そこが事故現場だ」

事故であることを信じて疑わない砂川警部に対して、鵜飼が真っ向反対の意見を述べる。

「警部さん、雪次郎さんが龍ヶ滝を滑り落ちたことが事実だとしても、それがすなわち事故であるとは限りませんよ。誰かが雪次郎さんの背中をポンと押して川に突き落としたのかもしれない。その場合は殺人ということになりますよ。——ところで、英二さん」

そういって、鵜飼はいきなり英二の丸顔を正面から見据えた。

「あなたは雪次郎さんの死体を目にした直後に、『また、こんなことに……』というような呟きを漏らしましたね。あれはどういう意味ですか。『また』ということは以前にも同じことがあったという意味に取れますが」

鵜飼の指摘に、砂川警部も興味を惹かれたらしく英二に注目する。英二は大きな身体を小さくしながら、まるで言い訳するかのように口を開いた。

「それは、おじの死に様が一年前に死んだ親父のときと、よく似ていたから、思わず……」

「亡くなったお父さんというのは、橘孝太郎さんという方ですね。その話なら、昨日寺崎さんから少し聞きましたよ。孝太郎さんもそんなに酷い死に様だったのですか」

「ええ。今回とよく似ています。刑事さんは御存知ありませんか、一年前の事件について」

「ん、待ってくださいよ」砂川警部は記憶を辿《たど》るようにこめかみに指を当てた。「ふむ、わたしが担当した事件ではないが、多少の覚えはある。確かペンション経営の老人が滝から落ちて死亡した事件だ。そういえば亡くなったのは橘という名字だったか……」

「そう、それが橘孝太郎。わたしたち兄弟の父親であり、死んだ雪次郎の兄です。死体が発見されたのはこの河川敷ではなくて、龍ヶ滝の滝つぼでした。父の死体の様子は、今回と同じような酷いものでした。それで思わず、またか、と呟いたのです」

「実はわたしも弟と同じことを思いました。だから、死体を見た瞬間に、これは龍ヶ滝から落ちたのに違いないと確信できたのです」

直之の話を聞いた砂川警部は「なるほど」と深く頷いた。「確か一年前の事件は事故死ということで決着したと記憶していますが」

「ええ、そうです。父は大雨の直後の増水した川に落ちて、そのまま下流に流されて滝を滑り落ちて死んだのです。当時の警察の判断はありふれた事故死でした」

「しかし」と鵜飼が横から口を挟む。「今回の事件が起きたことによって、話は違ってくるんじゃありませんか。この一年の間にクレセント荘のオーナーという立場にあった二人の老人が、立て続けに滝を滑り落ちて死んだ。一度ならば単なる事故でも、それが二度続けば、そこにはなんらかの作為があるはずだ。違いますか、警部さん」

「決め付けるのはまだ早いよ。——だが、詳しく調べてみる必要はあるな」

そして警部はあくまでも丁寧に、しかし有無をいわせぬ口調で橘兄弟にいった。

「後でクレセント荘に伺ってよろしいですか。他の関係者からも話を伺いたいのですが」

「もちろん構いませんとも。我々には後ろめたいところなど、欠片《かけら》もないのですから」と、なぜか鵜飼が答えて、兄弟に同意を求めた。「そうですよね、直之さん英二さん？」

「…………」

なんでこの人が勝手に答えるの？　橘兄弟はそういいたげに鵜飼の横顔を見詰めた。

三

それからしばらくして、砂川警部のもとに制服巡査が駆け寄り、新情報を伝えた。

「雪次郎氏の軽自動車が発見されたそうです。場所は赤松川沿いの森の中、龍ヶ滝からほんの少し上流にいったあたりだそうです」

「ほう、やはり滝の上流か――」警部は事件の中心地を突き止めたとばかりに、烏賊川の上流に視線をやった。「よし、いくぞ志木！　それから直之さんたちも御同行願えますか」

「判りました。参りましょう」

と鵜飼が答えた。誰も、あなたの御同行は求めていないのよ。朱美は呆《あき》れながら肩をすくめる。警部は苦々しい表情を浮かべたが、君はくるな、とまではいわなかった。

こうして砂川警部は志木刑事の運転する車で、雪次郎の車が発見された現場へ急行。橘兄弟も同じ車で同行する。鵜飼と朱美も、当然彼らの後に続いた。

烏賊川から、その支流の赤松川へ。川沿いの道を進みながら盆蔵山を登っていく。すでにこのあたりは烏賊川市ではなく、猪鹿村に属する地域である。ちなみに猪鹿村も烏賊川署の管轄区域なので、砂川警部がここで偉そうにしたとしても法律違反ではない。

間もなく前方には、現場保存に当たる制服巡査の姿。刑事と探偵はそれぞれの車を道端に停めて、車から飛び出した。巡査に案内されて、森の中に足を踏み入れる。

問題の軽自動車は森の奥に停車中だった。雪次郎は獣道を思わせる森の小道に車で強引に突っ込み、進めるだけ進んだところで車を降りたらしい。運転手を失った車は、ひと晩この場所に放置されていたのだ。

朱美は耳を澄ましてみた。轟々《ごうごう》という水音がどこからか伝わってくる。近くに滝があるのだ。志木刑事がなにかを探すように、キョロキョロとあたりを見回した。

「雪次郎氏はここから川へと下りていった。だったら川に続く階段かなにかあるはず——」

しかし刑事の甘い期待を打ち砕くように、直之が首を振った。

「残念ですが、龍ヶ滝は観光地化された滝ではありません。むしろ危険な場所ですから地元の人間でも滅多に近づくことはない。だから階段や道路も整備されていないのです」

「じゃあ、雪次郎氏はどうやって滝の傍で釣りを？」

「はあ、おそらくおじはこの斜面を下ったんだと思います」直之は眼鏡の縁に指を当てながら、斜面の下を覗き込む。「ほら、あそこに川の流れが垣間見えるでしょう」

志木刑事は腰を引いた恰好になりながら、

「雪次郎氏は、こんなに足場の悪い場所をわざわざ降りていったんですか。雪次郎氏は七十歳近い年齢ですよ。釣りをするなら、もうちょっと楽な場所があるでしょうに」

「ええ、確かに。しかし普段から慣れていれば問題はないのでしょう。それに、他人が足を踏み入れない場所というのは、釣り師にとって絶好のポイントだったりするものです」

「そういうものですか」若い刑事はピンとこない様子で呟くと、上司の判断を仰いだ。

「で、どうします、警部？　引き返しますか？」

「なんで引き返すんだ！　現場はすぐ目の前なんだぞ！」警部は部下のなまくらな発言を一喝すると、「こうなったら、道なき道を進むのみだ。いくぞ、志木、わたしに続け！」

警部は志木刑事を引き連れて斜面を下りはじめた。橘兄弟、鵜飼と朱美も後に続く。

やがて一同は苦労の末に斜面を下りきった。川岸に並ぶゴツゴツとした岩。その岩肌を洗いながら一本の川が流れている。赤松川だ。川幅はだいたい三メートルほどで、広いところでも五メートル程度。人間の進入を拒むかのように、川の両岸には斜面が迫っている。

目の前の川の流れを見る限りでは、特に変わったところのない渓流。だが、川下に目を向けると、それはまるで工事中断になった道路のように、途中でプッツリと途切れている。もちろん川がなくなったわけではない。川は滝となって急斜面を流れ落ちているのだ。

砂川警部は志木刑事を従えて、川岸でいちばん大きな岩の上に立った。まるで天然の舞台のような巨大岩だ。警部は舞台俳優のように、眉間《みけん》に深く皺《しわ》を寄せた。

「例えば、雪次郎氏はこの岩の上あたりで釣りを楽しんでいたのかも。そして、なんらかの弾みで川の中へ落ちてそのまま滝を滑り落ちていったのかも。――おい、志木！」

「嫌ですよ」

「まだなにもいってないぞ」

「『おまえ、試しにいっぺんこの川に落っこちてみろ』とか、そんなふうなことをおっしゃるつもりだったのでは？　やめてくださいね、そんな無意味な要求は」

「いやいや、そんな無茶なことは、わたしだっていわんよー。部下を危険に晒《さら》すわけには、いかんしなー」

警部はすっとぼけるような曖昧な口調。図星を指されたのに違いない。警部はゴホンとひとつ咳払い。それから岩の上で踵を返すと、真正面から部下を見据えた。

「ところで、雪次郎氏がこの付近で釣りを楽しんでいたなら、それらしい遺留品があるはずだ。それを捜すのが先決——あ！」

突然、砂川警部の顔色が変わった。「おい、君！　そこでなにをやっている！」

警部の視線の先に、鵜飼の姿。探偵は川岸から伸びた木の枝にぶら下がった、箱形の物体に両手を伸ばすところだった。クーラーボックスだった。昨夜、雪次郎が担いでいたものだ、と朱美は直感した。死者の遺留品は、一番まずい男の手で発見されたらしい。

「こらぁーッ、勝手に触っちゃいかーん！」

砂川警部は鬼の形相で目の前の部下を押しのけて、岩の舞台から飛び降りた。ほぼ同時に「うわ！」という小さな悲鳴があがる。続いて警部の背後で派手な水しぶき。警部の腕で真横に払われる恰好になった志木刑事が、川に落下したのだ。ただの落下ではない。まるで高飛び込みの選手のように、彼は空中で一回転して落水したのである。

「おお、志木！　さすが見上げた警官魂だ！」

砂川警部はグッジョブと親指を立てた。自分で突き落としたという意識はないらしい。

「そんなこといってないで……ウプッ……助けてくださいよ、警部……プハ」

「まあ待て。あの男を止めるのが先だ」

警部は部下をいったん放置して、鵜飼のもとに駆け寄った。鵜飼は木の枝からぶら下がったクーラーボックスの横に立ち、無実を訴えるように身体の前で両手を広げた。

「大丈夫ですよ、警部さん、そんなに興奮しないで。僕だって探偵の端くれ。現場の遺留品を素手で触るような素人ではありません」

「本当だな。じゃあ、君の指紋がひとつでも検出されたら、容疑者と見なしていいんだな。逮捕してもいいんだな」

「なんでそうなるんですか」鵜飼は冗談じゃないというように警部を押し返す。「ところで直之さん、これは雪次郎さんの遺留品と考えていいのでしょうね」

「ええ、間違いありません。これはおじのクーラーボックスです。なあ、英二」

「ああ、確かにこれはおじのものだ……それはそうだけど……あの、警部さん」

「どうしました。なにか気になることでも？」

「はあ、気になるもならないも……」そういって英二は川の流れを指差した。「あの若い刑事さん、そろそろ助けてやったほうがいいのでは？　なんか、溺れてるみたいだし……」

「ははは、まさか。彼はあれでもいちおう刑事です。泳ぎは人並み以上に――嘘ッ！」

振り向いた警部の顔が、瞬時に凍りつく。人並み以上に泳ぎは上手《うま》いはずの志木刑事が、両手をバタバタさせながら、見事なまでに川の流れに乗っていた。岸辺に佇む者たちは、どう対処すべきか判らないまま、目の前を通り過ぎる刑事の姿をただ呆然と見送った。

「警部うううぅぅぅぅッッッッ――」

救いを求める志木刑事の声に、ようやく反応したのは鵜飼だった。

「はッ――そうだ、これを！」

鵜飼は顔の前にぶら下がったクーラーボックスに目を留めた。彼は両手を一杯に伸ばしてクーラーボックスを枝から下ろす。いったいなにをする気なの？　不安な思いで見詰める朱美の前で、鵜飼はクーラーボックスの肩紐の部分を両手で摑むと、それを頭上でクルクルと三回転。さらに鉄人室伏《むろふし》（父）を思わせる力強いフォームで身体ごと三回転半して、

「どりゃあぁぁッッあッうあッ」わけの判らない奇声もろともそれを放り投げた。

鵜飼の手を離れたクーラーボックスは、惚れ惚れするような放物線を描いて十数メートルの飛距離を記録。クーラーボックス史上、これほど遠くに放り投げられたクーラーボックスはあるまい。それは図ったように川面でもがく志木刑事の目の前へ着水。すると、溺れる者は藁を、のことわざどおり、溺れる刑事はクーラーボックスを両手で摑んだ。

ホッと一息つく志木刑事。その姿を見て、鵜飼も砂川警部もひと仕事成し終えたかのように揃って安堵の表情を浮かべた。

「すみませんね、警部さん、事件現場の遺留品をあんなふうに使ってしまって。ほかに浮き輪の代わりになるものが、見当たらなかったものですから」

「いや、仕方がないさ。君の判断は正しかった。部下に代わってわたしからも礼をいおう」

普段はけっして探偵に頭を下げることのない砂川警部が、素直に感謝の言葉を口にする。すると、普段ならば必要以上に恩着せがましい態度を取るはずの鵜飼も「なに、礼には及びませんよ」と、大人の対応。歴史的な和解の場面を目《ま》の当たりにした朱美は、思わず目頭が熱くなった。やっと、判りあえたんだわ、この二人！

だがそんな感動場面に水を差すように、英二が警部の肩を指先でチョンと突っつく。

「あの、ちょっと、警部さん……」

「ん、なにかね？」

「この場合、あれじゃ助けたことにならないのでは？」英二はクーラーボックスに抱きついたまま、さらに流されていく刑事の姿を指差した。「だってほら、この先は滝だから……」

「しまったあぁ！」警部の顔色が、いまさらのように青ざめる。「志木いいいぃぃぃ――」

必死で部下の名を呼ぶ警部。その絶叫を掻き消すように、いちだんと高まる滝の水音。やがて川面を漂う志木刑事はクーラーボックスとともに、龍ヶ滝の手前に差し掛かる。最期の瞬間を悟ったのか、若い刑事は「さよなら」を告げるように大きく右手を振った。

「警部うううぅぅぅ——俺、これで終わりっすかあああぁぁぁ——」

無念の言葉を残して、志木刑事の姿はふいに掻き消えるように見えなくなった。まるでよくできた魔術を見るような、綺麗な消え方だった。あとはもう滝を落ちる水音が遠くに聞こえるばかり。一時の喧騒が去ると、代わって深い沈黙があたりに舞い降りた。

砂川警部は呆然とした眸を川下に向けながら、この世の無常を嘆くがごとく呟いた。

「惜しい男を亡くしたものだ……」

確か、この人が彼を岩の上から突き飛ばして、こうなったんじゃないの？　朱美は釈然としない思いを抱いたが、ちょうどそのとき警部の携帯が鳴った。

「もしもし、砂川だ。ああ、吉岡巡査か。どうした、なにかあったのか」

携帯からは吉岡巡査の興奮した声が響く。

『はい！　あの、わたくし龍ヶ滝の下にて遺留品の捜索に当たっていたのでありますが、大変なことが——大変なことが起こりました！　滝の上から——滝の上から志木刑事が流れてきたんであります！　それもなぜかクーラーボックスと一緒に！』

「ああ、そうか」

『お、驚かないのでありますか、さすが警部殿！』

「いやあ、驚こうにもだなあ……」と軽く頭を掻く警部。「で、彼は死んだのか」

『いえ、奇跡的に骨折程度のようであります。よほど恐い思いをしたのか、なにやらうわごとのようなことを呟いております。しかし命に別状はありません。これから、どのようにいたしましょうか』

指示を仰ぐ吉岡巡査に、警部は的確な命令を下した。

「クーラーボックスは証拠の品だから大事に保管しておくように」

『え、そっちでありますか⁉　あの、志木刑事のほうはどのように？』

「ああ、彼か。そうだな、誰かそのへんの病院に連れていってやれ」

砂川警部はわりといい加減な指示を与えると、面倒くさそうに携帯をたたんだ。そして、おもむろに橘兄弟のほうを向き、やれやれ、というように肩をすくめて見せた。

「とんだ茶番を演じてしまい面目ありませんね。ははは――」

いや、ははは、じゃないだろ！　非難と疑惑の視線に晒される中、砂川警部は気を取り直すような明るい口調でいった。

「しかし幸い部下も無事だったようですし、捜査に支障が出るということはありません。では、この場所は他の連中に任せて、我々はさっそくクレセント荘に参りましょうか」

四

なぜ自分はあの決定的な場面で寝てしまうことができたのか。馬場鉄男は何度も自問自答した。あれは爪の間に針を刺してでも起きておくべき場面ではなかったのか——

「どうしたの、馬場君。難しい顔して、考え事？」

テーブルの向こうで有坂香織が珈琲カップを口許に運びながら小首を傾げる。時刻は午前八時。クレセント荘の食堂で、鉄男と香織は目玉焼きにトーストの朝食をとっていた。

「い、いや、考え事なんかしてねえけど……それより香織、昨日の夜は、あの……」

「あ、お塩とって」

「はい！」鉄男は右手で素早く塩を取り、左手を添えて彼女の前に差し出した。「どうぞ！」

「ありがと」

「…………」

なんだろう、このぎこちなさ。昨夜は、確かに二人の距離がぐっと縮まる瞬間があったはず。それが今朝はもう横浜と新横浜ぐらいの微妙な距離ができている。なんとかせねば、と焦る鉄男。その目の前で香織は、慎重に食堂を見回し、自分たちの他に誰もいないことを確認して、小さく口を開いた。

「馬場君には、昨日のことをちゃんと謝っておかないとね。本当にごめんなさい」

「な、なにいってんだ！　あ、謝るのはこっちのほうだぜ。本当にすまなかった、あんなときに居眠りしちまって……」

「あ、それはどうでもいいの」と、香織は意外にアッサリ。「あたしがいってるのは、馬場君を今回の件に巻き込んじゃったってこと。怒ってるよね。当然だよ。でも、心配しないで。もうこれ以上迷惑はかけないから」

「迷惑かけないって……どうするんだ？」

「どうもしないよ。このまま山を下りて、後は元通りの生活に戻るの。あたしは会社の仕事があるし、馬場君には廃品回収の仕事がある。お互い普通に暮らしていれば、あたしたちは赤の他人同士。誰もあたしたちが共――」彼女はウッカリ口にしかかった言葉を飲み込んで言い直した。「誰もあたしたちがK・H関係を結んでS・Iの罪を犯したなんて判りっこない。そうでしょ？」

共犯関係で死体遺棄の罪か――なるほど、イニシャルトークならば物騒な話題も問題ない。鉄男は頷き、同じ要領で尋ねた。

「じゃあよ、M池に沈めた山田——Y・Kさんは、このままなんだな」

「うん。いまさら引き揚げるのは無理だもん。仕方ないよ」

確かに彼女のいうとおりなのだが、ひとつ引っかかることがある。自分たちの軽率な行動のせいで、山田慶子殺害事件というもの自体がなかったことになってしまう、という現実だ。結果的に喜ぶのは山田慶子殺しの真犯人だろう。結局、自分たちのやったことは、殺人犯を楽にしただけなのか。そう思うと、鉄男は無性に腹が立つ。

だが一度沈めた死体を引き揚げるのは、やはり無意味だし危険だ。こうなった以上、あとは運を天に任せて自分たちは山を下りるしかない。でも、本当にそれでいいのか？

思い悩む鉄男。するとそこに、なんの悩みもないようなひとりの男が姿を現した。

あの鵜飼という謎の人物が「流平君」という名前で呼んでいる青年——戸村流平だ。彼はひとりで食堂の片隅に陣取った。すぐさま厨房から橘静枝が現れる。その顔を見るなり流平は、おや、というように首を捻った。

「女将さん、なんか顔色悪いですね。ははあ、さては深夜にサッカー観戦していて寝不足だとか。いや、実は僕もなんですよ。さっきまでコテージでぐうぐうと——」

「いえ、わたくしの場合、そういうわけでは……。ただ、朝からいろいろあってばたばたしていまして。料理人も朝から所用で出掛けてしまっているんです」

「へえ。そういえば、僕の連れも両方姿が見えないんですよねえ。なんかあったのかな？」

「さ、さあ」静枝の表情が微妙に揺れた。「あ、とにかく、そんなわけですので、朝食はわたくしが用意いたしますね。少々お待ちを」

静枝は厨房へと下がる。流平は食堂を見渡し、鉄男たちの姿を認めると、「ども」と小さくお辞儀。鉄男と香織はびくりとしながら、「えへへ」と微妙な愛想笑いを返す。

間もなく、朝食を載せたお盆を持って静枝が厨房から現れる。すると流平は世間話でもするような気楽な調子で彼女にこう尋ねた。

「このへんで散歩にいい場所ありませんか。いやなに、ひとりでやることないから、朝飯食ったら散歩でもしようかと思って。そうだなあ、景色がよくて日当たりがよくて、それでいて人けがなくて涼しくて、そんでもって水着の美女たちが水辺で戯れているのを、こっそり眺めていられるような、そんな静かで安らげる場所、近くにありませんかねえ」

「ああ、それでしたら、おあつらえ向きの場所がありますよ」

地球の裏側まで捜しても、そんな黄金郷はないと思うが……

「なッ、なんですってッ、ホントにあるんですか！　どこどこ！　どこですか、それ！」

中腰の体勢になって聞く流平に、静枝は意外と近場にある黄金郷の名を告げた。

「三日月池ですわ」

静枝の口から突然飛び出したその名前を聞いて、

「！」鉄男は飲んでいた珈琲を天に噴き、「ぶッ！」

「！」香織はトーストを喉に詰まらせた。「ぐッ！」

そんな二人の様子に気付かないまま、静枝と流平の会話は続く。

「とても素敵なところなんですよ、三日月池は……といっても、水着の美女が水辺で戯れているかどうかは判りませんけれど」

「なんだ美女はいないんですか、それはガッカリ」堂々口に出しながら激しく落胆する流平は、ある意味、凄く男らしい。「でもまあ、どうせ暇だし、いってみようかなあ」

おい、よせよ！　余計なことしないで部屋で寝てろ！　鉄男は叫びたい気持ちをぐっと抑えて、流平を睨む。すると鉄男の念力が通じたのか、流平の表情がふいに変化した。

「ん、待てよ、三日月池って、まさかあの三日月池ですか。赤松川の上流にポツンとある」

「はい、赤松川沿いの三日月池といえば、ひとつだけ。それに違いありませんわ。御存知なんですね、三日月池のこと」

「ええ、子供のころ噂で聞きました。でも、全然いい噂じゃなかったなあ。確か、底なしだとか近づくと危険だとか、そんな話でしたよ。なんか、あんまりいく気しないなあ」

そうそう、それでいいんだ！　戸村流平、おまえは正しいぞ！　彼の判断を鉄男は心の中で賞賛する。だが、そんな鉄男の気持ちを逆なでするかのように、静枝が首を振る。

「いいえ、そんなことはありませんよ。底のない池なんてあるわけないじゃありませんか。本当です。肉眼で見えますから間違いはありません」

「え、見えるって、なにが？」流平がキョトンとした顔で尋ねる。

鉄男も意味が判らず、心の中で同じ質問を呟いた。なにが肉眼で見えるというのか？

「池の底ですよ。ええ、肉眼でハッキリ見えますわ」

「ああ、そうなんですか」と流平は納得。

「！」鉄男と香織は絶句して、

「！」互いに顔を見合わせた。

そんな二人の動揺をよそに、静枝は流平に対してなおも説明を続ける。

「三日月池は噂とは裏腹に、実は結構浅い池なんですよ。水も澄み切っていますから、池の底が見えますし、泳ぐ魚の姿も手に取るように見えます。三日月池が底なしだというのは、たぶん近くのキャンプ場の人たちが子供たちを驚かせるために口にした怪談話でしょう。溺れた人間の死体は、絶対に浮かび上がらないとか、そんな話です」

「そういえば僕も子供のころのキャンプで、その話を耳にしたような気がします」

「キャンプ場の人たちは、子供たちが無闇に池に近づかないように、そういう作り話をしたのかもしれません。でも実際の三日月池は、そんな恐い池ではありませんよ。景色がよくて、風が涼しくて、散歩には最高です」

聞いているだけで鉄男は自分の身体がガクガクと震え出しそうだった。話が違うではないか。三日月池は水の綺麗な浅い池だと。それじゃあ、昨夜自分たちが池に捨てたミニクーパーはいまごろ水の中でどんな状態を晒しているのか……

悪い予感に怯える鉄男の耳に、流平の思い悩む声が聞こえてくる。

「三日月池はいいところみたいだけど……でも、水着の美女はいないんですよね……」

「ええ、水着の美女はいないでしょうね……残念ながら……」

「でも、こういう季節だし、絶対いないとも言い切れませんよね……」

こいつ、なんで根拠もなしに前向き思考なんだ！　やめろ、絶対いくな！

神に祈るような気持ちで念じる鉄男。向かいの席では香織も不安そうに手を合わせている。だが、二人の祈りも虚しく、流平は彼らにとって最悪の決断を下した。

「じゃあ、僕、後でそこにいってみますよ。場所教えてくださいね」

五

それから三十分後——

戸村流平は三日月池を目指して、ひとりでクレセント荘を出発した。と、本人はそう思い込んでいるに違いない。だがそんな彼の背後には、息を殺しながら続く二つの影。馬場鉄男と有坂香織である。二人は微妙な距離を保ちながら、流平を尾行していた。

流平は手元の地図を頼りに、森の中の小道をだらだら下っていく。やがて鉄男たちの目の前に現れたのは、V字の谷とそれを跨ぐコンクリート製の橋。五メートルほど下の谷底には、細い川の流れが見える。赤松川だ。昨夜、コントラバスケースを捨てた川がクレセント荘から意外に近い場所を流れていることに、鉄男は驚いた。

橋を渡ると、雑草が伸び放題のでこぼこ道。まるでオフロードドラリーのコースを思わせる。その雰囲気に鉄男はピンときた。

「ゆうべも、こんな感じのでこぼこ道を車で通ったよな、俺たち」

「うん、同じ道かどうかは判らないけどよく似てるね——わッ」

背後に気配を察したのだろう、前を歩く流平が、いきなりくるりと後ろを振り返る。咄嗟に草むらの陰に身を隠す鉄男と香織。バサバサッと草むらから飛び立つカラス。

「……なんだ、カラスかよ……」

流平は、つまらなそうに呟き、再び前を向いて歩き出す。ホーッと溜め息をつき、再び尾行を続ける二人。すると、またいきなり振り向く流平。隠れる二人。飛び出すイノシシ。

「……なんだ、イノシシかよ……」

つまらなそうに呟く流平。溜め息をつく二人。と、流平がいきなり振り向いて、

「……え、イノシシ！　嘘、マジで！」

二度見する流平。逃げ去るイノシシ。草むらの鉄男は冷たい汗をかきながら、

「くそ！　あいつ、とっくに俺たちのことに気付いてるんじゃねえのかよ！」

だが、野生動物登場にしばし盛り上がった流平は、再び何事もなかったように歩き出す。鉄男たちもすぐさま彼の後を追った。やがて流平は森の道へと足を踏み入れていった。昼なお暗い薄気味悪い森。しかし、ほんの数分で、目の前の視界が突然開けた。そこには青空をそのまま映しこんだような、青い水面が広がっていた。

鉄男は香織とともに木の陰に身を潜めながら、その光景を眺めた。

「ここが三日月池かよ。もっと遠くにあるのかと思ってた」

「あたしたち、ゆうべはもの凄く遠回りしてクレセント荘にたどり着いたんだね。実際は

歩いて十分もかからない距離だったんだ」

「案外、小さな池だったんだな。ゆうべは、もっと広いような気がしたけどよ」

「こんなもんだったと思うよ。そんなことよりさ、静枝さんがいってたこと、本当なのかな。浅い池だって話。もし本当なら、あたしたちが捨てた車は丸見えのはずだけど」

まさしく、そのことを確認するために、二人はわざわざ流平を尾行し、こうして三日月池にたどり着いたのである。

「ここからじゃよく判らねえな。とにかく、あの男が余計なものを発見しないまま、立ち去ってくれたらいいんだけどよ」

祈るような思いで呟く鉄男。一方、なにも知らない戸村流平は池の端に立ち、手をかざしながら池の周囲を見渡す。水着の美女の姿でも捜しているのだろう。もちろん、この池にそんなものがいるわけもない。結局、目標物を確認できなかった流平は、落胆したように肩からデイパックを下ろす。そして、なにを思ったのか突然シャツを脱ぎはじめた。

「なんだ、あいつ……日光浴でもする気か」

だが、呆気《あっけ》に取られる鉄男をよそに、流平は一気にズボンまで脱ぎ捨てた。ズボンの下にはすでに装着済みの海水パンツ。その瞬間、鉄男はすべてを察した。

「わ！　あいつ、ここで泳ぐつもりだぜ！」

水辺で戯れる水着の美女を見つけられなかった戸村流平は、その代わりといってはなんだけど、彼自身、この池で水と戯れようという考えらしい。鉄男は歯嚙みをした。こいつ、俺たちの望みの逆逆をいきやがる！　鉄男はいますぐ出ていって、余計なことすんな、と彼の頭をひっぱたきたい気分だった。

「ねえ、泳ごうとするってことは、それだけ水が澄んでいるってことなんじゃない？」

「ああ、きっとそうだ。まずいな……」

「馬場君、ゆうべミニクーパーをどのへんに捨てたか、覚えてる？」

「正確な位置までは覚えてねえけど、三日月の端っこじゃなかったことは確かだな」

「うん、あたしもそう思う。それから、三日月の内側の岸じゃなくて、外側の岸だった」

「ああ、三日月の膨らんだほうの岸――つまり、いま俺たちがいるほうの岸から捨てた」

「ということはさ、流平君がここから飛び込んで池の底を眺め回したら、かなりの確率で……」

「……見つけちまうだろうな、ミニクーパー」

二人の間で交わされる絶望的な会話。それを知る由《よし》もない流平は、デイパックの中からゴーグルとシュノーケルまで取り出して、泳ぎの準備を万端整える。そして流平は自らテンションを上げるように、「ひゃっほう！」と能天気な奇声を発すると、助走をつけて池の端からジャンプ！　いったん空中に舞い上がった後、頭から水面へと飛び込んでいった。

弾ける水音。舞い上がる水しぶき。木陰で息を呑む二人。一瞬、静まり返る三日月池。

と、次の瞬間——「ひゃあああぁぁ！」

水面に顔を出した流平の口から、悲鳴があふれ出す。池の底で思いがけない出来事に遭遇したかのような、驚愕と焦燥に満ちた声。やはり発見されたのか。鉄男は万事休すとばかりに、いったんは肩を落としたが、

「ひゃあう、ぷッ、うをあッ、うぷッ……」

すぐに流平の様子がおかしいことに気付いた。なにやってんだ、あいつ⁉

「ねえ、馬場君、彼ひょっとして溺れてない？」

「……らしいな」鉄男は思わず親指を立てた。「よし、いっそそのまま沈んじまえ！」

「駄目だよ、放っておいたら本当に死んじゃうよ。助けてあげなくっちゃ」

「助けるったって、俺、泳げねえんだぜ。だってほら、俺って基本《鉄》だからよ」

「そういう問題じゃないと思うけど……どうしよう、実はあたしも泳げないんだ……」

咄嗟にあたりを見回す香織。その視線が岸辺の草むらの中に打ち捨てられていた、一艘の小舟を捉えた。傍には棹もある。

「ね、馬場君、あれで助けられるよ！」

いうが早いか、香織は木陰を飛び出し、小舟に駆け寄った。水に浮かべようと船尾を押す。鉄男も仕方なく手を貸すと、やがて小舟はゆっくりと着水。さっそく香織が乗り込み、鉄男も棹を手にして乗り込んだ。前方を見ると、流平はなおも水面でもがいている。

「がんばれ！　いま、助けにいくからな——それッ！」

鉄男は遭難者に向かって励ましの言葉を送りながら、棹で岸をドンと突く。岸を離れた小舟は水面を滑るように進む。それは見る見るうちに遭難者の元へたどり着き——ゴン！　激しくなにかにぶつかった。

「ぎゃふッ」情けない悲鳴が船首のほうで響き、それはすぐに「ごぼごぼッ」という泡音に変わった。船の舳先《へさき》は溺れる流平に止《とど》めの一撃を加えてしまったらしい。

「きゃああ！　し、沈んじゃったあ！」

「捜せ、捜すんだ。そのへんにいるはずだ。まだ助かるぞ」

二人は小舟の上から必死であたりの様子を窺った。このとき、鉄男は初めて三日月池の状況を間近で観察した。確かに三日月池は静枝のいうとおり水の綺麗な浅い池だった。水深はせいぜい二メートルといったところだろう。だが、水中に没した流平の姿はなかなか見つからない。四方八方を眺め回すうちに、鉄男はふとあることに気がついた。

「おかしいな……見当たらないぞ……」

「うん、見当たらないね。流平君、いったいどこに沈んじゃったんだろ？」

「いや、そうじゃねえ。それよりも車だ」

「車⁉」香織の顔色が変わる。「そういえば、見当たらないね、ミニクーパー」

「な、変だろ。このあたりに沈んでるはずなのに」

「でも、どこかそのへんにあるんだよ、きっと。まだ捜せていないだけで」

「でも真っ赤なミニクーパーだぜ。ミニったって結構な大きさだ。水中に沈んでいても、赤いシルエットぐらいは見えそうなもんだ。それが全然、影も形も見あたらねえ」

「……うん」

「……なんでだ」

「……判んないよ」

「…………」

「…………………………」

二人の間に深い沈黙が舞い降りる。すると二人の背後で、いきなり上がる水しぶき。沈んでいた戸村流平が、まるで酸欠のイルカのように「ぷふぁッ！」と水中から顔を出す。

そして彼は小舟の二人を見つけると、抗議するように大声で叫んだ。

「あなたたち、僕を助けたいんですか、殺したいんですか！」

六

鉄男と香織はとりあえず戸村流平の身体を舟に引き上げてやり、三人で岸辺に戻った。二人で肩を貸しながら、流平を木陰に運ぶ。大木の根元に横になった流平は、感謝と謝罪の言葉を弱々しく口にした。

「すみませんね、さっきはカッとなって。僕もまさか助けにきた舟に跳ね飛ばされるとは思ってもなかったから、つい――。でも、あなたたちのお陰で助かりました」

「いや、礼には及ばねえけどよ。それよりおめえ、なぜ溺れたりしたんだ?」鉄男は慎重に言葉を選び、肝心な点を確認した。「ひょっとして池の中でなにかあったのか。それとも、その、なんだ……なにか変わったものを見たとか?」

「いえ、そういうわけではありません。特に理由はないんです。まあ、敢えていうならば、夜更かしして酒飲みながらサッカー中継見た翌朝に、準備運動もせずにいきなり池に飛び込んだら、池の水が思いのほか冷たかった――ってことが、原因っていや原因ですかね」

「…………」こいつ、絶対いつか溺れ死ぬぞ。「じゃあ、なにも見てねえってわけか」

「ええ、見てないですよ。ん――それとも、なにか池の中にあるんですか」

「いやいやいやいや、べ、べつにそういうわけじゃねえよ。——なあ、香織」

「そうそう、なんでもないよ。それより君、体力が回復するまで少しここで休んでなよ。寝不足みたいだし、少し寝たら？」

「そうですね」頷く流平の口から、たちまち大きな欠伸《あくび》が飛び出した。「それじゃあ、お言葉に甘えて、そうさせ、てもら、いま、スー……」

流平は鉄男たちの見守る前で、瞬《またた》く間に眠りに落ちていった。

「ふん、水着ギャルの夢でも見てろ！」鉄男は流平の寝顔に怒りの捨て台詞《ぜりふ》を吐き、ゆっくりとその傍を離れた。「とにかく、もう一度池を調べてみようぜ」

「うん、もっと広い範囲を捜さないとね」

二人は岸辺に戻ると、再び小舟に乗り込む。鉄男が船尾に立ち再び棹を握った。岸辺付近の水面に目を凝らしながら、ゆっくりと舟を進める。推測によれば、車が沈んでいる場所は、三日月の外側の弧にあたる岸辺。しかも三日月の両端付近は除外して構わない。捜索すべき場所は限られている。だが、どれほど目を凝らして見ても、水中に車の姿は見当たらない。時折、池の底を探るように棹の先で水中をかき回してみるが、手ごたえはない。

そんなふうなやり方で、おおよそ車が沈んでいるであろうと思われるあたりを、捜し続けた結果、鉄男と香織は信じがたいひとつの結論に至った。

「車がない……山田慶子の死体もない……」

「どういうこと……ひと晩経《た》ったら消えちゃった？」

「判らねえ。ひょっとして俺たち、捜す場所を間違えてんのかな？　例えば、ゆうべ俺たちが車を捨てた場所は、この池じゃなかったとか——そういうことって、あり得ねえか」

香織は池の周囲を見回して答えた。

「昨日は夜で、いまは昼だから、ハッキリしたことはいえないけど、この池だったような気がするよ。池の形も三日月形だし。それに流平君と静枝さんの会話にあったじゃない。三日月池は赤松川沿いにひとつだけだって。だったら、この池で間違いないよ」

確かに香織のいうとおりだと鉄男も思う。さらにもうひとつ付け加えるならば、この三日月池に続く荒れ果てた道。あの道端の雑草のぼうぼうと伸びた感じなど、昨夜ミニクーパーで通った道とそっくりだ。やはり自分たちは、昨夜ここにきて、車と死体をこの池に沈めたのか。だとすると、ひと晩経ったいま、なぜそれが見当たらないのか？

「まさか、あたしたちが沈めた車を誰かがこっそり引き揚げたとか？」

「いや、それはちょっと無理なんじゃねえか。水没した車を引き揚げるのは、相当難しい作業だぜ。クレーン車でもあれば話はべつだけど——あ！」

「あ！　そういえば、ゆうべ三日月池のすぐ傍にクレーン車があったよね」

「うん、確かにあったな。工事中だかなんだかで道路が通行止めになっていて、その傍にクレーン車が放置されていたっけ」

鉄男は小舟の上から池の周辺の森を見渡しながら、「そういや、今日はここにくる途中、クレーン車なんて見かけなかったな。もう、どこかに移動したのかな」

「誰かがクレーン車を操作して、水没した車をこっそり引き揚げたんじゃないのかな。その後でクレーン車をどこかに移動させた。これで全部、説明が付くんじゃないの」

「そうだな。確かにクレーン車を使えば、車を引き揚げることも不可能じゃねえ。けど、それでも疑問は残る。まず、その人物はなんの目的があってそんな真似をしたのか？」

「動機の問題だね」

「そう。それに、その人物はこの場所に車が沈んでいることを、なんで知ってたんだ？」

「そっか。それを知らなきゃ引き揚げようがないもんね。――あ、ということは、まさか！」

「まさか――なんだ？」

「ゆうべ、あたしたちがここに車を捨てたときの様子を、どこかで誰かが見てたんじゃない？　さっき、あたしたちが木の陰に隠れて、流平君の様子を見張っていたように」

「なるほど。確かに、そうかもしれねえ」

誰かが見ていたとすれば、その人物が車を引き揚げた可能性はあるわけだ。

「けど、やっぱり動機の問題は残る。池に沈めた車を引き揚げて、いったいなんの得がある？　水に浸《つ》かった車は、もうポンコツだ。しかも、車の中には死体が入ってるんだぜ」

「じゃあさ、車じゃなくて死体のほうがお目当てだったのかもよ」

「死体がお目当て⁉　いやいや、それこそあり得ねえだろ。池に沈めた死体を、わざわざ引き揚げたりする奴なんて考えられるか？　死体に用がある奴なんて——いや、待てよ」

「どうしたの？」

「考えてみりゃ、死体に興味を持つ奴がいるな」鉄男は顔の前に指を一本立てた。「少なくとも、この世の中に確実にひとりいる」

「ホント？　そんな人、いる？　誰？」

不思議そうに見詰めてくる香織に、鉄男は答えていった。

「山田慶子を殺した犯人だ。犯人なら死体に興味を持つだろ」

第五章　アリバイが語られる

一

青いルノーが、クレセント荘を目指して山道を進む。後部座席の朱美は車内の奇妙な光景と重苦しい雰囲気に、車酔いを起こしそうだった。運転席でハンドルを握る鵜飼の隣、普段は朱美か流平が座るはずのポジションに、いまは砂川警部が座っていた。

「ははは……警部さんを僕の車に乗せたのは、確か今回が初めてですかね」

「普段は志木が運転する車で移動するのが常だからな。そういえば、君の相棒はどうした。例の見習い探偵、戸村流平は死んだのか？」

「ええ、急な病で……」鵜飼がぽつりと呟く。「しかし志木刑事があんなことになったからって、警部さんが僕の車に乗ることはないでしょう。あっちの車でよかったんでは？」

鵜飼は前方を走る覆面パトカーを顎で示す。運転しているのは制服巡査で、後部座席には橘直之と英二の兄弟が乗っている。行き先はもちろんクレセント荘である。

「わたしがこの車に乗ったのは、君と話をするためだ。君は今回の事件が殺人事件であるという確実な根拠を持っているらしいな。朱美嬢がいうには、事故を殺人事件に変えるほどの情報だとか。それを教えるんだ。ここなら誰にも聞かれずに済む」

「教えてあげてもいいですけど、タダじゃ嫌ですね。条件があります」

「ほう、聞こうじゃないか」

「今回の殺人事件から僕を排除しないでいただきたい。僕はこの事件に非常に興味を惹かれているんです。最後まで関わりたい。よろしいですね」

「いいとも。わたしは君を排除するつもりなど最初からない。この事件が君のいうように殺人事件ならば、君は当然この事件に関わることができる。わたしは、これからクレセント荘に乗り込んで関係者から話を聞くが、そこにはもちろん君にも同席してもらう」

「探偵として？　それとも志木刑事に代わる助手として」

「いや、容疑者としてだが——同じことだろ？」

「それもそうですね」鵜飼は軽く頷いて、後部座席のほうをチラリと見やった。「では、僕は運転に集中したいので、朱美さんのほうからどうぞ」

話を振られた朱美は、持っている情報を隠さずに語った。山田慶子の警告めいた電話が探偵事務所にあったこと。しかし翌日、山田慶子は約束の時間に現れなかったこと。それから、戸村流平は急な病で死んだわけじゃない、ということ——

彼女の話を黙って聞いていた砂川警部は、険しい顔つきで呻き声をあげた。

「なるほど。確かに、山田慶子の警告と橘雪次郎の死は無関係とは思えない。理由は判らんが、山田慶子には彼の死が予見できたということか……」

「そう。予見できるってことは、これは計画殺人ってことですよね、警部さん」

鵜飼の問いに、助手席の警部は黙ったまま頷いた。

重苦しい雰囲気を乗せて、呉越同舟の車は山肌に沿った道を進む。片側は切り立った崖だ。車窓から見下ろすと、眼下には緑の森。その一隅に、バナナのような三日月のような、そんな特徴的な形をした池が見える。それは夏空の色を映しこんで真っ青に輝いて見えた。

「三日月形の池——三日月池か」朱美は独り言のように呟き、その景色を眺めた。

水面には一艘のボートが浮かんでいる。舟遊びに興じる子供たちか、釣り人、あるいは若い男女のカップルのようにも見える。眺めているだけで眠気を誘われるような穏やかな光景。人の死を連想させるようなものは、ここには微塵《みじん》も感じられない。

「のどかね」朱美が呟くと、

「なにが？」と鵜飼が首を捻る。

「………」砂川警部は黙ったまま、窓の外を見詰めていた。

二

クレセント荘に到着した砂川警部は、すぐさま宿にいる人間たちを遊戯室に集めた。集まったのは警部を除いて七名。まずペンションのスタッフである橘直之と英二の兄弟、それから直之の妻、静枝。宿泊客は豊橋昇と南田智明、それから鵜飼と朱美である。

「宿の人間はこれで全員ですか」各々の顔を眺め回す砂川警部。

「いいえ」と答えたのは静枝だった。「外出中のお客さまが数名いらっしゃいます。まず常連客の寺崎亮太さんはたぶん釣りに出掛けられたのでしょう。それから戸村流平さん、この方は三日月池に散歩に出られたようです。あと馬場鉄男さんと有坂香織さんという若いカップルがいるのですが、この二人も朝食後にどこかへ出掛けられました」

「判りました。その四人には、また後で話を聞くことにしましょう」

砂川警部はあらためて一同のほうを向くと慇懃《いんぎん》な態度でまず一礼。自らの職業を明かすと、淡々とした口調で橘雪次郎の変死体が発見された事実を伝えた。

スタッフの三人および朱美にとっては、すでに把握済みの情報である。驚く要素はない。豊橋昇と南田智明にとっては新事実だったのだろう、二人の口からは揃って「えッ」という小さな声が漏れた。奇妙なのは鵜飼で、彼はわざとらしくも右手で口許を押さえ、「そ、そんな……いったい、なぜ、そんなことに……」と、いかにもいま初めて事実を知らされた一般宿泊客のひとりのような振る舞い。その小芝居は必要かしら、と朱美は鼻白《はなじろ》む思いだったが、まあ、ひとりでやるぶんには勝手にやらせておけばいい。

砂川警部は、鵜飼のことは放っておいて話を進める。

「まあ、そんなわけで、雪次郎氏のことについて二つ三つ質問を――」

もちろん彼の質問が二つや三つで終わるはずがない。「まず、お聞きしたいのは、昨夜の雪次郎氏の様子についてです。生前の雪次郎氏を最後に見たのはどなたですか」

「あ、それなら、たぶんあたしだわ」朱美が手を挙げる。「午前零時のちょっと前ぐらいだったかしら。軽自動車で出掛ける雪次郎さんを、あたしが見送ったの」

「他に、午前零時以降に雪次郎氏を見たとか、連絡を取ったとかいう方はいませんか」

挙手を求める警部。だが手を挙げる者は、ひとりもいなかった。

「昨夜の雪次郎氏の様子に変わった点などは？」

この質問に対しても、一同の反応は薄い。砂川警部は質問を変えた。

「では午前零時以降の話を。みなさんは、そのころどこでなにをしてらっしゃいましたか」

警部の質問に、リゾート開発会社の中間管理職、豊橋昇が不満げな声をあげた。きっちりと背広を着込んだ彼は、いかにも交渉慣れしたような態度で砂川警部に向き合う。

「ちょっと待ってください、警部さん。これじゃあ、まるでアリバイ調べじゃないですか。雪次郎さんが亡くなったのは釣りの最中の事故なんでしょう？　なぜ我々のアリバイを調べる必要があるんですか。ひょっとして、我々を疑ってらっしゃる？」

「なに、アリバイ調べと呼ぶほど、大それたものではありません。あくまでも形式に則《のっと》った捜査の一環ですよ。それから、豊橋さん、わたしは雪次郎氏が事故で亡くなったとは、ひと言もいっていませんよ。あなたはなぜ、これが事故だとお考えになるのですか」

「え!?　いや、なぜって、お年寄りが夜中に釣りにいって、翌朝に川で死んでいるのが発見されたんですよね。普通、事故だって思うでしょう。事故じゃないんですか？」

「いえ、たぶん事故でしょうね」と警部は相手を油断させるような微笑み。「しかし殺人の可能性がゼロでない限り、ひと通りのことはやっておく必要があるのですよ」

「そういうことでしたら仕方がありませんね。だけど警部さん、午前零時以降だなんて、そんな真夜中のアリバイは無いのが普通でしょう。え、わたし？　もちろん、わたしはその時間、部屋でグウグウ寝ていました。誰だってそうですよ。——ねえ、みなさん？」

おそらく豊橋は自分の言葉に多くの賛同の声が寄せられると確信していたのだろう。だが、現実は見事なまでに彼の期待を裏切る。彼の言葉に頷いたのは静枝がただひとり。他の五人は無反応、もしくは明確に首を振った。豊橋は意外な反応に大いにうろたえた。

「え⁉　嘘⁉　嘘ですよね⁉　なんで？　なんで、そんな時間にみなさんアリバイが？」

朱美の目にはこの豊橋昇という人物が、非常に同情すべき存在に思えてきた。クレセント荘において憎まれ役のこの男は、昨夜のコテージに招待されていなかったのだ。

「いったい、どういうことですか？」

豊橋同様、首を捻る砂川警部に、直之が説明した。

「昨日の深夜といえばサッカーの日本対バーレーン戦の衛星生中継がありましたよね。あの試合をわたしたちはコテージのテレビを囲んで、観戦していたんですよ。その場に居合わせたのは、わたしと英二、南田さんと寺崎さん、それから鵜飼さん、二宮さん、戸村さんです。つまりテレビ中継の間、この七人はずっと一緒だったわけです。妻はスポーツに興味がないので、ひとりでさっさと寝てしまいましたが」

「そういうことですか。ちなみにその試合、何時にはじまって、何時に終わったのですか」

「試合開始はちょうど午前零時です。まず前半が四十五分あって、それから十五分間のハーフタイム、後半がまた四十五分ですから、試合終了は午前一時四十五分ですか。ロスタイムがあるから厳密なことはいえませんが、だいたい午前二時前に試合は終わったはずです。テレビの中継は午前二時ちょっと過ぎまでやっていましたが」

「なるほど。で、先ほどいわれた七人はそれを最後まで見ていた。つまり、その七人は午前零時から二時までお互いにその存在を確認しあえる状況だった。間違いありませんか」

頷く直之。すると砂川警部は髭面の大男のほうを向いて、同じことを確認した。

「南田さんはいかがですか。直之さんの話によれば、あなたも同席していたようですが」

いきなり問われたログビルダーは迷うことなく、しっかりと頷いた。

「ええ、直之さんのいったとおりです。いまいった七人は、ずっと一緒でした。誰かが途中でいなくなったなんてこともありません。ところで警部さん、雪次郎さんの死亡推定時刻はすでに明らかなんでしょう。いったい何時ごろなのか、教えてもらえませんか。だって、死亡推定時刻が午前三時や四時だとすれば、この話は無意味になるわけだから」

南田の言葉に大半の者が頷いた。一同の視線がいっせいに砂川警部に集まる。砂川警部は無言の要請を無視できないと悟ったのか、重たい口を開いた。

「死亡推定時刻は午前一時前後だと思われます。監察医が自信を持って下した所見ですので、そう大きく狂うことはないでしょう」

その瞬間、大勢の者たちの口からホッという溜め息が漏れた。南田も嬉しそうにいう。

「午前一時といえば、サッカー中継のど真ん中じゃないですか。つまりコテージでサッカーを見ていた我々は全員アリバイが成立する。そうですよね、警部さん」

しかし砂川警部は南田の問いには答えず、逆に質問した。

「待ってくださいよ。午前一時前後という時間帯は、ハーフタイムの休憩が終わって後半がはじまる、ちょうどそのころだ。その十五分の休憩時間も、みなさんはずっとコテージの中でジッとしていたというのですか。誰ひとりトイレにもいかずに？」

南田は拍子抜けしたような顔になり、まさかというように片手を振った。

「いやあ、そりゃハーフタイムにトイレにいく人ぐらいはいますよ。コテージの中にはトイレはないから、ハーフタイムには何人かコテージを出ていきました。寺崎さんなんかは、そうだったはずです。コテージを出て本館に向かうところを見ましたから」

「南田さん御自身は、いかがでしたか？」

「わたしはトイレにはいっていません。しかしずっとコテージにいたわけでもありません。わたしはタバコを吸うためにコテージを出ました。前半が終わってすぐに外に出て、タバコを二、三本吸い終えてから、後半開始の直前にまたコテージに戻ったんです。わたしはヘビースモーカーなもので」

「なるほど。では、ハーフタイムの十五分間、南田さんはひとりだったわけですね」

「それはそうですけど、たった十五分ですよ。それぐらい、ひとりでいたからって……」

「他の方にもお聞きしましょう。直之さんや英二さんは、どうされていたんですか」

橘直之は眼鏡の縁を指先で持ち上げながら、静かに答えた。

「わたしは休憩時間中もずっとコテージにいましたよ。トイレは試合開始の前に済ませていましたし、タバコも吸いませんから」

兄の隣で英二は記憶を辿るように腕を組み、まん丸な目で天井を見上げた。

「わたしは外に出ました。たいした理由はありません。身体を伸ばしたかったのと、外の空気を吸いたかっただけ。もちろん、後半開始時刻にはコテージに戻ってましたけどね」

砂川警部は判ったというように頷き、それから鵜飼のほうを向いた。鵜飼は警部の質問を待つまでもなく、自ら進んで答えた。

「僕と朱美さんはコテージにずっといましたよ。流平君は出ていきましたね。たぶん、トイレでしょう。後で本人に聞いてみてください」

「よし判った」警部はそういって手元の手帳に視線を落とした。「要するに鵜飼杜夫、二宮朱美、橘直之の三人がコテージに残り、後の四人――南田智明、寺崎亮太、橘英二、それから戸村流平はトイレや喫煙といった理由で、いったんコテージを出てバラバラに行動していたと思われる。――ふむ、ということは、この四人に関しては、完璧なアリバイがあるとはいえませんね。十五分の空白があるわけですから」

すると、直之が眼鏡の奥から厳しい視線を警部に注いだ。

「待ってください、刑事さん。たとえ十五分の空白があったとしても、午前一時過ぎの後半開始時点では、その四人は全員コテージに戻っていたのですよ。だったら犯行は不可能でしょう。だって、おじが殺されたのだとすれば、犯行現場は龍ヶ滝付近のはず。ここと龍ヶ滝は十五分では往復できませんよ。車やバイクを使っても無理だ。おまけに釣り場の近くまで車は入っていけない。たった十五分では殺しにいくことさえ難しい。帰ってくることはなおさら不可能です。違いますか」

直之の整然とした理論に、警部は少し表情を歪めた。

「まあ、おっしゃるとおりでしょうね。確かに、十五分では無理だ。いやなに、わたしも本気でそれが可能だなんて思っていませんよ。いちおう念には念をいれてみただけのこと。――そうですか。では、コテージに集まった七名は全員アリバイ成立。となると、この中で残るのは静枝さんと、それから……」

砂川警部は目の前の一同を嘗《な》め回すように見つめ、やがてひとりの男の前で視線を止めた。釣られるように、一同の視線もその男のもとに集中する。視線の先には豊橋昇がいた。

「ちょ、ちょっとなんですか、みなさん」

豊橋は自分に向けられた疑いの視線を敏感に察して、それを撥ね退けるような大声を発した。先ほどまでの、いかにも作り物めいた愛想のよさは、すでに影を潜めている。

「冗談じゃない。わたしは無関係ですよ、刑事さん！　わたしは部屋で寝ていただけですからね。嘘じゃありませんからね！」

「ふん、判るものか」と冷たく言い放ったのは、もともと豊橋とソリの合わない英二だ。

「聞いてください、警部さん。この男、豊橋昇はリゾート開発会社の人間なんですが、その会社は盆蔵山のリゾート開発を計画中なんです。豊橋はその計画を遂行するために、クレセント荘の買収を目論《もくろ》んでいるのです。だが、オーナーであるおじが買収に頑として応じないため、開発計画自体が頓挫《とんざ》しかかっていた。つまり豊橋にとって、おじは非常に邪魔な存在だったわけです」

「だから殺した、とでも？」豊橋は心底馬鹿にするような冷ややかな目で英二を睨みつけた。「あり得ませんね、英二さん。なによりも、あなたのその態度が、わたしの犯行を否定しているのですよ。判りませんか」

「な、なんだと。どういう意味だ？」英二の丸い目に動揺の色が現れる。

「動機がない、といっているのですよ。わたしには雪次郎さんを殺す理由がない」

「理由なら、いま俺がいったとおりだ。おまえはおじの存在が邪魔だったから……」

「では、お聞きしますがね、英二さん。わたしが雪次郎さんを殺したなら、クレセント荘の買収はすんなりいくというのですか。とんでもない。逆ですよ。雪次郎さんが死ねば、クレセント荘はあなたたち兄弟のものになるはず。そうなったら、わたしはあなたたちと交渉をやり直さなければならない。では、あなたたちはわたしと交渉して、『ハイ、お売りします』といってくれるのですか」

「そ、それは……」英二は一瞬言葉に詰まると、吐き捨てるように叫んだ。「売りますなんて、いうわけないだろ！　当たり前だ！」

「ですよね」豊橋は我が意を得たりとばかりに頷いた。「英二さんはもともとクレセント荘の売却には断固反対の立場。それに直之さんだって強硬な態度を取らないだけで、内心は売却反対で気持ちは固まっている。違いますか、直之さん」

「違いませんね。確かに、わたしも英二も気持ちはひとつ。クレセント荘を売る気はない」

橘兄弟の意思を確認して、豊橋昇は勝ち誇るように両手を広げた。

「ほら、ごらんなさい。わたしが雪次郎さんを殺したところで、買収の話は一歩も進まない。いや、あなたたち兄弟のほうが、雪次郎さんよりもよっぽど手強《てごわ》い。買収交渉は難しくなるだけだ。つまり、わたしには雪次郎さんを殺害するメリットはなにもない。むしろ、彼を殺していちばん得をするのは、この宿を自分たちのものにできる、あなたたち兄弟のほうなんじゃありませんか」

「なんだと、この野郎、いわせておけば！」英二は太い腕を怒りに震わせる。

「やめるんだ、英二！」

いまにも豊橋の胸倉に摑みかかろうとする英二を、直之がすんでのところで押し留《とど》める。それから直之は敢えて感情を押し殺したような低い声で豊橋に抗議した。

「豊橋さんも、いままでの話を聞いていたでしょう。わたしにも英二にもアリバイがあるのです。妙ないいがかりをつけるような真似はやめていただけますか」

「ふん、いいがかりはそちらが先だったはずでは？　それに、アリバイに関していうならば、確かにあなたたち兄弟には立派なアリバイがある。それは認めましょう。しかし、あなたの奥さん、静枝さんにはなんのアリバイもないはずですよ」

「なに⁉」直之の眼鏡の奥の眸に殺気に似た光が宿る。「どういう意味ですか、それは」

「どういう意味って――お判りでしょう。老人を川から突き落とすぐらいのことは、女性にだって難しくはないという意味ですよ！」

豊橋の不敵な発言に、さすがの直之も冷静さを保ってはいられなかった。一見、クールに見える直之だが、その実、弟にも増して短気で感情的な部分があるらしい。

「貴様！　いっていいことと悪いことが――」これ見よがしに右の拳を握る直之に対して、

「なにい！　それはこっちのいう台詞だ――」豊橋も同じように左の拳を握る。

まさに一触即発の危機だった。知性の衣を脱ぎ捨てた直之と、ビジネスマンとしての仮面を脱ぎ捨てた豊橋。二人にもはや理性的な対応を求めることは不可能だった。「やめるんだ、二人とも」という誰かの制止の声も、激昂する二人の耳には届かない。二人は聞こえないゴングの音を聞いたかのように、猛然と駆け出し互いの間合いを一気に詰めた。そして握り締めたそれぞれの拳を耳の後ろに構えると、

「ふざけんな、この野郎ぉぉぉ――」

「なめんな、ちくしょうめぇぇぇ――」

罵声もろともまっすぐに振り抜く。湧きあがる女性たちの悲鳴。両側から勢いよく放たれる二つのパンチ。朱美が思わず目をつむった次の瞬間、「ガツン！」「バキッ！」。骨と肉が軋《きし》みあうような壮絶な不協和音が遊戯室に響き渡る。そして再び目を開いたとき――

「？」朱美は目の前の光景に目を疑った。「――鵜飼さん！」

そこには二人分の拳を顔の両側で見事受け止めた鵜飼の姿があった。二つの拳が交わろ

うとする寸前、不用意に二人の間に割って入った鵜飼は、その顔面を両側から打ち抜かれたのだ。身体を張って争いを止めようとした彼の振る舞いは賞賛されるべきだが、その代償は大きかった。鵜飼は白目をむいて完全に失神していた。立っているように見えるのは、二つの拳で両側から挟まれているからだ。それが証拠に、直之と豊橋が拳を下ろすと、たちまち、彼の身体は軟体動物のようにくにゃくにゃと床に落ちていった。

「…………」遊戯室を深い沈黙が支配した。

怒りのやり場を失った直之と豊橋は、鵜飼の様子をチラチラ横目で気にしながら、

「お、覚えてやがれよ、この悪徳商人め！」

「そ、そっちこそ、こ、この暴力メガネ！」

そして悪徳商人と暴力メガネは、敢えて鵜飼の存在には触れないようにしながら、部屋の両側へと離れていった。自分の責任ではない、といわんばかりの、ぎこちない二人――

砂川警部は床にダウンした探偵にほんの一瞬だけ哀れむような眼差しを向けると、またすぐ容疑者たちのほうに視線を戻し、何事もなかったように語った。

「ふむ、どうやら今回の事件、単なる事故ではないような気がしてきました。他ならぬ、みなさんの振る舞いを目の当たりにして、なおさらそう思うのです。クレセント荘の売却問題、それに一年前のオーナーの事故死もある。この事件、意外に奥が深そうです――」

確かに警部のいうとおりかもしれない。だけど、その前に砂川警部、そんな台詞を喋る暇があるなら、失神した鵜飼さんを助けてあげたらいいのに――それとあと、殴った二人は傷害の現行犯じゃないの？

朱美はそんなことを思いながら、ようやく倒れた鵜飼のもとに歩み寄っていった。

三

馬場鉄男と有坂香織は三日月池に浮かべた小舟の上で途方に暮れていた。

池に沈めたはずの死体がなくなっている。しかも車ごと消えている。信じられない話ではあるが、もはやそのことは認めざるを得ないようだ。予想外の事態に直面した二人は、最初の興奮が冷めると、ようやくこれからのことを考えはじめた。

「いったんクレセント荘に戻るとして、それから、どうしたらいいかな」

「ひと晩お世話になりましたっていって、代金精算して立ち去るしかねえのかな」

そして烏賊川市に戻り、明日から何食わぬ顔でそれぞれの日常生活に復帰する。朝食の段階では、確かそんな話だったはず。だが、もはやあのときとは状況が違う。このまま山を下りてしまえば、消えた死体も車も行方不明のままだ。謎は盆蔵山に残されたままになる。それで果たしていいのだろうか。思い悩む鉄男の前で、香織が激しく首を振る。

「いや、無理だよ、無理無理！　このまま立ち去るなんて絶対無理だよ。少なくとも消えちゃった死体を見つけ出さないうちは、安心して街に帰れないよ。あたし、ここに残る」

「同感だ。俺も残るぜ」鉄男は気持ちを固めた。「けど、そうなると問題は宿だな。ゆうべはなんとか泊めてもらえたけれど、さらにもうひと晩泊めてもらえるかどうか――」

「無理を承知で頼んでみようよ」

「そうだな。もし駄目だったときには、違う宿を捜すしか――おや⁉」

鉄男の頬に水滴がひとつ弾けた。思わず天を見上げる。いつしか上空には鉛のように重く垂れ込めた雨雲。そこから舞い降りた雨粒が、水面にいくつもの波紋を描きはじめた。

「わ、雨だよ、雨！　馬場君、早いとこ戻ろ。ザーザー降りにならないうちに――」

ザーザー、ザーザーザーザー、ザーザーザー
「――って、手遅れだったね」香織は自嘲《じちょう》気味に肩をすくめた。「すんごい、大雨！」

「畜生！　昨日から悪いことばっかり起こりやがる」

鉄男は竹棹を操り、小舟を岸に寄せた。

「クレセント荘まで走るぞ」

雨の中、びしょ濡れになりながら駆け出す二人。薄暗い森の中の小道を進むと、間もな

く赤松川へといき当たる。小さな橋を渡るさなか、突然、香織が悲鳴をあげて立ち止まる。

「わ、大変だよ、馬場君！　流平君を置き忘れてきちゃった！」

そういえば戸村流平を大木の根っこに寝かせたままだ。この大雨の中、彼はまだ居眠りを続けているのだろうか。だとすれば、たいした睡眠力だ。

「ほっとけよ。そのうち目が覚めて、ひとりで戻ってくるさ」

「それはそうだけど――あれ!?」

「今度はなんだよ！」

「ほら、川岸に人がいる」

香織は赤松川の川下に向かってまっすぐ指を差した。土砂降りの中、川岸を歩いてこちらへと向かってくる人物。肩に担いでいるのは釣り人たちが持つような細長いバッグだ。鉄男は橋の上から目を凝らす。男の着ているシャツと小柄な体つきに見覚えがある。

「あの人、クレセント荘の客だな。確か、寺崎とかいう人だ。きっと釣りの最中に降られたんだろ。どうでもいいじゃねえか」

先を急ごうとする鉄男は再び駆け出した。香織はなんとなく寺崎のことが気になる様子を見せながら、鉄男の後に続く。橋を渡りきって小道をしばらく走る。すると小道の脇の草むらがいきなりザワッ。鉄男は一瞬、またイノシシに遭遇したのかと思い、小さく身構える。だが、草むらの陰から姿を現したのは細長いバッグを抱えた色白の男。寺崎だった。鉄男と香織はいきなり目の前に現れた寺崎に驚き、小さく悲鳴をあげた。一方の寺崎も最初はギクリとした表情。それから、ぎこちなく片手を上げた。

「やあ、驚かせてすまない。川で雨に降られてね」

寺崎は掌で顔を拭《ぬぐ》い苦笑いを浮かべ周囲を見回した。「やれやれ、妙なところに出てしまった。宿に戻るにはこの道でいいのかな」

「俺たちも宿に戻るところです。急ぎましょう」

二人は寺崎と一緒にクレセント荘への道を駆け出した。雨の中でジョギングするような、ゆったりとした速度。寺崎の肩で重そうなバッグが揺れる。鉄男は走りながら尋ねた。

「そのバッグ、釣竿ですか」

「え!?」寺崎は一瞬、戸惑いの声をあげてから、「ああ、そうさ。釣りが趣味でね。天気が崩れそうだから、途中で切り上げて宿に戻ろうとしたんだが、一歩遅かった。ははは」

「あんな浅い川で、なにが釣れるんです?」

どうということのない質問のつもりだったが、寺崎は苦しげな答え。

「いやあ、なに、ここからちょっと下ったところに、その、いいポイントがあってね」

確かに、寺崎は川下から現れたようだったが、本当に彼の言葉どおり釣りをするような場所があるのか。鉄男は寺崎の発言に疑問を抱いたが、いまはゆっくり釣りの話ができる状況ではない。寺崎は降りしきる雨を幸いとばかりに、話を一方的に切り上げた。

「さあ、急ごう。雷が鳴りはじめないうちに、クレセント荘へ戻らないと」

寺崎は走る速度を上げた。鉄男と香織は少し遅れて彼の後に続く。雨脚は三人の後を追いかけるようにどんどん強くなる。遠くで雷の音が聞こえた。

数分後——三人はなだれ込むようにクレセント荘に到着した。

「やれやれ、酷《ひど》い目にあった。びしょ濡れだ」寺崎はクレセント荘の玄関で濡れた髪の毛を両手で掻き上げると、「それじゃあ君たち、風邪をひかないように。僕はお先に」

そういって寺崎は濡れた身体のままで階段を上がり、二階へと姿を消していった。

すると寺崎と入れ違いのように、玄関ロビーに静枝が姿を現した。静枝は二人の姿を見るなり、「まあ、びしょ濡れじゃありませんか！」と口に手を当てた。「待っててくださいね。いまタオルをお持ちしますから」

奥へと引っ込んでいく静枝。その背中を見ながら、香織が鉄男の横っ腹を肘《ひじ》で突っつく。

「ねえねえ、馬場君。例の話を、いまのうちにさ」

「ああ、判ってる」鉄男は小声で頷いた。

やがてバスタオルを持って静枝が再び現れる。鉄男は顔や身体をタオルで拭うと、さっそく静枝に対して、例の話を持ち出した。

「あの実は僕たち、このペンションが非常に気に入りまして、できればもう一泊したいなあ、なんてことを二人で話し合っていたんですよ。——な、香織」

「そうなんです。もう本当に気に入っちゃって。なにしろ部屋は綺麗だし、料理は最高、おまけにマダムは美人でいうことなし。こんなペンション、ちょっとありませんもん」

「そう！　ですからどうか、お願いします。もう一晩だけ泊めてもらえませんでしょうか」

「はあ、そういうことですか。しかし——」静枝の表情には明らかに困惑の表情が見て取れた。「気に入っていただけたのは、なによりですが、そのー、実は朝からいろいろあってバタバタしておりまして……」

理由は定かではないが、静枝が鉄男たちの宿泊延長を歓迎していないことは明白だ。まずい。このままでは追い出されてしまう。そう思ったとき、鉄男たちの背後から、思いがけず救いの声。

「宿泊をもう一日、延ばしたい！　結構なことじゃありませんか！」

驚いて振り向く鉄男。そこにいたのは四十代と思《おぼ》しき背広姿の中年男だった。

「いいじゃありませんか、奥さん。彼らが自分たちの意思でもう一泊したいというのなら、わざわざ追い出すことはない。部屋には空きがあるのでしょう。だったら問題はない。どうか彼らを泊めてあげてください。わたしからもお願いします、奥さん――」

中年男が丁寧に頭を下げる。たちまち静枝の態度が変化した。ここぞとばかりに鉄男と香織が頭を下げると、静枝も仕方がないというように表情をやわらげた。

「判りました。では、もう一泊どうぞ」

こうして、鉄男と香織はもうひと晩だけ、クレセント荘への宿泊を許された。二人は中年男に向き直って感謝の言葉を口にした。

「力になっていただき、ありがとうございました。助かりました」

「あたし、有坂香織っていいます。こっちは馬場鉄男君。おじさんは?」

「なに、名乗るほどの者ではない――砂川だ。街の安全と平和を望む普通の男だよ」

「……ん!?」

「どうかしたのかな、君たち?」

「……いえ」

なんだろう、この感覚。初めてのはずなのに、初めてではないような、この気分。さてはデジャビュというやつか。鉄男と香織は首を捻りながら、踵《きびす》を返す。

二階に続く階段を上る二人。階段の途中で立ち止まると、振り返ってもう一度砂川に一礼。砂川は小さく手を振って応え、それから静枝のほうを向いた。

「そうそう、ところで奥さん——」

はい、なんでしょう、と静枝の声。すると砂川の口からいきなり意外な質問。

「過去の宿泊者の名前を調べてもらえませんか。山田慶子という名前を」

「！」そして二人は今日もまた、同じ階段を転がり落ちた。

「き」「う」

「や」「ひ」

「あ」「や」

「あ」「あ」

「あ」「あ」

「あ」「あ」

「あ」「あ」

「……」「……」

四

大丈夫ですか、と心配そうに駆け寄る静枝と砂川。その救いの手を拒むようにしながら鉄男と香織は自力で立ち上がり、何事もなかったように階段を上って自分たちの部屋に戻った。濡れた服を脱ぎ、とりあえず宿の浴衣に着替える。偶然、この宿に迷い込んだ二人には、他にまともな着替えがないのだ。

とにもかくにもサッパリすると、たちまちどっと疲れが押し寄せた。二人はベッドの端に、どっかと腰を下ろした。

「やれやれ、また山田慶子だ。今度はあの砂川って人の口から飛び出しやがった」

「何者なんだろ、あの砂川って人。なんで山田慶子の名前を知ってるのかな」

「判らねえ。ひょっとして鵜飼って人の仲間かもしれねえな。あの二人、どっか似たところを感じる。どっちも、自分のことを普通の男と思い込んでるみてえだし」

「年齢も雰囲気もだいぶ違って見えたけど——あれ!? 誰だろ」

突然、ノックの音。二人はギクリと背筋を伸ばし、顔を見合わせる。鉄男が恐る恐る扉を開けて顔を覗かせると、廊下に立っていたのは先ほどの中年男、砂川だった。砂川は鉄男の浴衣姿を素早く眺めて、穏やかな笑みを浮かべたが、目は全然笑っていなかった。

「着替えは済んだようですね。では、恐縮ですがほんの少しだけお時間いただけますか。実はお尋ねしたいことがありましてね。いやなに、ほんの二、三分ですので」

「は、はあ――んじゃ、まあどうぞ」

一方的な相手のペースに飲まれるように、鉄男は砂川を部屋に通した。追い返そうと思えばそうできるはずなのに、それを許さない何かが、この男にはある。それに鉄男としても、この砂川という謎の人物に興味がある。話をしてみる価値はあると思った。

鉄男と香織は窓辺の小さなテーブルを挟んで砂川と向き合って座った。

「で、聞きたいことって、なんです？　いや、その前に、おじさんいったいどういう人？」

「見たところクレセント荘のスタッフじゃないみたいだし、普通のお客さんとも違う気がする。――おじさん、何者なの？　ただの親切なおじさんじゃないよね」

「うむ、君たちが疑問に思うのも当然だ」

目の前の中年男はゆっくり頷くと、おもむろに胸のポケットに手をやった。二つ折りの財布のようなものを取り出し、二人の前にそれを差し出す。なんだろう、と怪訝《けげん》な顔の鉄男と香織。すると男は、二つ折りのそれをパカッと開いて見せた。

「わたしは烏賊川署の砂川という者だ」

「………」

鉄男は息を吞み、目の前の男の顔と差し出された物体とを、交互に見やった。中年男と警官の認識票。中年男と認識票。中年男と認識票。中年男と認識――ようやく鉄男は中年男が警官であることを認識した。

「……おお……おおお！」

鉄男はのけぞるような恰好で、椅子の背もたれに背中を付けた。感じる。認識票から吹きつける猛烈な風を感じる。錯覚ではない。椅子に座っているからいいようなものの、ぼうっと立っていたなら間違いなく腰くだけになって尻餅をついていただろう。強烈な向かい風だ。苦しい。息ができない。これか、これが役人風というものなのか！

鉄男は真横を向き、香織の様子を確かめる。彼女も鉄男と同様に、背もたれに上半身をくっつけて、口をパクパクさせている。驚きを湛えた香織の眸が鉄男に訴える。

――なんでここに警察が？

――んなこと俺が知るか！

鉄男は小さく首を振るしかない。言葉を失う二人の前で、中年男は自分の肩書きが警部であることを告げ、それから相変わらず作ったような笑顔で、ゆったりと話をはじめた。

「まあ、そう緊張しないで。なぜ警察が？　と不思議に思うのも無理はない。とりあえず事情を説明しよう。実は、今日の早朝、ひとりの人間が死体となって発見された。君たちも知っているはずの人物なんだが」

「……ひえ！」

鉄男は震え上がった。自分たちの知っている人物で、すでに死体になっているといえば、思い当たる人物はただひとり。香織が悪い予感に顔を引き攣らせ、唇を震わせる。

「し、死体が発見されたって、そ、それってまさか山田……」

「や、山で！」鉄男は香織の言葉を遮るように声を張り上げた。警察の前で自分から山田慶子の名前を口にするのは絶対にマズイ。「山で見つかったんですね、この盆蔵山で！」

必死で誤魔化す鉄男に対して、砂川警部は無表情なまま答えた。

「いや、死体が見つかったのは盆蔵山ではないよ」

「え……」鉄男は驚きを禁じ得ない。

盆蔵山ではない？　三日月池に沈めた死体が、盆蔵山以外の場所で見つかったというのか。ますますあり得ない話だ。鉄男の混乱をよそに警部は、淡々と事実を語った。

「死体が見つかったのは、烏賊川市三ツ俣町。烏賊川の河川敷だ」

突然飛び出した意外な地名に、鉄男と香織が同時に叫ぶ。

「烏賊川市ですか！」

「そんなに遠くで！」

驚く二人の様子に、砂川警部は逆にキョトンとした顔になる。

「そう驚くこともあるまい。まあ、このペンションからは多少離れてはいるが、龍ヶ滝からはそう離れてもいないわけだし、特に不自然というわけではない。ゆうべ龍ヶ滝付近で釣りをしていたところ、川に落ちたらしいんだ。事故か殺人かは、現在調査中だがね」

「……調査中⁉」なにをいってるんだ、この警部さん⁉

鉄男はますます混乱した。山田慶子はナイフで刺されて死んだのだ。事故か殺人かは、一目瞭然――て、釣り⁉　龍ヶ滝で釣りってなんのことだ。山田慶子は、ゆうべはたぶん釣りなんかしていない。なにしろ彼女は昼間のうちにもう死んでたわけで――あれ⁉

鉄男は警部との一連の会話に、重大な食い違いがあることにようやく思い至った。

「……あのお、警部さん、烏賊川市で見つかった死体ってのは、要するに誰っすか？」

すると砂川警部は、「おっと、これはすまないね」と頭を掻いて、遅ればせながらその名前を口にした。「橘雪次郎氏だ。君たちも昨日会って、知ってるはずだ」

「…………」

山田慶子ではなくて橘雪次郎。違う意味で驚くべき名前だ。鉄男はごくりとツバを飲み込んだ。「橘雪次郎さん、ですか……」

「あの、おじいさんが！　あのおじいさんが死んじゃったの、警部さん！」

「そうだ。昨夜、釣りに出掛けたまま帰らぬ人となった」

「嘘……信じられない……」呆然としたように香織が口許に手を当てる。

そんな香織の隣で鉄男は徐々に冷静さを取り戻していった。雪次郎の死は確かに驚きだが、自分たちにとってけっして悪い展開ではない。

「そ、そっすか、あのおじいさんが死んだんですか。烏賊川の河川敷で。なるほど。ということは、この宿に警部さんがやってきたのは、その事件の捜査のため？」

もちろんそうだ、と警部が頷くのを見て、鉄男は密かに胸を撫で下ろす。

どうやら砂川警部は鉄男たちを逮捕しにきたわけではないらしい。山田慶子の死体もまだ発見されていないようだ。よく判らないけれど、とりあえず助かった。鉄男は身体中の筋肉が弛緩するのを感じた。緊張のほぐれた顔は自然とにやけたような微笑に変化する。

迂闊《うかつ》に口を開けば、言葉は笑い声になって飛び出しそうだ。

「なにが、おかしいのかね。人がひとり死んだんだよ」

砂川警部が鉄男の態度を咎《とが》めるようにいう。だが残念ながら『人がひとり死んだ』は事実と違う。現実には、すでに二人死んでいる。鉄男は弛《ゆる》んだ表情を引き締めた。

「いや、もちろん雪次郎さんが亡くなったのは、悲しい出来事だって俺も思いますよ。昨日までピンピンしてたんですからね。でも、雪次郎さんの死と俺らは関係ないでしょう。なにしろ俺らと雪次郎さんは昨日の夜に偶然同じ宿に泊まっただけの間柄なんですから」

「うん、そうそう」と香織も盛んに首を縦に振る。「ほとんど、会話もしてないしね」

「おや、そうなのかい。しかしまあ、念のためだ――」

砂川警部は手帳を取り出し、それを眺めながら続けた。「これは宿の全員に聞いていることなんだが、君たちは昨夜午前一時ごろ、どこでなにをしていたかね」

いきなりのアリバイ調べ。だが、午前一時といえば鉄男は風呂上りの香織を待ちきれないまま眠りに落ちた後である。答えは簡単だ。

「その時間なら寝てたっすね」

「あたしも同じ。熟睡してた」

「そうか。まあ時間が時間だから無理もないな」警部は質問を変えた。「君たちがこの宿に泊まることになった経緯を聞きたい。道に迷って転がり込んだらしいね。山へは車で？」

「ええ、車――いいえッ！」鉄男はウッカリ口にした言葉を猛然と打ち消した。「車じゃないです。車なんてとんでもない――徒歩です。歩いて登山してきました。なッ、香織」

「そ、そうそう。麓《ふもと》からずっと歩いてきたんですよ、あたしたち」

「ほう、登山ね。では目的地は山頂あたりかね。結構あるよ、盆蔵山の山頂までは」

「い、いえいえ、山頂なんて目指してませんから——な、香織」

「そうそう。あたしたちの目的地は三日月池——じゃなくてッ！」

「じゃなくて⁉」砂川警部は怪訝な顔つき。

「三日月池じゃなくて、えと、どこだったっけ、馬場君？」

こっちに振るなよ！　鉄男は香織の横顔を軽く睨んでから、前を向いてゴホンと咳払い。

「目的地は特になくて、ただいけるところまでいこうってな感じの、いきあたりばったりの山歩きっすよ。お陰で道に迷って、この宿にたどり着いたってわけで——ははは、みっともない話っすよ」

「なるほどね」警部は相手の油断を誘うような笑み。そして、いきなり射るような視線で鉄男を睨んだ。「まさか、山の中でなにかやましいことでもしてたんじゃないだろうね」

「へッ変なこといわないでくださいよ。やましいことって、例えばなんなんすか」

「そうだな。最近、山で頻発しているのは不法投棄だな。テレビに冷蔵庫、洗濯機……」

「ああ、なるほど、そういうやつですか」

「ビデオ、パソコン、家具や楽器……」

「が、楽器……」川に捨てた楽器ケースを思い出し、一瞬鉄男の顔が強張る。

「酷い奴になると、車を丸ごと捨てていく奴なんかもいたりする。けしからんだろ」

「く、車……」鉄男の顔面がサーッと青ざめる。「そ、それは……けしからんですね」

「…………」香織の視線も宙を彷徨う。「……ゆ、許せないよね、そういうのって」

「まったくだ。山はゴミ箱じゃないというのに。おっと、話が脱線したな。いまは不法投棄の話をしている場合では——ん!? どうした、君たち。顔色が死人のようだぞ」

「な、なんでもありません。なんでもありませんから。な、香織」

「そ、そうそう。雨に降られて、ちょっと身体が冷えたのかもね」

「そうか。では温泉にでも入って温まるといい。質問は以上だ。御協力感謝するよ」

砂川警部は手帳を仕舞い、椅子から立ち上がると、手を振って別れの挨拶。扉を開けて、部屋を出ていった。扉が閉まるのとほぼ同時に、鉄男と香織は胸を撫で下ろして、

「ふ〜〜〜〜〜」「ほ〜〜〜〜〜」

糸の切れた操り人形のように、へなへなと床の上に崩れ落ちた。どうやら特別な疑いを持たれることなく、警察の追及を免れることができたようだ。しゃがみこんだまま安堵の表情を浮かべる二人。と、そのとき——

「あ、そうだ、最後にひとつだけ」

油断していた二人は、「ぎゃあ」と悲鳴をあげて、弾かれたように立ち上がった。

見ると、いま閉まったばかりの扉を開けて、砂川警部が再び顔を覗かせている。鉄男はドキドキする心臓を右手で押さえながら、「どど、どうしました、警部さん」

「？」警部はいままで以上に不審そうな目で二人を見た。「なにを慌てているのかな、君たち⁉」

「あ、慌ててませんよ。全然、慌ててなんか……な、香織」

「う、うん、冷静、冷静……それより、警部さん、なんの用？」

すると砂川警部は、「実はもうひとつ質問があったんだよ」といって、二人の顔を舐《な》めるように見渡しながら、「唐突だが、君たち、山田慶子という女性に心当たりは――」

「ありません！　ありません！　ありませんって！」

「知りません！　知りません！　知りませんって！」

異常な勢いで否定する二人の姿に、砂川警部は多少の違和感を覚えたようだったが、

「……そうか。いや、知らないならべつにいいんだ。気にしないでくれ。邪魔したね」

結局、それ以上深く追及することなく、警部は今度こそ部屋を出ていった。

鉄男と香織は油断することなく、すぐさま扉に鍵を掛け、それから二人揃ってあらためて床の上にしゃがみこんだのだった。

第六章　それぞれが推理する

一

昼に降り出した雨はやがて雷雨となって盆蔵山の景色を鉛色に変えた。砂川警部は関係者全員の事情聴取を終えたのだろう、夕刻前にはクレセント荘を去っていった。やがてオーナーを亡くしたクレセント荘に、再び夕食の時間が訪れた。

二宮朱美は鵜飼とともに食堂へ向かった。昼間、二つの拳を両側から食らった鵜飼の顔は、一時は発酵したパン生地のように膨れ上がったが、いまは落ち着きを取り戻している。

「タフネスが売り物の私立探偵は、顔面の強度も人並み以上なのさ」

「面の皮が厚いだけなんじゃないの？」

そんな二人は食堂の入口で寺崎亮太と南田智明の二人にバッタリ遭遇。四人はごく自然にひとつのテーブルを囲むこととなった。椅子に着くなり寺崎が、「おや、昨日一緒だった青年は？」と不思議そうに聞くので、朱美がありのままに答える。

「流平君なら昼間、大雨の中をずぶ濡れになって戻ってきたかと思うと、そのまま高熱を出して寝込んじゃいました。雨の中、外で昼寝してたんですって――」

すると、背後から皿と皿が衝突するような不協和音。おや、と思って振り向くと、食堂の片隅では例の若いカップル、馬場鉄男と有坂香織が夕食のさいちゅうだった。すみませんね、というように馬場鉄男が頭を下げる。昨日もそうだったが、この二人は食事の際に妙に落ち着きがない。たぶん、本格的なフレンチに不慣れなせいだ。朱美はそう理解した。

「高熱でダウンですか。じゃあ、流平君は警部さんの事情聴取を受けなかったんですか」

寺崎の問いに、今度は鵜飼が答えた。

「いえ、彼も受けましたよ。といっても、昨夜の彼の行動は僕と大差ありませんから、同じ話の繰り返しです。そういう寺崎さんはどうでした、警部さんの事情聴取は？」

「僕もたいした話はしていません。雪次郎さんについての質問にいくつか答えて、それから午前一時前後のアリバイを聞かれました。もっとも、その時間なら僕はみなさんと一緒でしたから問題はありませんでしたがね」

「でも、ハーフタイムに十五分間だけ空白がある――そういってたでしょ、砂川警部は」

「ええ。確かに。僕はハーフタイムの間はトイレにいっていて、みなさんの前から姿を消していました。そこだけはアリバイがない。でも雪次郎さんが亡くなったのは龍ヶ滝付近らしい。結構遠いところだ。たった十五分ではなにもできませんよ」

「そう、結局そこなんですよ、問題は」

鵜飼は注意を喚起するように指を一本立てて、同席するログビルダーに顔を向けた。

「ところで静枝さんに聞いた話なんですが、南田さんは以前、この山で林業に従事されていたそうですね。間違いありませんか」

「ええ、確かに。親が林業農家でしたからね。ログハウスを造るようになったのも、林業経験からの流れです。いまは、そちらが本職になったわけですが、それがなにか?」

「林業経験者なら、この山の地理には詳しいはずだ。そこでお聞きしたい。このクレセント荘から赤松川の下流にある龍ヶ滝まで、十五分でなんとか往復する手段はありませんか」

難しいなあ、というように南田は顎鬚を撫でた。

「まあ、車で十分程度走れば、龍ヶ滝の傍まではいけるでしょう。しかし、そこから滝までは山の斜面を十分ほど歩いて下るしかない。車で十分、徒歩十分、あわせて片道二十分だ。もの凄く運転技術があって、もの凄く山歩きに慣れた人なら、数分は短縮できるでしようが、それでも片道十五分が精一杯。十五分で往復となると、まったく不可能ですね」

「誰も知らないような近道があるとか」

「考えられませんねえ」

「では、まったく違ったルートとかでは駄目ですか。例えば、空から」

「ヘリコプターを飛ばすとでも？　無理ですよ。滝の傍にはヘリを停める場所がない。いや、それ以前に誰がヘリなんか運転できます？」

「いや、もちろんヘリは無理でしょうが、なにかこう、山の中を一直線にいける便利な交通手段はないですか。車で十分徒歩十分というのは曲がりくねった道や山の斜面を進むからでしょう。クレセント荘と龍ヶ滝の間は、直線距離ならそう遠くないはずですよ」

おそらく、こういう考え方をする人間が東京湾アクアラインを造ったのだ。思わず苦笑する朱美の目の前で、南田も呆れたように半笑いになった。

「そりゃ確かに、クレセント荘と龍ヶ滝は一直線に結べばせいぜい三キロってところでしょう。でも、山の中の三キロは遠いものですよ。山の中にまっすぐな道路が通っているわけじゃありませんから。まあ、どこをどういったところで、時間はかかりますよ」

「そうですか。山に詳しい南田さんがいうのなら、間違いはないのでしょうね」

鵜飼は諦めきれない様子ながら、渋々と引き下がった。しかし、朱美は南田が口にした、ふとした言葉に引っかかるものを感じた。山の中にまっすぐな道路。もちろん、そんなものがあるはずはない。が、しかし待てよ。ひょっとして、それに似たものならあるかもしれない。朱美は自分の頭に浮かんだアイデアを披露する前に、まずは南田に質問した。

「クレセント荘から赤松川のいちばん近いところまで、最短どれくらいでいけますか」

「さあ、いちばん近いところだと、歩いて五分ほどでしょうか」

「五分！　そんなに近いんですか！」

「ええ。それが、どうかしましたか、二宮さん」

南田の答えに自信を得た朱美は、それなら話は簡単、とばかりに語り出した。

「クレセント荘から龍ヶ滝までは直線で三キロほどの距離がある。だから十五分では往復できない。そういう話でしたよね。だけど、クレセント荘から赤松川のいちばん近いところまでは、ほんの五分でいける。だったら、こういうやり方でいいんじゃありませんか」

「ほう、なにを思いついたんだ、朱美さん」鵜飼が話を促す。

「犯人は夜釣りに出掛けた雪次郎さんを拉致し、ロープでぐるぐる巻きにして体の自由を奪い、いったん赤松川の上流のどこかに放置しておくの。まだ殺さないままでね」

「ふむ――」

「それから犯人は真夜中にみんなと一緒になってテレビでサッカーを観戦する。そしてハーフタイムの十五分間にみんなの前を離れて、赤松川へと向かう。拉致してある雪次郎さんの顔を川の水に押し付けて殺害する。そして犯人はその死体を、そのまま川に流すの」

「なるほど――」

「死体は川の流れが勝手に下流まで運んでいってくれるわ。犯人は死体の運搬を川に任せておいて、自分は急いでクレセント荘に舞い戻る。後半開始のころにはみんなと合流して、何事もなかったように試合を観戦する。川に流された死体はゆっくりと下流に向かい、やがて龍ヶ滝を滑り落ちる。死体はぼろぼろの状態になって赤松川から烏賊川へと流れていき、三ツ俣町の河川敷に漂着した――というわけ。これなら犯人は龍ヶ滝とクレセント荘を往復する必要がないでしょ」

「そうか。雪次郎さんは龍ヶ滝付近で死んだと思われていたけど、現場は必ずしもそこだとは限らない。赤松川の上流で殺された死体が、ひと晩かけて烏賊川まで流れ着いたとしてもおかしくはない。それなら犯人はクレセント荘から、すぐそこの赤松川までを往復するだけでいい。殺害にかかる時間を含めても、十五分間で充分可能だな」

興奮気味の鵜飼を前にして、朱美は少しだけ名探偵気分。どんなものよ、と胸を張る彼女に対して、しかしなぜか南田智明と寺崎亮太の二人は、残念そうに顔を見合わせた。

「なにか、あたしの推理に間違いでも？」

「ええ、まあ間違いというか……」南田がいいにくそうに口を開いた。「あのですね、二宮さん、街の人はよく誤解しているんですけど、赤松川ってほんの小さな川なんですよ。川底も浅くて、子供が泳ごうとしても腹を擦ってしまうほどです。もちろん舟を浮かべることもできません。そんな川だから、赤松川に大人の死体を流そうたって、期待どおりに流れてくれるはずがないんです。途中で必ず引っ掛かりますから」

「ああ、そういうこと……」朱美は落胆し、それでもまだ諦めきれない気分で食い下がった。「だけど、それは赤松川の上流付近の流れが浅いということですよね。少し下流にいけば、水量も増えるんじゃありませんか」

「多少は増えるとしても、死体を運搬できるほどには増えません。赤松川の水量が劇的に増えるのは、もうひとつの支流、青松川《あおまつがわ》と合流して以降ですね」

「じゃあ、その青松川との合流地点までいけば、死体を流せるんですね。二つの川の合流地点は、どこにあるんです？」

「それが、龍ヶ滝からほんの二百メートルほど上流にいったところでして」

「たった二百メートル!?　それじゃあ、龍ヶ滝付近とあんまり変わらないですね」

「そうです。要するに赤松川は龍ヶ滝の近くまでいかないと水量は増えない。ですから二宮さんがいうような、上流から死体を流すという方法は、赤松川に限っては使えないのです。お判りいただけましたか」

こうして南田は朱美の仮説を完全に打ち砕いた。朱美は自らの不明を恥じるように、わずかに唇を噛む。その傍らで、鵜飼は雨に洗われる窓ガラスに視線をやった。

「そうか。じゃあ、今夜だったら朱美さんのいうようなトリックも可能なわけだ。今夜は大雨が降って、川の水も増しているはずだから、死体だって流れるだろう」

「そうですね。でも、昨夜は月が綺麗な夜でした。雨は一滴も降らなかったから、川の水は普段どおり少なかったはずですよ」

「じゃあ、やはり無理か。――それに、よくよく考えると車の問題もあるしな」

鵜飼の呟きを耳にして、朱美が質問を挟む。

「車の問題って、なんのこと？」

「雪次郎さんが車に乗って出掛けるのを君は見送ったんだろ。だったら、その雪次郎さんをいったん拉致してどうこうする――ってのは、口でいうほど簡単じゃない。歩いて出掛けたのなら拉致するのも簡単だけど」

「ああ、そういえば雪次郎さんは自分の軽自動車で出掛けたんだったわね」

すると、いままで黙っていた寺崎が朱美の言葉に反応して、「ん、軽自動車――」と奇妙な呟き。続いて彼の口から飛び出したのは、無意味としか思えない質問だった。

「ええと、雪次郎さんの軽自動車って……ひょっとしてミニクーパー？」

「？」朱美は一瞬、キョトンとした。「違いますよ。雪次郎さんの車は国産の軽自動車です」

「それにミニクーパーは、形こそ小さいけれど軽自動車じゃありませんよ」

と、横から鵜飼が細かい補足説明。するとそのとき突然、二人の背後で——ガチャン！

再び響く不協和音。続いてドスンと床が振動した。朱美は驚いて振りかえる。目に入ったのは例の若いカップルのテーブルで繰り広げられる奇妙な光景だった。

馬場鉄男はテーブルに珈琲をこぼしたらしく、立ち上がってあたふた。

そして有坂香織は、なぜか腰でも抜かしたように床に尻餅をついているのだった。

二

「……痛たたた」

有坂香織は臀部《でんぶ》の衝撃に顔をしかめ、それからふと我に返って周囲を見回した。

静まり返った食堂。離れたテーブルを囲む男女四人は、会話を止めて、自分のほうを見つめている。矢のように突き刺さる視線が痛い。どうする、有坂香織！　ミニクーパーという単語に驚くあまり腰が砕けましたなんて、口が裂けてもいえないことだ。

「どうしたの？　香織ちゃん」

二宮朱美が心配そうに腰を浮かしかける。しかし香織は、「なんでもありませんから！」と素早く手を振り、尻の痛みもなんのその、その場ですっくと立ち上がった。そして内心の動揺を見透かされまいと、「えへへ」みたいな間抜けな照れ笑い。それが功を奏したのか、朱美たちは表情を和らげ、また自分たちの会話に戻っていった。香織はホッと胸を撫で下ろす。こぼした珈琲を拭き終わった鉄男が、すぐさま香織に耳打ち。

「とにかく部屋に戻るぞ。話はそこで」

二人はゆっくりと食堂を出ると、ダッシュで自分たちの部屋に舞い戻った。鉄男が扉を閉めて、香織が鍵を掛ける。二人の口から、抑えていた言葉がいっせいにあふれ出した。

「おい、いったい、どうなってんだ！　聞いただろ、いまの言葉！」

「うん、聞いた聞いた！　確かにミニクーパーっていってたよね！」

二人は外敵に怯える小動物のように室内をウロウロしながら、不安な声をあげる。

「どういうことなんだ。あの寺崎って男の口から、なんでミニクーパーって車名が出てくるんだ。しかも、このタイミングで」

「偶然とは思えないよね。ということは、どういうこと？　寺崎さんはあたしたちが捨てたミニクーパーについて、なにかを知っているってことかな」

「だけど、その割にはミニクーパーを雪次郎の車のことかと勘違いしてたみてえだ」

「うん。ミニクーパーのことは知っているけど、その持ち主が山田慶子だってことは知らない。そんな感じだったよね」

「だけど、なんで寺崎はミニクーパーのことを知ってるんだ」そこまでいって、鉄男はハッとしたように顔を上げた。「池の中から消えたミニクーパーの存在を、寺崎は知っている。てことは、どこかでそれを見たのかも。いや、ひょっとすると、寺崎自身がミニクーパーを三日月池から引き揚げた張本人かも……」

「じゃあ、ひょっとして山田慶子を殺した犯人も寺崎さん？」

だが、鉄男は小さく呻き声をあげながら首を振った。

「いや、やっぱりなんか違うな。寺崎が山田慶子殺しの犯人なら、彼女の愛車がミニクーパーだってことぐらい知ってる可能性が高い。だって、山田慶子はミニクーパーを妹さんのアパートの隣にある駐車場に停めて、そしてたぶんその付近で刺されたはずだ」

「あ、そっか。犯人はそのときに山田慶子のミニクーパーを見ている可能性が高いよね。だったら雪次郎さんの愛車と勘違いしたりはしないか」

「ああ。だけど、いずれにしても寺崎が例のミニクーパーの存在を知っていることは事実だ。他にも何か知っていることがあるのかもな……」

「うーん、寺崎さんは怪しい……けど犯人じゃなさそう……」

香織は窓辺にもたれながら外を眺めた。昼に降り出した雨は、まだまだ雨脚が衰えない。そういえば、昼間、降り出した雨の中で寺崎とバッタリ出くわした場面。あのときの寺崎の様子には少しぎこちないものを感じた。あれは気のせいではなかったのかもしれない。

「ところでさ、食堂で鵜飼さんたちが雪次郎事件の話をしてたでしょ。馬場君、あの会話の意味、判った？　アリバイの話みたいだったけど、あたしたちに関係あるのかなあ」

「まさか。俺たち、雪次郎の事件に関しては完璧に無関係だぜ」

「そうだよね。でも、山田慶子が刺し殺されたことと、雪次郎さんが川で溺れ死んだのとは、それなりに関係あるんじゃないの？　だって、雪次郎事件を調べている警部さんは、山田慶子のことも調べてたでしょ？」

「ということは、二つの事件は繫がってるわけだ。少なくとも警察はそう考えている」

「ひょっとして、あたしたちが山田慶子の死体を隠したから、話がややこしくなってる？」

「かもしれねえけど、仕方がねえだろ。だいいち山田慶子の死体も車も消えたんだ。いまさら警察に本当のことというなんて無理だ」

「確かに、いまさらいっても信じてもらえないよね──」

窓辺の香織はハアと溜め息をつきながら、再び窓の外に視線をやった。雨にぬれた窓ガラスの向こうに、クレセント荘の駐車場が見下ろせる。一本の水銀灯の明かりの真下に、一台の見慣れない車があった。いや、見慣れないはずの車というべきか。あまり見たことのない外車らしい車なのだが、それでいて、香織はその車をどこかで見た記憶があった。

「──あれ⁉」

「なんだ、どうした、香織？」

隣に佇む鉄男の声が、さらに香織の記憶を刺激する。

香織は咄嗟に目の前の窓を半分ほど開けてみた。「ギシッ」と窓枠が軋む。すると、どういうわけだか、ほとんど同時に隣の部屋の窓も「ガラッ」という音を響かせながら開いた。

隣の窓から顔を覗かせたのは、ひとりの女性。必然的に目が合う。二宮朱美だった。

「……あら」朱美が小さく手を挙げる。

「……ども」香織は小さく頭を下げた。

二人はぎこちない態度のまま、またほとんど同時に窓を閉めた。

どうしたんだ、と怪訝そうに聞いてくる鉄男に対して香織は、「ううん、なんでもないよ」と首を振って、逆に質問した。「あたし最近、こんなふうに馬場君と窓辺に並んで、隣の駐車場に停まった青い外車を見下ろしたこと、なかったかな？」

「はあ⁉　窓辺で青い外車を——ああ、それなら、あのときじゃねえか。ほら、昨日の昼間、妹さんの部屋の窓から山田慶子のミニクーパーを捜したことがあっただろ。あのとき、隣の駐車場に青い外車みたいなのが停まって——あれ⁉」

鉄男もようやくピンときたらしく、目を大きく見開き、窓ガラスに顔を近づける。

「なんか、あのときとよく似た車が停まってるけど……まさかな」

「いや、馬場君。そのまさかかもよ」

香織は昨夜の大浴場での二宮朱美との会話を思い返した。彼女は烏賊川駅の傍にある雑居ビルのオーナーだといっていた。ビルの名前は確か、れい、れいナントカビル——駄目だ、ここまで出てるけど思い出せない。

「そうだ、春佳に聞けば、判るかも！」

香織は携帯を取り出し春佳に掛けた。春佳は姉の言いつけを守って、まだ仙台にいるはずだ。四回目のコールで春佳が出た。

『もしもし、お姉ちゃん、どうしたのよ、もう！　今日は一度も連絡くれなかったじゃない。あたしのこと忘れちゃったんじゃないかって、心配してたんだよ』

外出中なのだろうか、妹の声はざわざわとしたノイズの中から聞こえてくる。

「ごめんごめん、ちょっといろいろあってね。ところで春佳に聞きたいことがあるの。あんたのアパートの隣に、古い雑居ビルがあるでしょ。あれ、なんていうビルか知ってる？」

『うん、知ってるよ』一段と高まった雑音の中から、春佳の声がズバリとその名前を口にした。『岩隈《いわくま》〜〜ッ！』

「…………」イワクマ⁉

『ね、聞こえる、この歓声！　岩隈、三者連続三振だよ！　凄いよ、今日の岩隈——』

「ちょっと春佳！　いまどこにいるの！」

『え、どこって——野球場だけど』

「え！　野球場って、ひょっとしてフルキャストスタジアム！」

『違うよ。クリネックス——』

「だから、宮城県営球場でしょ！」数年でコロコロ変わる球場名なんか、いちいち覚えていられるか。「それより、なんでそんなところにいるのよ、春佳」

『え、お姉ちゃんがそうしろっていったんじゃない。ノムさんとマー君を見なきゃ仙台にいった意味がないって。今日の先発はマー君じゃなくて岩隈だったけど』

「あ、そっか、そういえば、あたし、そういったね」

でも、まさか本当に楽天の試合を見にいくとは。姉が殺人事件で右往左往しているさなかに、妹は野球見物か。香織は思わず深いため息を漏らした。春佳、あんた気楽でいいよね。あたしだって本当は岩隈が見たいんだよ。文句いってもはじまらないけどさ。

「…………」香織は自分を落ち着かせるように大きく息を吸い込み、そして携帯に向かって叫んだ。「岩隈なんて、どーだっていいから、雑居ビルの名前を教えなさい」

『あれ、ひょっとして、お姉ちゃん、怒ってる!? あたしのせい――グスッ』

「ううん、怒ってないよ、怒ってないから、泣いてないでビルの名前を早く、ね」

『うん、判った』春佳はバッター山﨑《やまさき》を告げるウグイス嬢の声をバックにしながら、『隣の雑居ビルは黎明ビルだよ。毎日、ビルの前を通るから覚えちゃった』

「そうだ、それよそれ！」曖昧だった記憶が蘇《よみがえ》る。二宮朱美の所有するビルの名前は黎明ビル。確かに彼女もそういっていた。「ちなみに聞くけど、そのビルの駐車場に青い外車が停まってるよね。あれは誰の車？」

『名前は知らないけど、三十代くらいのぼんやりした感じの男の人が乗ってるみたい』

「三十代……ぼんやり……」鵜飼だ。香織はなぜか一瞬でそう判断した。

『ねえ、お姉ちゃん、そんなこと聞いてどうするの？　それよりあたしの部屋で死んだ女の人は、どうなったの？　まだ新聞もテレビもなんにもいってないみたいだけど――』

「いいのいいの。春佳はそんなこと気にしなくていいんだって。それじゃあ、あたし忙しいから電話切るね。ノムさんによろしく！」

『え、あ、うん、判った――』

戸惑いながら頷く春佳の声を聞きながら、香織はやや一方的に通話を終えた。鉄男がさっそく不思議そうな顔で聞いてくる。

「イワクマとかノムさんって、おめえ、妹さんといったい何の話してたんだ？」

その疑問はもっともだが、真実を語れば彼だって気を悪くするだろう。仕方がないので香織はできる限りの笑顔で誤魔化した。「ううん、なんでもないよ、気にしないで」

「そうか。まあ、いいけどよ。――で、なんか判ったのか」

「うん、思ったとおりだった。アパートの隣の雑居ビル、あれ黎明ビルっていうんだって。でね、よく聞いて、馬場君。黎明ビルのオーナーは、あの朱美さんなんだよ」

香織は昨夜、大浴場で朱美と交わした会話を、かいつまんで説明した。

「そういうことか」鉄男は窓から見える青い車を指差した。「じゃあ、その黎明ビルの駐車場に停まっていたのと、よく似た車がここの駐車場にあるってことは、つまり――」

「似た車じゃなくて、同じ車なんだよ。持ち主はたぶん鵜飼さんだと思う」

「でも、判んねえな。なんで妹さんの隣のビルに住んでる鵜飼や朱美さんが、クレセント荘にきてるんだ。単なる偶然か？　いや、こんな偶然、あるわけねえよな。じゃあなんだ。彼らまるで、俺たちの後を追っかけてきたみたいじゃねえか」

鉄男が何気なく口にした言葉を串刺しにするように、香織は指を一本突き出した。

「それだよ、馬場君！　あの人たちは、あたしたちを追っかけてきた。そう考えたら全部辻褄《つじつま》は合うんじゃないかな」

香織は窓辺を離れて、円を描くように室内を歩きながら推理を展開していった。

「そうだよ。冷静に考えてみれば、あの人たちって滅茶苦茶怪しい人たちじゃない。だいいちに、彼らは山田慶子の名前を知っている」

「確かに、鵜飼は山田慶子の名前を口にしたな」

「山田慶子が刺された現場は、妹のアパートの近所であることは間違いない。そして黎明ビルは妹のアパートのすぐ隣にある」

「つまり、彼らは犯行現場のすぐ傍で暮らしてるってことだ」

「しかも、あたしたちが山田慶子の死体を盆蔵山に捨てにきたら、そこにまた彼らの姿がうろちょろしてる。間違いないよ。彼らはあたしたちを尾行してきたんだ。ということは、彼らはあたしたちが三日月池に死体を捨てるのを目撃したのかも」

「あ！　じゃあ、車と死体を引き揚げたのは、ひょっとして！」

「そうだよ。彼らが車と死体を夜中のうちに引き揚げて、べつの場所に隠した。そして彼らは大胆にも普通の旅行者みたいな顔して、あたしたちの周りをうろついている」

「なるほど。ということは、つまり——」

鉄男は緊張の面持ちで問いかける。香織は名探偵よろしく重大な結論を口にした。

「そう、山田慶子を殺した犯人は鵜飼杜夫とその一味なんだよ！」

たぶん雪次郎殺しも彼らの仕業だね、そう付け加えて香織は勝利を確信するVサインを高々と掲げた。

三

夕食を終えた二宮朱美と鵜飼杜夫は、食堂を出ていったん鵜飼の部屋に引っ込んだ。そこでは戸村流平が額に濡れたタオルを乗っけて、死んだように眠っている。相棒である流平がダウンしている以上、ここは朱美が鵜飼の話し相手になってやるしかない。鵜飼は部屋の中央をウロウロしながら、ひとりで勝手に語りはじめた。

「話を整理してみよう。雪次郎さんの死亡推定時刻が午前一時前後。ちょうどサッカーの試合がハーフタイムのころだ。そのときコテージにいたのは僕と朱美さん、それから橘直之だ。この三人のアリバイは確実といっていい。一方、橘英二、南田智明、寺崎亮太、および流平君の四人はハーフタイムを利用していったんコテージを出て、バラバラに行動していた。ある者はトイレに。ある者は喫煙に。ある者は身体を伸ばしに。いずれにせよ後半開始までの十五分程度、彼らは自由に行動できたはずだ。では、この十五分間でなにができるか。いろいろ考えてみたが、あまりいい考えは浮かばない。朱美さんのいったような死体を川に流すというやり方は、なかなか興味深い方法だが、南田さんのいうとおり赤松川では無理だろう。となると、やはりこの四人についても実質、アリバイは成立していると考えていい。残るは豊橋昇と橘静枝、この二人だ。動機の有無はともかくとして、この二人にはアリバイがない。その気になれば、自由に雪次郎さんを殺しにいけた――」

「待って。そこがどうも引っかかるのよね」朱美は手を挙げて鵜飼の話を遮った。「アリバイがないから自由に雪次郎さんを殺しにいけるって、本当にそうかしら」

「というと？」

「昨夜、食堂で鵜飼さんが雪次郎さんに尋ねたわよね。『今夜はどのあたりで釣るんですか』って。そしたら雪次郎さんは『秘密のポイントだから教えるわけにはいかんね』とかなんとかいってトボけていたわ」

「無理もないね。釣り師は自分のポイントをあまり他人には教えたがらないものだ。それに、あの時点ではまだ彼自身も、今夜はここで釣る、という明確な考えはなかったのかもしれない。——そうか、いわれてみれば確かに不思議だな」

「そうでしょ。どこにいるか判らない雪次郎さんを、どうやって犯人は殺しにいけたの？」

「龍ヶ滝の少し上流あたりということは、漠然と見当が付いていたかもしれないけど」

「そんなんじゃ駄目よ。だいたいこのあたりだろうと思って犯人がいってみると、そこには誰もいなくて、雪次郎さんは少し離れたべつの場所で釣り糸を垂れていました——なんてことになったら目も当てられないわ」

「君のいうとおりだな。殺しにいくといっても、現実にはそう簡単じゃない。ってことは、話は最初に戻って、やっぱり雪次郎さんの死は単なる事故か。いや、それも違うな。山田慶子の警告電話。一年前の橘孝太郎氏の事件。偶然の事故とは思えない——」

鵜飼は足を止め、腕組みをしながら途方に暮れるように天井を見上げた。

「判らないな。まだなにか事件の重要な部分が抜け落ちている感じがする」

「重要な部分ねえ」むしろ朱美は、あまり重要ではない部分が気になった。「ねえ、あの二人は話題にしなくていいわけ？」

「あの二人って、馬場鉄男君と有坂香織ちゃんのことかい？　ふーむ、しかし彼らはそもそも雪次郎さんと無関係な二人だ。あんまり怪しく映らないな。所詮、脇役だ」

「確かに脇役には違いないでしょうけど、なんか気になるのよねえ。あの二人、妙にオドオド、コソコソしてるみたい。ほら、さっきだって食堂で香織ちゃんが尻餅ついていたでしょ。なんか気にならない？」

「そういえばあのとき、彼女はなにに驚いて尻餅をついたのかな。僕らはなにか彼女を驚かすようなことをいったっけ？」

「確か、あのとき話題になっていたのは、雪次郎さんが車で出掛けたときの話だったはずよ。そしたら寺崎さんが『雪次郎さんの車はミニクーパーか』なんて、妙なことを言い出して――。そういえば変ね。寺崎さんはなぜいきなりミニクーパーなんて言い出したのかしら。この事件の中にミニクーパーなんて一度も出てきていないはず――ん!?」

「どうした、朱美さん？」

鵜飼の問いを無視して、朱美は自分の思考に集中した。すると彼女の中で徐々に蘇ってくる記憶があった。つい最近、ごく身近な場所でミニクーパーを見かけた。それも、ただ見かけたのではない。多少なりと印象に残る形ですれ違ったはず――そう、すれ違った！

「あッ！」朱美は思わず叫んだ。「そうだ、あのときのミニクーパー……」

昨日の午後、黎明ビルの駐車場から出てきた不法駐車のミニクーパー。朱美はベンツの運転席から、その車の運転手を強烈に睨みつけてやった。確か、運転していたのは大柄な若い男で、助手席に乗っていたのは小柄な可愛らしい女性——

「わああああ————————ぁッ！」

朱美は思わず絶叫した。気を抜いていた鵜飼は一気に部屋の端まで弾き飛ばされ、丸太の壁に背中をドン！　衝撃で壁際の電気スタンドが倒れ、その先端はベッドで寝ていた流平の腹部を直撃。流平はウッと呻いて、ベッドの上で身体を「く」の字に折り曲げた。

「ど、どうした、朱美さん……ミ、ミニクーパーの幽霊でも見たのか……」

壁際にへばりついた鵜飼が恐怖に駆られたような目で、朱美を見詰める。

「いいえ、普通の赤いミニクーパーよ！　馬場君と香織ちゃんが乗っていたわ！」

興奮を露にする朱美の前で、鵜飼はキョトンとした表情を浮かべる。無理もない。朱美はあのときすれ違ったミニクーパーが事件と関係あるなどとは露ほども思っていなかったので、いままで誰にもその話をしてこなかったのだ。朱美は倒れた電気スタンドを元に戻しながら、あらためて自分とミニクーパーとの遭遇について語った。

話を聞いた鵜飼は、「へえ、そんなことが」と意外そうな顔。「じゃあ、そのミニクーパーはあの二人の車なのか。だが、彼らは歩いてクレセント荘にやってきたはずだ」

「そういえばクレセント荘の駐車場に、ミニクーパーなんて停まってないわね――」

朱美は駐車場を見ようと思い「ギシッ」と窓枠を軋ませて窓を開けた。同時に隣の部屋の窓も「ガラッ」と開いた。隣の窓から顔を覗かせた女性と目が合った。有坂香織だった。

「……あら」朱美が小さく手を挙げる。

「……ども」香織は小さく頭を下げた。

二人はぎこちない態度のまま、ほぼ同時に窓を閉めた。

「どうしたんだ」と不思議そうに聞いてくる鵜飼。

朱美は、「ううん、なんでもないと思う」と首を振り、話を元に戻した。

「とにかく、黎明ビルを出るときには、あの二人、確かにミニクーパーに乗っていたわ。どこか途中で乗り捨てたのかしら」

「ミニクーパーは人気の車だぞ。簡単に乗り捨てたりするかな」鵜飼は納得行かない表情で部屋の中をうろうろする。「ふむ、実に奇妙だな。サッパリ意味が判らない」

「そうそう、奇妙といえばそのミニクーパー、ひとつとびっきり奇妙な点があったわ」

「なんだ。羽でも生えてたのかい？」

「違うわよ。そのミニクーパーね、屋根に馬鹿でかい楽器のケースを載せて走っていたの。あれはたぶんコントラバスのケースだったと思――」

「なあにぃ――――――――――いッ！」

今度は鵜飼が絶叫する番だった。朱美は想像を超える彼の反応に驚くあまり、ガラス窓に背中からドシン！　振動で再び電気スタンドが倒れて、流平を直撃しようとするところ、間一髪、鵜飼の手が伸びてそれを支える。ホッと胸を撫で下ろした瞬間、壁に掛けられていた油絵が額縁ごと落下して、寝ている流平の顔面を直撃。流平はギャンと叫び、それっきりピクリとも動かなくなった。

「ど、どうしたのよ、鵜飼さん……コ、コントラバスの幽霊でも見たの……」

朱美は恐怖に駆られた目で、窓際から鵜飼を見詰める。その視線の先で、鵜飼はいよいよ落ち着かない様子で部屋をグルグルと歩きはじめた。

「コントラバスケースといえば……いや、まさか……しかし、この場合はそうとしか……君！　それは間違いなくコントラバスケースなんだな。チェロやビオラのケースじゃなくて、コントラバスケース。間違いないね」

「ええ、間違いないと思うけど、コントラバスケースがどうかしたの？」

「うむ、僕がミステリ好きだから、こういう発想になってしまうのかもしれないけれど」

鵜飼は流平の顔の上に落ちた額縁を壁に掛けなおしながら、こう語り出した。

「コントラバスケースと聞いて僕が真っ先に思いつくのは、なんだと思う？　それは女性の死体だ。コントラバスケースに小柄な女性の死体を詰めて運ぶ、そんなミステリがいくつかあるんだよ。横溝正史の『蝶々殺人事件』なんかがそうだ。角川文庫版の『蝶々殺人事件』の表紙にはコントラバスケースにすっぽり収まった女性の全裸死体の絵が描かれていてね、それを見た中学時代の僕はトラウマになるほどのインパクトを感じたものさ」

それは、鵜飼さんが中学生で、女性が全裸だったからじゃないの？　と素朴な疑問を朱美は感じたが、いまはそんなことを話題にするときではない。

「つまり、ミニクーパーに載っていたコントラバスケースの中身も、死体ってこと？」

「そうだ。その可能性はある」

「それなら中身は楽器という可能性だってあるんじゃないの？」

「おいおい、朱美さん」鵜飼は呆れたというように両手を広げた。「よく考えてみろよ。馬場鉄男と有坂香織だぞ。あの二人がコントラバス奏者に見えるかい？　いいや、きっとハモニカだって吹けないぞ。調べたわけじゃないけれど、それぐらいは見た目で判るだろ」

「見た目で決め付けちゃ失礼だと思うけど——確かに、そうかもね」

二人には悪いが、演奏家に見えないのは事実だ。リコーダーだって吹けそうにない。

「だからって、ケースの中身が死体っていうのは飛躍が過ぎるわ。だいたい、もし中身が死体なら、それはいったい誰の死体なのよ」

鵜飼は部屋の中央でピタリと立ち止まり、低く呻くようにその名を口にした。

「…………山田慶子ということになるな」

朱美は思わず息を呑んだ。「そうか。山田慶子がすでに殺されている、その可能性は前にも一度、流平君が口にしたわね。あのときは根拠のない冗談だったけど」

「そうだ。だが、いまとなっては充分に現実味のある話だ。昨日の午前、山田慶子は僕との約束どおりに、探偵事務所を訪れようとしていたのかもしれない。そしてそこで、何者かが彼女の命を奪ったとしたらどうだ。山田慶子の死体が黎明ビルの近く、例えば駐車場あたりに転がるというケースは充分に考えられる」

「そうね。確かにあり得ることだわ」

「山田慶子を殺した犯人は彼女の死体をコントラバスケースに詰めて黎明ビルから運び出した。山田慶子の死体が発見されたらマズイと思ったんだろう」

「なにがマズイの？」

「犯人はこれから盆蔵山に戻って雪次郎殺しを計画していた。おそらく犯人にとっては、こっちがメインとなる犯罪だ。山田慶子殺しは、その計画を彼女が邪魔しようとしたから急遽おこなっただけ。ならば、少なくとも雪次郎殺しが完了するまでは、山田慶子の死体の発見を遅らせたい。そう考えるのは、犯人にしてみれば当然のことだ」

「そうね。確かに、鵜飼さんのいうとおりかも」

「犯人はミニクーパーの屋根に死体入りのコントラバスケースを積んで、盆蔵山までやってきた。そして死体を捨てて、ついでに車も乗り捨てて、歩いてクレセント荘に現れた」

「なるほど。ということは、つまり——」

朱美は緊張の面持ちで彼の言葉を待つ。鵜飼は名探偵らしく胸を張って結論を語った。

「そう、山田慶子を殺した犯人は馬場鉄男と有坂香織の二人なんだよ！」

もちろん雪次郎殺しも彼らの仕業だ、そう付け加えて鵜飼は勝利を確信するVサインを高々と掲げた。

四

盆蔵山に降る雨は、夜が深まるほどにその激しさを増していくようだった。

馬場鉄男はクレセント荘の大浴場にて、檜の湯船のお湯に浸かりながら考えていた。

鵜飼杜夫とその怪しい仲間たちが山田慶子殺しの犯人である。そう断定した香織の推理は、おそらく正しい。だが証拠がない。もちろん鉄男は刑事ではないから、鵜飼一味がどれほど極悪非道な残忍きわまる殺人集団であろうとも、それを証明する立場ではない。

とはいうものの、彼らを野放しにしておくのも正直マズイと思うのだ。

「奴らは山田慶子の死を闇から闇に葬り去ろうとしているはず。てことは、俺たちの口を封じようと考えてもおかしくねえ……」

あるいは、まさにそのために鵜飼たちはクレセント荘に滞在しているのかもしれない。いままでそれらしい動きがなかったのは単に隙を窺っていただけ。今夜あたり実力行使があったとしても、なんの不思議もない。

「うう、なんか本当にヤバイような気がしてきた――」

悪い想像を巡らせていると、突然――ガラッ！　背後で扉が開く音。振り返ると、湯気の向こうに見えるのは、腰にタオルを巻いた中肉中背の男の姿。

「…………」木の香漂う大浴場の温かな湯気の中で、

「…………」二人の男たちはなぜか黙ったまま、

「…………」強張った表情を浮かべながら、

「…………」互いを確認しあった。

「ひぇええ！」鉄男は湯船の中で思わず腰を浮かせた。「う、鵜飼――さん！」

「うぁああ！」鵜飼は後ろ向きにスキップするように後退する。「ば、馬場――君！」

鉄男が湯船の片隅で思わず自己防衛の拳を構えると、鵜飼はなにを思ったのかアマチュアレスリングの選手さながらに中腰の体勢を取った。湯船の対角線上で睨みあう裸の男たち。鵜飼は鉄男との間合いを測るように、檜の湯船を右へ右へと回り込む。

「…………」鵜飼は強張った声で、「は、入ってもいいかな、馬場君」

「…………」鉄男はぎこちなく頷いて、「え、ええ、いいですとも。ど、どうぞどうぞ」

「そ、それじゃあ、遠慮なく——は〜ふぅ〜、いやあ極楽極楽っと」

殺人犯かもしれない男と二人っきりで風呂の中。うっかり隙を見せれば、タオルという地味な凶器を手にした鵜飼が、暗殺者の素顔を露にして襲いかかってくるかも。そんな悪い想像を巡らせながら、鉄男は自分の警戒心を悟られまいと、精一杯の努力で微笑んだ。

「いやあ、本当にいいお湯ですね。生き返りますね、ははは」

「そうだねえ、は、はは、生き返るね」

「…………」

生き返るどころか、生きた心地がしない。こんな緊張感溢れる風呂は生まれて初めてだ。そんな中、鉄男は必死で話の接《つ》ぎ穂《ほ》を探し、そして閃《ひらめ》いた。この逆境はむしろチャンス。先ほどの香織の推理が真実か否かを確認する絶好の機会だ。そう思った鉄男は、さりげなくさりげな〜く、鵜飼に質問した。

「そ、そういえば鵜飼さんって、青い外車に乗っているんですよね。凄いなあ。ああいう車は維持するのが大変じゃないですか。普段どこに停めているんですか」

「いやなに、べつに普通だよ。住んでいるビルの駐車場に、野ざらしで停めてあるんだ」

「ビ、ビルって——なんていうビルですか」

「ビルの名前は黎——うッ——れ、霊峰《れいほう》ビルっていうんだ。霊峰富士から取った名前らしいよ。詳しくは知らないけどね」

「！」完璧だ。完璧なる嘘八百。

いま、この瞬間に鵜飼は自らが殺人者であることを認めたのだ。でなければ、ここで嘘をつく理由がないではないか。鉄男はお湯の中で密かにガッツポーズの拳を握り締めた。

鵜飼はなんらかの気配を察したのか、湯の中でびくりと身体を震わせた。

「そ、そういえば馬場君、僕も君に聞きたいことがあったんだ」

「え、なんですか、聞きたいことって」

鉄男が作り笑顔で応じると、鵜飼はこれ以上ない真剣な顔つきでズバリと聞いてきた。

「君、ハモニカ吹けるかい？」

「は？」それが風呂場でする質問か。しかもそんな真面目な顔で。鉄男は意味不明のまま首を振った。「いいえ、全然吹けません。俺、音楽とか才能ないから。ええ、香織もそうだと思いますよ。それぐらい見た目で判るじゃないですか。――で、それがなにか？」

「いや、なんでもないんだよ。ちょっと聞いてみただけさ」

そういう鵜飼の右手が、お湯の中でぐいッと握り締められたような気がして、鉄男はギョッとなった。なんなのだ、この控えめなガッツポーズの意味するものは？　判らない。自分は殺人犯を歓喜させるようなことを口にしただろうか？

「…………」もはや我慢の限界だった。これ以上は、緊張に耐えられない。「お、俺、そろそろ上がりますから」

「え、もうかい。遠慮しなくてもいいんだよ。なんなら背中でも流してあげようか」

「背中！　じょ、冗談じゃねえ。せ、背中を預けるなんてとんでもない」

「そ、そうかい、いや、僕だって男の背中に興味はないんだが」

「もちろん、そうでしょうとも――じゃあ、俺はこれで失礼」

鉄男は敵に背中を見せまいとして、鵜飼のほうに顔を向けたまま、後ずさりするような体勢で大浴場を出ていった。脱衣場に駆け込むや否や、濡れたままの身体に浴衣を羽織って、脱兎のごとく廊下に飛び出す。こうして緊張の場面を逃れた鉄男は、ようやくホッとひと息。かつてない疲労を全身に感じた鉄男は、ひとつ風呂浴びてリラックスしたい、と切実に思った。これでは、なんのための温泉なのかサッパリ判らない。

「ん⁉ でも変だな。俺はともかく、なんであの人があんなふうに俺のことを警戒するんだ？ よくよく考えると意味が判んねえな」

まあ、殺人犯ともなれば、いろいろ警戒することもあるんだろう。そんなふうに納得しながら、鉄男は二階の廊下を自分たちの部屋へと向かう。その途中、遊戯室の扉の前を通りかかったとき、鉄男はふと喉の渇きを覚えた。あまりにも緊張する場面を経験したため、喉がカラカラなのだ。そういえば遊戯室にはジュースの自動販売機があったはずだ。

「なんか買っていくか」

遊戯室の扉のノブに手を掛けて、少しだけ開く。部屋の中は薄暗い。と思った瞬間、激しい稲光があたりを照らし、間髪をいれず稲妻の大音響が建物を揺るがした。あまりの衝撃に、鉄男は部屋の中に首を突っ込みかけたまま、思わず身体を硬直させる。やがて雷の音が収まると、それと入れ替わるように、遊戯室の中から男たちの声が聞こえてきた。

「鉄砲だと……鉄砲とはなんのこと……」

「あなただけが使える鉄砲ですよ……ひひッ」

いきなり耳に飛び込んできた物騒な言葉と嘲笑の声に、鉄男は再び硬直する。遊戯室で二人の男たちが、なにやら秘密の会話を交わしているのだ。誰と誰が話をしているのかは判らない。扉は薄く開いているだけ、しかも入口付近に置かれた戸棚が邪魔になって、部屋の中を見渡すことができない。逆にいうと、部屋の中の男たちも、鉄男の存在には気がついていない。扉を開けた際の音は、雷鳴に掻き消されてしまったらしい。

男たちは、自分たちの会話が盗み聞きされていることに気付かないまま、会話を続ける。

「なにをいってる……犯人が鉄砲を使ったと……どういうことだ……拳銃か、それともライフル銃か……わたしは銃など持っていない……あの人は撃たれて死んだのでは……」

「……とぼけないで……鉄砲……あなたにしか使えない……あなたが犯人だ……へヘッ」

鉄男は部屋に入ることも逃げ出すこともできずに、扉のノブを握り締めたまま、音を立てずにジッとしているしかなかった。自然と会話が耳に入る。その内容が殺人事件に関するものであることは間違いなかった。

だがそれにしては奇妙だ。山田慶子にしろ橘雪次郎にしろ、銃で殺されたわけではない。なぜ男たちの間で銃が話題になっているのか、鉄男には意味が判らない。

かといって、二人の男がまったく見当違いの会話を繰り広げているとも思えない。ひとりはいたぶるような口調、もうひとりはうろたえるような口調。両者の声は真剣そのもので、冗談をいっている雰囲気ではない。

「……証拠があるのか……しょ、証拠……見せてもらおう……」

「そんなにいうんなら……明日午前十一時に花菱《はなびし》旅館の裏……」

「よし……花菱旅館の……判った」

「……遅れるな……ん⁉」

しまった、気付かれたか！　鉄男は慌てて、強くノブを引いて半開きの扉を閉じた。バタンと大きな開閉音が響く。ほぼ同時に轟く雷。地鳴りのような音が建物を揺るがす。その間を利用して、鉄男は素早く扉の前を離れた。気付かれたのか、誤魔化せたのか、鉄男自身にもよく判らない。

鉄男は廊下を小走りで進み、部屋に駆け戻った。勢いよく中に飛び込み、鍵を閉める。

「ふー、危ねえ危ねえ」鉄男は浴衣の胸に右手を当てて、大きく息を吐く。「けど、いったいなんなんだ、いまの？　まったく、意味判んねえことばっかりだ――おい、香織」

振り向きざまに名を呼ぶと、当の有坂香織はベッドの上。浴衣の上にきっちり布団をかぶって、すでに目をつぶっている。部屋の隅ではテレビがつけっぱなしだった。彼女はテレビを見ながら寝てしまったようだ。

「おいおい、まだ九時半だぜ。子供の寝る時間じゃねえか」

鉄男は落胆を露にしながら、香織のベッドの端っこに腰を下ろす。

昨日も今日も、有坂香織とは血なまぐさい話をしたり、誰かの視線に怯えたりするばかり。結局この二晩というもの、鉄男は彼女と同じ部屋に寝泊りするという千載一遇の機会を得ながら、まるで野生動物としてのオスの本性を発揮できないままなのだった。もちろん、そんなもの発揮してる場合じゃないってことは、鉄男も理解しているのだが、なんだか惜しいではないか。納得できない。

「………」

鉄男はジッと彼女の寝姿を見詰めた。こいつ、本当に寝てるのか。単に俺を拒否しているだけじゃねえのか。そんなことを思いながら、しばらくは彼女の様子を眺め回す鉄男だったが、やがてそんな自分の姿がいかにもお預けを食らった犬みたいでみっともない、とようやく気がつき、鉄男は香織のベッドから離れた。

「ま、仕方ねえな。寝かせといてやるか……」

馬場鉄男はけっして紳士ではないが、寝ている女性に襲い掛かるほどケダモノでもない。

ふと見ると、つけっぱなしのテレビの中では楽天対西武戦が試合終了を迎えたところ。3―0で楽天のエース岩隈が見事完封勝利。野村《のむら》監督は大喜びで岩隈と握手を交わしながら、ファンの歓声に応えている。そんな中、ひと際大きな声で「ノムさ〜ん」と監督に声援を送る若い女性の姿が目に留まった。観客席の金網にしがみつきながら、懸命に何かを訴えようとする姿が妙に気になる。

「ん!? なんかこの娘、香織に似てんなあ……」

鉄男はリモコン片手にしばし画面に見入ったが、

「……んなわけねえか」

あり得ない想像を振り払うように、鉄男はテレビを消した。

第七章　両雄、あいまみえる

一

一夜明けると、昨日からの雷雨が嘘のように、盆蔵山は朝から快晴である。

蘇った真夏の青空の下、二宮朱美は鵜飼の運転するルノーの助手席に座っていた。

朝食の直後にいきなり、「いますぐ出掛けるから、君もきなさい、いいからきなさい」と一方的にいわれたのだ。有無をいわせぬ鵜飼の口調に、質問を挟む間もなく、車に乗り込み出発。結局、朱美がその質問を口にしたのは、車が山道を下りはじめたころだった。

「そんなに慌ててどこにいく気なの？　目的はなんなのよ？」

探偵は前を向いたまま、興奮を隠し切れない口調で、ようやく事情を説明した。

「つい先ほど、探偵事務所の留守番電話を携帯でチェックしたんだ。大半は支払いの催促みたいなつまらない伝言ばかりだったんだが、一件だけ、興味深い伝言が残されていた。昨日の夜に吹き込まれたものらしい。相手は猪鹿村の山田聖子《せいこ》という若い女性だ」

「山田聖子⁉　それ、ひょっとして山田慶子の家族かなにかじゃないの？」

「おそらくはそうだ。姉や妹かもしれない。伝言の声も似てたしね」

「で、どういう伝言だったの？」

「『お尋ねしたいことがあって連絡しましたが、またかけなおします』とだけ言い残してあった。で、僕が想像するに、彼女の『お尋ねしたいこと』というのは、山田慶子の行方についてだと思う。山田聖子さんは山田慶子と鵜飼探偵事務所の細い繋がりをなんとか探り出し、事務所に電話をよこした――」

「ところが生憎、探偵事務所は夏休みだったたってわけね。ありそうなことだわ。で、これからその山田聖子さんのところへ？」

「そうだ。猪鹿村の電話帳に山田慶子という名前は一軒もないんだけど、山田聖子は一軒だけあった。住所は盆蔵山のふもと。猪鹿村と鳥賊川市の境界近くだ。山田聖子って名前はありそうでなさそうな名前だから、かなりの確率でビンゴだと思う」

「じゃあ、その山田聖子さんに話を聞けば――」

「そう、ついに謎の女、山田慶子の正体が判るってわけだ」

そういいながら鵜飼はアクセルを踏み込む。ルノーは軽快なエンジン音を響かせ、雨上がりの濡れた道を進む。朱美は明らかになりつつある真相に、胸の高鳴りを覚えた。

山田聖子の住まいは単身者向けのアパートだった。郵便受けの名札で「山田」の部屋番号を確認して、扉の前に立つ。ブザーを鳴らしてみると、中から若い女性の声が応えた。扉を薄く開いて顔を覗かせたのは、三十代と思われる小柄な痩せた女性だった。薄いグレーのTシャツにデニムのパンツ。化粧気はないが、整ったうりざね顔は美人の部類に入るだろう。山田慶子もこんな顔なのだろうかと、朱美は想像した。

見知らぬ訪問者に対して、彼女は「どなたでしょうか」と疑り深そうな目を向ける。

「山田聖子さんですね。わたくし、鵜飼といいます」

お判りですね、というように鵜飼は相手の目を覗き込む。一瞬の間があって、

「ああ、探偵事務所の方ですね！」山田聖子は勢いよく扉を開け放った。「よかった。こちらからお伺いしようかどうしようかと迷っていたんです。お入りになってください」

聖子は部屋の中に二人を招き入れた。小さなテーブルの前に座布団を並べて二人に勧め、日本茶を振る舞う。それから山田聖子は、いまさらのように素朴な疑問を口にした。

「あら!?　でも変ですね。なぜ探偵さんのほうから、わざわざわたしのところへ？」

「実は、少しお尋ねしたいことが。まず確認させていただきますが、山田聖子さん、あなたは山田慶子さんの身内の方ですね」

「はい。慶子はわたしの妹です」

山田聖子の話によれば、聖子と慶子は二人姉妹。同居ではなく、姉妹はそれぞれのアパートでひとり暮らしをしているという。ところが木曜日の夜以来、妹慶子に連絡がつかなくなった。心配した姉聖子は昨日の夜、合鍵で妹の部屋の鍵を開けて、部屋の中を調べてみた。ひょっとして妹が急病で倒れているかもしれないと思ったからだ。

しかし、部屋はもぬけの殻。そんな中、聖子は卓上のメモ帳に残された妹の文字を発見した。そこには、聖子の知らない電話番号と「鵜飼探偵事務所」の文字。妹がなぜ探偵事務所の番号などをメモしていたのか。不審に思った聖子は、悩んだ末にその番号に連絡したというのだ。

「わたし、妹がなにかトラブルに巻き込まれたのではないかと心配で。それで、お聞きしたいと思ったんです。妹が探偵事務所の方になにを相談したのか、その詳しい内容を」

「そういうことでしたか。しかし残念ですね。実は、妹さんは探偵事務所にこなかったんです。金曜日の午前中に会う約束をしていたのですがね。そんなわけで、依頼の内容もまったく判らずじまいなのです」

山田慶子の依頼はクレセント荘の事件に関わるものだったに違いない。だが、その点について鵜飼は敢えて口にしなかった。

「そうですか。探偵さんに聞けばなにか手掛かりが摑めるかと思ったのですが」

「はあ、残念ながら、我々にもサッパリ。ちなみに聞きますが、妹さんの御職業は？」

「このところは烏賊川市内にあるコンビニで働いています。以前は会社勤めをしていたのですが、上司といろいろあったとかで、三ヶ月ほど前に辞めてしまいました」

「上司といろいろですか」意味深な言葉に、鵜飼は興味を惹かれたらしい。「ちなみにその会社というのは、どういった会社ですか」

「あまり有名な会社ではありません。『烏賊川リゾート開発』という会社です。別荘地やリゾート地の計画と開発をおこなう中堅建設業だとか——きゃあぁ！」

聖子が悲鳴をあげたのは、鵜飼が突然身を乗り出してテーブル越しに彼女の両肩を摑んだからだ。探偵は気が昂《たか》ぶると無茶をする。

「烏賊川リゾート開発！間違いないんですね！　山田慶子は三ヶ月前まで烏賊川リゾート開発の社員だったんですね！」

「ははは、はい！　ままま、間違いありません！」

鵜飼のあまりの剣幕に気《け》おされて、聖子の顔には、ほとんど恐怖に近い感情が現れている。朱美は気づかれないように鵜飼の背中をグイと引っ張り、元どおり座布団に座らせる。

鵜飼の横顔には、金鉱を掘り当てたような歓喜の色が滲んでいた。

「では、その烏賊川リゾート開発で妹さんといろいろあった上司というのは、誰ですか」

「上司の名前ですか。ええと、確か豊――」

「豊橋昇だ！」

あんたが答えてどうするの？　朱美は小さく溜め息をつく。

「ええ、そうです。豊橋昇という人です。御存知なんですね」

「いや、それほど詳しく知っているわけでは――。で、妹さんは豊橋昇について、どういう人物だといっていましたか」

「さあ。妹は会社での出来事をあまり話してくれませんでしたし、わたしも聞きませんでしたから、具体的なことはなにも。ただ、豊橋昇という上司といろいろあって居づらくなったから辞めると、妹はそういっていました。探偵さん、その豊橋昇という人と、妹がいなくなったことと、なにか関係があるのでしょうか。――はッ、もしかしたら、妹はその人と一緒に駆け落ちを！」

「いや、そういうことではないと思いますが……」鵜飼は困ったように首筋を掻く。「ちなみに、ここ最近、妹さんとお付き合いしている男性などは、いなかったのでしょうか」

「いたような雰囲気は感じたのですが、具体的な名前などは聞いたことがありません」

「妹さんの失踪について、警察に相談などされましたか」

「ええ、駐在さんにはいちおう連絡を。でも、若い女性が二日三日いなくなったくらいで警察が動いてくれるとは思えませんし――。ああ、わたし、いったいどうしたら」

話をするほどに不安が募るらしく、聖子はそわそわと落ち着きがない。やがて聖子は目の前の鵜飼の存在にあらためて気がついたかのように、彼の顔に視線を留めた。

「あの、ひとつ伺いたいんですけど、探偵というのは、行方不明になった人を捜したりしてくれる、そういう御職業ですよね」

「はあ、失踪人捜しは、もちろん探偵の仕事ですが……」

「高いんでしょうか、お値段のほう」

どうやら山田聖子は、失踪した妹の捜索を目の前の探偵に依頼したい考えのようだ。探偵にとってはついに現れた念願の依頼人ということになる。だが、鵜飼はなにを思ったのか、突然ふんぞり返るような態度で、嫌みったらしくこういった。

「失踪人捜しねえ。まあ、あまり安くはありませんね。いや、ハッキリいって高いですよ、うちの場合。というのも、こういっちゃなんですが、わたしはこの付近では結構名を知られた探偵でしてね。舞い込んでくる依頼の数は、月に百件――」

百件！　探偵事務所の実態を知る朱美は、彼の口から飛び出したスケールのでかい嘘に呆れた。現実はその百分の一に満たないというのに。だが、なにも知らない山田聖子は、当然のように彼の言葉を信じたようだ。探偵を頼ろうとする彼女の気持ちが、急速に萎《しぼ》んでいく。そんな様子が、朱美の目にも明確に見て取れた。

「そうなんですか。それでは無理にお願いするわけにもいきませんね」

渋々といった感じで引き下がる山田聖子に対して、鵜飼は詫びるようにひと言。

「悪く思わないでくださいね」


それから数分後。山田聖子に別れを告げた鵜飼と朱美は車に戻った。助手席に腰を落ち着けるなり、朱美は運転席の鵜飼に向かって、身振り手振りでやり場のない不満を表した。

「あーもう！　どういうつもりよ、せっかくの依頼を断るなんて！　月に百件なんて大嘘ついて！　そんだけ依頼があったら、探偵事務所の前に行列ができるわよ！」

鵜飼も黙ってはいない。目の前にぶら下がった烏賊川稲荷のお守りを引きちぎると、八つ当たりするように足元に投げつける。そして罰当たりな探偵は泣きそうな顔で叫んだ。

「んなことといったって、仕方がないだろ！　あんな依頼が引き受けられるか！」

「どうしてよ！　たっぷり時間あるじゃない！　毎日、休みみたいなものなんだから！」

「だって、山田慶子はきっともう死んでるんだぞ！　捜したところで、せいぜい彼女の死体が出てくるだけだぞ！　そんなんで報酬が貰えるか！」

「貰やいいじゃないの！　生きてたって死んでたって、山田慶子は山田慶子でしょ！」

「ふん、見解の相違だなッ」

鵜飼はこれ以上の議論は無用というように前を向いた。「彼女が僕に依頼しようとしたのは生きた妹の捜索だ。死体捜しじゃない。だから断ったんだッ」

そして鵜飼は先ほど足元に叩きつけた烏賊川稲荷のお守りを拾い上げ、息を吹きかけ埃を払う。意外に大事にしているらしい。朱美も、少し冷静になって尋ねる。

「……ところで、山田慶子は本当に殺されているの？」

「ああ、間違いない」そして鵜飼はいきなり断言した。「犯人は豊橋昇だ」

「昨日の夜は、馬場君と香織ちゃんの二人組の犯行だっていってなかった？」

「うーん」鵜飼は一瞬考えてから、折衷案を口にした。「豊橋の犯行を若い二人が手助けした。そう、あの二人組は豊橋の手下みたいな存在なんだろう。主犯は豊橋だ」

「橘雪次郎と山田慶子と豊橋昇とは、いったいどういうふうに繋がるの？」

「さっきの話で判ったたろ。山田慶子は烏賊川リゾート開発に勤めていたころ、上司である豊橋といろいろあったんだ。まあ、これはいうまでもなく二人が男女の関係にあったということだ。そして、二人の関係は山田慶子が会社を辞めた後も続いていたんじゃないかと思う。山田聖子がいっていただろう、妹には付き合っている男性がいるような雰囲気を感じたと。それが豊橋なんだよ」

「なるほどね。それでどうなるの？」

「豊橋はクレセント荘の買収問題との絡みで、邪魔になる雪次郎さんを亡き者にしようと企てた。だが、その計画を恋人である山田慶子に知られてしまった。あるいは彼女のことを信頼して豊橋自身が計画を漏らしてしまったのかもしれないが、要は同じことだ。豊橋の殺人計画に恐怖を感じた山田慶子は、その問題をひとりで抱えきれなくなり、探偵の力を借りようと考えた。彼女は鵜飼探偵事務所に電話を掛けた。しかし、その電話の内容を豊橋はこっそり聞いていたんだな」

「そういえば、山田慶子からの電話は、最後のほうが変だったわね。誰かの気配を感じて、慌てて電話を切るような感じだったわ」

「そう、豊橋が聞いていたのさ。豊橋は彼女の裏切りを知ったわけだ。そして、自らの計画を邪魔されてはたまらないと考えた豊橋は、山田慶子を殺害した。あるいはあの若いカップルをそそのかして殺害させたのかもしれない。カップルはコントラバスケースに死体を詰めて、それをどこかに捨てた。つまり、豊橋昇こそは山田慶子殺害の主犯だ。そしておそらくは橘雪次郎殺害の犯人でもある」

「そういわれると、そんな気がしてきたわ。豊橋には雪次郎殺しのアリバイもないし」

「そういうことだ」確信を得たように頷く鵜飼。その胸元から携帯の着信メロディが鳴り響いた。「おっと、流平君からだ――まだ生きていたんだな」

もちろん死んではいない。だが病み上がりだ。だから鵜飼は彼をクレセント荘に残してきた。もちろん留守中の見張り番の意味も込めてのことだ。その流平からなんの連絡だろうか。興味を持った朱美は、鵜飼の携帯に耳を近づける。流平の鼻声が聞こえた。

『あ、鵜飼さん！　例の二人――馬場鉄男と有坂香織が、たったいまクレセント荘を出ていきましたよ』

「出ていった⁉　チェックアウトしたということか」

『いえ、違います。二人は静枝さんになにか長々と質問して、それから出掛けていきました。ただの散歩かもしれませんが、どうします？　追いかけますか』

「いや、その前に静枝さんは近くにいるか。だったらまず彼女に聞いてみるんだ。二人は彼女にどんな質問をしたのか。それで行き先が判るかも――」

『じゃあ、聞いてみます』流平の声がいったん途切れた。しばらく間があってから、興奮気味に彼の声が復活する。『判りました、鵜飼さん。花菱旅館です』

「花菱旅館!? どういうところなんだい、その旅館?」

『クレセント荘から歩いて二十分ほど山を下りたところだそうです。旅館といっても七、八年ほど前に倒産して、いまは誰も寄り付かない廃墟だとか。あの二人、その場所を静枝さんから詳しく聞いて出掛けたようです』

「じゃあ、二人の目的地はそこだ。しかし、潰れた旅館に何の用事があるっていうんだ?」

『その点は静枝さんも首を捻っていました。——で、どうしますか、これから』

「そうだな……」鵜飼は意を決したように顔を上げて、流平に指示を飛ばした。「君は静枝さんから花菱旅館の場所を聞いて、そこに向かうんだ。僕らも車ですぐに駆けつける」

『向こうで合流するんですね。判りました。それじゃまた後で——』

鵜飼は流平との通話を終えて、携帯を仕舞った。それから、助手席のほうに身体を伸ばしてダッシュボードの蓋を開ける。中から取り出したのは、一冊の道路地図。鵜飼は助手席の朱美に、無造作に「はい、これ」といって地図を手渡すと、自分はハンドルを握ってサイドブレーキを倒した。「では、花菱旅館に向けて出発!」

「ちょっとちょっと!」朱美は思わずサイドブレーキを摑んで、グイッ!

ブヲゥンと走りかかった車は、ギュインと急停車して、ガクンとエンストした。

「おいおい、無茶しないでくれよ。僕のルノーはフランス製だぞ。繊細なんだぞ」

「誰のルノーだってフランス製でしょ！　そんなことより、出発ってなによ。花菱旅館なんて、どこにあるかあたし知らないわよ」

「だから地図を貸してあげたんだけど」

「馬鹿ね、あんた。聞いてなかったの？　花菱旅館は七、八年ほど前に潰れた旅館なのよ。いまは廃墟なの。そんなの地図に載ってるわけないじゃない」

「それなら大丈夫。その道路地図はまさしく七、八年ほど前に買ったものだ。だから、逆に載っているはず！」

問題ない、というように親指を立てる鵜飼に、朱美は思いっきり道路地図を投げつけた。

「地図ぐらい新しいの買いなさい！　いや、それよりもカーナビよ！　カーナビ、買いなさい！」

二

「ここが花菱旅館か。なんか、思ったよりも凄いところだな」

馬場鉄男は尻込みするような気分で目の前に聳え立つ門を見上げた。純和風の威圧感のある造り。庶民にとってはまさしく敷居の高い高級旅館だったのだろう。だが、そんな花菱旅館もいまは廃墟。門はすでに半ば崩壊しており、門扉は半開き。くるものは拒まずの状態である。鉄男の隣で有坂香織が腕時計を確認する。

「午前十時四十分。約束の時間まであと二十分ほどあるね」

「けど、本当にくるかどうか判んねえぞ。午前十一時に、ここに殺人犯が現れるっていうのは、あくまでも推測の話なんだから」

「でも、ゆうべの密談では、誰かが誰かを脅迫しているような感じだったんでしょ。だったら、片方が脅迫者で片方は殺人犯だよ」

昨夜、遊戯室で盗み聞きした密談。鉄男がそのことを香織に話したのは、今朝のことだ。香織は大いに興味を惹かれた様子で、結局こうして二人、廃墟となった日本旅館を訪れたのだ。本来なら警察の力を借りたいところだが、いまの彼らにそれは不可能である。

「とにかく、この旅館を舞台にして、今度の事件を左右する大事な場面が繰り広げられようとしている。だったら、見逃す手はないよ。さあ、馬場君、あたしたちはいまのうちにどこかに身を隠して待ってよう。この建物なら隠れ場所はたくさんありそうだし――」

香織は臆することなく門を入っていく。むしろ鉄男のほうが少し慌てて、後に続く。荒れ果てた前庭を横切り、二人は敷地の奥に足を踏み入れた。目の前には崩れかけた日本家屋。門と同様に朽ち果てた建物だが、いますぐ崩壊するといった雰囲気でもない。鉄男が入口の引き戸を強く引くと、それは悲鳴のような音を立てて少し開いた。

鉄男と香織は靴を履いたまま中へ。香織は廊下をずんずん進む。

「おい、なんで奥にいくんだ？　門のところを見張っていればいいじゃねえか」

「駄目駄目。この旅館、広そうだから入口は門だけじゃないと思うよ。それに、約束の場所は花菱旅館の裏なんでしょ。だったら旅館の裏を直接見張ってたほうが確実だよ」

そういいながら香織はさらに奥へと進む。花菱旅館の建物は複雑極まりない造りで、廊下はまるでクロスワードパズルの解答欄のよう。やがてたどり着いた廊下の突き当たりに、ひとつの扉があった。開けてみると、中は布団部屋。古い布団がうずたかく積まれたまま、埃を被っている。片側に開いた窓の向こうに、小さな庭が見えた。

「あ、ここからなら裏庭がよく見えるじゃない。ここにしよ」

「本当だ。ここに潜んでりゃ、まさか気付かれる心配もねえしな」

二人は積み上げられた布団の陰に身を潜めながら、窓ガラス越しに目の前の小さな庭を見詰めた。庭は草ぼうぼうで荒れ放題。かつて花壇だったと思しき場所に、いまはススキが生えている。二人は黙ったまま、殺人犯と脅迫者の登場を待ちわびた。やがて沈黙が苦痛に変わりはじめたころ、いきなり携帯の着信音が鳴り響いた。

「わッわッ！」慌てて携帯を取り出した香織は、両手の間でそれを二、三回お手玉。

「馬鹿、早く切れ、いいから切れ！」

ようやくしっかりとそれを摑んだ香織は、問答無用で携帯を電源から切った。

「なにしてんだ、おめえ！　映画の上映中と張り込みの際は、携帯の電源をお切りくださいって、これ常識だぜ！」

「ごめん、知らなかったよ。――大丈夫だったかな。誰にも気付かれなかった？」

「ああ、約束の時刻には、もう少しある。たぶんセーフだ」

鉄男は窓の外に見える小さな庭を見やりながら、小声で続けた。

「ところでよ、殺人犯がくるっていうけど、犯人は鵜飼一味なんだろ――それが昨夜の香織の結論だったはずだ。てことは、ここに鵜飼がくるのか？」

「いや、違うと思う。だって遊戯室で誰かが密談していたとき、鵜飼さんはまだ大浴場にいたはずでしょ。つまり遊戯室で脅かされていた犯人は鵜飼さんじゃない」

「そういやそうだな。じゃあ、誰がくるんだ？」

「鵜飼一味には、鵜飼さんの他に男はひとりしかいないよ。ここにくるのは、彼だね」

「あ、そうか。――戸村流平！」

そのとき鉄男の脳裏に浮かんだのは、「ひゃっほう」といって池に飛び込んだ戸村流平の能天気な姿だった。思慮深さに欠ける彼が、何者かに犯罪の尻尾を摑まれて脅迫を受ける。それは充分ありそうなことに思えた。もし戸村流平がこの場所を訪れるようなら、彼が犯人であることは確実。ひいては香織の唱える《鵜飼一味犯人説》は揺るぎないものとなる。

「その場合、脅迫者はいったい誰だ……」

鉄男が呟くと、外のほうで人の気配。鉄男と香織は同時に背筋を伸ばし、慌てて窓の外に視線をやる。だが、そこでは相変わらず風にススキが揺れるばかり。人の姿は見当たらない。変だな、と鉄男は眉間に皺を寄せた。

「なあ、香織、この旅館って広くて複雑な構造してるよな。ひょっとして裏庭みたいなものも、何箇所かあるんじゃねえか。ここの他に、もう少し立派な裏庭があるのかもよ」

「うん、あたしもそんな気がしてきた。いま、確かに外のほうで人の声がしたよね」

だとすれば、この場所でジッとしていても無意味だ。場所を変えよう。二人は布団の陰から立ち上がる。だが、鉄男が布団部屋の扉に手を掛けようとしたそのとき、扉の向こうにいきなり人の気配があった。

「！」

叫び声をあげようとする香織。鉄男はその口許に右手で蓋をして、彼女に沈黙を強いる。

そのまま、彼女の身体を抱きかかえて、再び布団の陰に身を隠す。ほぼ同時に布団部屋の扉が開いて、ひとりの男が姿を現した。アロハシャツ姿の青年。戸村流平だった。

「！」

思わず叫び声をあげそうになる鉄男の口を、今度は香織の左手が塞いだ。互いの手で互いの口を押さえつけながら、鉄男と香織はギリギリの沈黙を保つ。戸村流平の登場は、いわば想定の範囲内だが、まさかこの布団部屋にやってくるとは予想外。しかし、なぜ彼が布団部屋に？　鉄男の緊張がピークに達した、そのとき――

「なんだ、布団部屋かよ」つまらなそうに呟いた流平は突然、なにかが閃いたように「へへへ」と薄ら笑い。次の瞬間、彼は「ひゃっほう！」と、ひとつ奇声を発したかと思うと、積まれた布団の山にいきなりダイビング。――馬鹿野郎！　おめえは修学旅行の中学生かよ！　鉄男が叫ぶ間もなく、流平の身体は積まれた布団の上で激しくバウンドした。

そのとき、突然響き渡る奇妙な破裂音。何の音かと不審に思う鉄男の目の前で、不安定な布団の山があえなく崩壊。身を隠していた鉄男と香織は落下する布団に押しつぶされそうになりながら、

「うわぁあああぁぁッッッ」

「ぎやぁあああぁぁぁッッッ」

ついに堪えきれず、溜め込んでいた絶叫を爆発させた。だが驚いたのは、向こうも同じ。布団の山から後方でんぐり返りで転げ落ちた流平は、二人の姿を目の当たりにするなり、

「ひやぁあああああぁぁぁッッッ」

と、二人に負けない大絶叫。そして彼は出口目掛けて一目散に逃走を試みたが、分厚い扉に阻まれ正面から激突。反動で布団部屋の端っこまで自分ひとりで吹っ飛んでいった。

こいつ、いったいなにがやりたいんだ！

呆然とする鉄男の腕を香織が引っ張る。「逃げよう、いまのうちに！」

「ああ、よし！」我に返った鉄男は、香織とともに布団部屋を飛び出した。「こっちだ、香織！」廊下を右に曲がって、目の前の部屋に飛び込む。そこは厨房だった。昼寝をしていた三毛猫の親子が驚いたようにシンクの中から飛び出した。「駄目、こっちだよ、馬場君」そこは風呂場だった。湯船の中から土鳩たちが、いっせいに飛び立った。「違う、こっちだ、香織」そこは大広間だった。パニックに陥った戸村流平が右から左に駆けていった。

「…………」香織は遠ざかるアロハシャツの背中を見送ると、それとは逆の方角に顔を向けた。「あ、そこから外に出られるみたいだよ、馬場君」

香織の指差す先に縁側があった。縁側に出てみると、目の前にあるのはかつての日本庭

園の変わり果てた姿だった。これも花菱旅館の裏庭らしい。やはり裏庭はひとつではなかったのだ。と思うと同時に、鉄男の視界に、見慣れない光景が飛び込んできた。

「お、おい、見ろよ……あそこに人が……」

雑草の生い茂る庭の片隅、一本の石灯籠《いしどうろう》がかろうじてかつての日本庭園の面影を偲《しの》ばせている。その石灯籠にもたれかかるような恰好で地べたに腰を下ろす男の姿があった。顔は俯いた状態で、居眠りしているように見えなくもない。だが、男の着ているポロシャツは、胸の部分を中心にして、どす黒い赤に染まっている。しかも、その赤い部分は徐々に面積を広げつつあるように見える。

「まさか――」

鉄男と香織は顔を見合わせ、同時に縁側を飛び降りた。倒れている男に駆け寄り、間近でその様子を眺める。男は額と左胸からおびただしい量の血を流しながら、すでに息絶えていた。もはや脈を診る必要さえ感じないほど歴然とした死だった。

「誰、この人……」

香織の声が恐怖で上擦《うわず》る。鉄男は自ら前に進み出て、俯いた男の顔を覗きこんだ。薄っすら茶色い髪の毛と色白の肌。鉄男は震える声で男の名を告げた。

「て、寺崎だ……なんで、こいつが……」

死体の周囲を見回す。傍らに子供の頭ほどの大きさの石があった。庭園に趣を添えるために用いられた石なのだろう。苔《こけ》に覆われたその石の表面が鮮血で染まっていた。寺崎の額の出血は、この大きな石の一撃によるものらしい。となると問題は左胸の出血だ。

「ね、ねえ、馬場君、これってさ、ひょっとして銃で撃たれたんじゃないのかな」

「ああ。そういや、さっき布団部屋で大騒ぎしたとき、変な破裂音が聞こえたよな」

「あたしも聞いたような気がする。じゃあ、ひょっとしてあれが銃声——」

「かもしれねえ——ん、なんだありゃ？」

鉄男の目が死体から少し離れたところに落ちていた細長い物体に留まった。それは釣り人が釣竿を持ち運ぶためのフィッシングバッグだった。鉄男はそのバッグに見覚えがあった。昨日、寺崎と赤松川沿いで出くわしたとき、彼はこれと同じものを肩に担いでいた。

「なんで、こんな場所に釣竿なんか——」

鉄男は問題のバッグに顔を近づける。バッグの口は開いているが中身は空っぽ。釣竿は見当たらない。その代わり、バッグの傍の地面に転がり落ちている小さな物体があった。

鉄男はそのひとつを指で摘み上げて、香織に示した。香織はたちまち目を丸くした。

「こ、これ、銃弾じゃないの！　ライフルかなにかの……」

「たぶんそうだ。てことはバッグの中身はライフル銃か」

「どういうこと？　寺崎さんって、釣りする人じゃなかったの？」

「ああ、どうやら、この寺崎って奴、釣り師の恰好した猟師。いや正確には密猟者だな。自分の鉄砲を持ってこの場所にやってきて、自分の鉄砲で撃たれて死んだ」

「じゃあ、その鉄砲はどこ……」

「バッグの中には見あたらねえ……」

「犯人が持っていっちゃったんだ……」

「まだこの近くにいるのかもしれねえ……」

鉄男はいまさらのように恐怖を感じた。寺崎を撃ち殺した犯人はライフル銃を手にしたまま、この近くに潜伏し、こちらの様子を窺っているのかもしれない。いや、ひょっとすると、あわよくば一発お見舞いしようと銃に弾を込め、狙いを定めているのかも――

「やばい、逃げようぜ！」鉄男は香織の腕を取り、駆け出そうとしたが、「――む！」

「どうしたの⁉」不安げに鉄男の顔を見上げる香織。その顔色が一変する。「誰か、くる！」

間違いなかった。微かではあるが、誰かの話し声が建物の向こうから聞こえている。しかも、その声は徐々にこちらに近づきつつある。誰だ？　銃声を聞いて駆けつけた無実の第三者か。通報を受けた警察か。それとも寺崎を殺害した犯人が舞い戻ってきたのか。

判らない以上は、最悪の場合を想定するしかない。

鉄男は香織の腕を摑んだまま、くるりと踵を返した。「逃げるぞ、香織。こっちだ」

鉄男は荒れ果てた庭を横切り、建物とは正反対の方角へと駆け出した。庭を抜けると、そこは深い藪。さらにその先にはかつて生垣だった樹木が、伸び放題になっており、二人の行く手を意地悪く邪魔した。なんとか樹木の切れ目を探し出し、そこを突破する。だが、そんな二人の前に現れたのは、行き止まりの切り立った崖だった。

恐る恐る覗き込むと、ざっと四、五メートルほど下を川が流れている。赤松川だ。背後に注意を向ければ、そこにはいまや明らかな人の気配。鉄男の脳裏には、鉄砲を抱えた殺人鬼の姿がくっきりと浮かんだ。これぞまさしく前門の虎後門の狼というやつか。

いよいよ進退窮まった鉄男に対して、香織が緊張した声で唐突な質問。

「馬場君、ポール・ニューマン好き？」

「え、ああ……」

「あたしは、ロバート・レッドフォードが好き」

「そ、そうか……」彼女がいわんとしていることは、なんとなく判る。あらためて崖下を覗き込むと、そこには幸か不幸か、川の水が大きな水溜りを作っている。飛び込んでも死なない程度の役目は果たしてくれそうだ。「いや、でも、ちょっと待て、早まるな……」

「じゃあ、いくよ！」

待て待て！　こっちにも心の準備ってものが――

「いっせーの」香織は有無をいわさず、掛け声をかける。

「…………」鉄男は観念するように、両目をつぶる。

一瞬の後、激しく水面を叩くような水音とともに、盛大な水柱が上がった。

三

やはり二宮朱美が七、八年前の道路地図ひとつを頼りに、鵜飼のナビゲート役を務めることには若干の無理があった。朱美が指示を飛ばすたび、ルノーの行く手には断崖絶壁や通行不能の獣道、あるいは《この先行き止まり》の看板が続々と出現。結局、鵜飼のルノーが花菱旅館にたどり着いたとき、時計の針は午前十一時を数分過ぎていた。

「悔しい……地図を読めない自分が悔しい……」

「落胆することはない……君はよくやった……」

なぜか鵜飼に励まされながら、朱美はともかく花菱旅館の門の前に立つ。二人はさっそく敷地の中へ。目の前に建つのは古ぼけた日本家屋。すると朱美が見ている前で、その玄関の引き戸がいきなり何者かによって乱暴に蹴破られた。壊れた玄関から飛び出してきたのは戸村流平、および三毛猫の親子、それからたくさんの土鳩たちが後に続く。

「おっと、早くも事件発生のようだ」

「確かに、事件ね……」

三毛猫と鳩を引き連れて廃墟を疾走する見習い探偵。それ自体、小さな事件だ。

いずれにしても尋常ならざる事態が、この廃墟と化した日本旅館の中で発生したことは間違いない。鵜飼のもとに駆け寄った流平の顔は、極度の興奮を示して真っ赤だった。

「どうした、流平君、なにがあったんだ？　例のカップルはどうなった？」

「う、鵜飼さん、お、遅いじゃないですか」流平は膝に手をついて荒い息を吐いた。「鵜飼さんたちがなかなかこないから、僕、ひとりで中に入ってみたんですよ。そしたら布団部屋で例のカップルと鉢合わせして……そ、それから銃声みたいな音が……」

「銃声だと」鵜飼は真剣な表情で、目の前の建物を見やった。

朱美は嫌な予感がした。ここで探偵に妙な冒険心を発揮されてはたまらない。だが、朱美が慎重さを求めるよりも先に、鵜飼は早々と大胆な決断を下した。

「とにかく建物の周りを見てみようじゃないか。流平君の聞き違いってこともあるしな」

そんなこととして銃を持った殺人鬼と遭遇したらどうする気!?　と朱美はごく普通に心配

したが、そもそも物好きな探偵に普通の意見は通らない。鵜飼は流平を引き連れて調査に乗り出す。結局、朱美もひとりになるのは怖いので一緒についていくしかない。

三人は建物の周囲を見て回った。複雑な形をした建物を半周したところで、三人は異変を発見した。荒廃した日本庭園の片隅。石灯籠にもたれかかっているのは血まみれの寺崎亮太だった。鵜飼は寺崎の死を確認すると、庭園の向こう側を指差した。

「あっちだ！　人の気配がする！」

鵜飼は日本庭園を抜け、深い藪を掻き分け進む。その後に流平が続き、朱美もわけが判らないまま二人の後に続く。そのとき、三人の進む方角から、

「いっせーの」

と、奇妙な掛け声。それに続いて、バッシャーンという盛大な水音が響いた。

鵜飼はひるむことなく前進を続け、かつて生垣だった灌木《かんぼく》の切れ目をすり抜ける。すると突然、鵜飼が急停止。流平は鵜飼の背中に衝突し、朱美は流平の背中に玉突き衝突。朱美は鼻を押さえながら男たちの肩越しに前を見る。

「なに、どうしたのよ——あ！」

目の前は行き止まりの崖。その端に背中を向けて立ちすくむ、男の姿があった。タンクトップから逞しい腕をこれ見よがしに覗かせた、金髪ツンツン頭の若い男。

鵜飼は男の背中に向かって人差し指を突き出すと、悪党の名前を呼ぶがごとくに、その男の名を呼び捨てた。

「馬場鉄男！　やっぱりおまえだったのか！」

呼ばれた馬場鉄男はくるりとこちらを振り向いた。そして彼は鵜飼の姿を認めるなり、同じように人差し指を突き出して、同じようにその名前を呼び捨てた。

「鵜飼杜夫！　やっぱりおめえだったんだな！」

すると鵜飼はなにを思ったのか、背広の上着を素早く脱ぐと、往年のヒーロー『ロボット刑事K』を思わせる豪快なアクションで、脱いだ上着を右手でブンブン振り回し、空中高く放り投げた。身軽なワイシャツ姿になった鵜飼は、正義の拳を顔の前で構えると、

「これ以上、どこにも逃げられんぞ！　おとなしく観念しろ！」

すると馬場鉄男のほうは、これまたなにを思ったのか、自分の着ている黄色いタンクトップの胸のあたりを両手で握り締め、往年のヒーロー『ハルク・ホーガン』を思わせる破天荒なアクションで、布地をビリビリと引き裂き、それを破り捨てた。鍛えられた上半身をむき出しにした鉄男は、鵜飼と同じように拳を握り、顔の前で構えると、

「これ以上、おめえの好きにさせてたまるか！　かかってきやがれ！」

崖の上でにらみ合う鵜飼杜夫と馬場鉄男。竜虎相まみえる緊張のとき。朱美はその張り

詰めた空気の中に微妙な違和感を覚えたが、目の前の男たちの漲《みなぎ》る気合が、朱美を黙らせた。やがて長々と続いた睨み合いの末、ついに二つの拳が交錯する瞬間が訪れる――

「この人殺しめえええぇぇッ！」

「この殺人鬼があああぁぁッ！」

気合とともに伸ばされた二本の腕は二匹の蛇のように絡まりあい、二つの拳は互いの顎を、ほぼ同時に打ち抜いた。必殺のクロスカウンター。勝負は一瞬で決着した。男たちの壮絶な絶叫が夏空にこだまし、二つの身体は折り重なるように地面に崩れ落ちた。

やがて静けさの戻った崖の上。朱美は呆れ果てた顔で流平に尋ねた。

「で――結局、誰が人殺しで、誰が殺人鬼なわけ？」

「さあ――」と流平は肩をすくめただけだった。

四

とにかく寺崎亮太が殺されているのだから警察を呼ぶしかない。朱美は崖の上から迷わず携帯で一一〇番通報。それからこわごわ崖の下を覗き込んでみたが、そこにはもう誰もいなかった。先ほど聞こえた水音が崖から飛び降りる有坂香織の音だとするなら、彼女は無事に着水し、すでに逃亡してしまったということだろう。

やがて花菱旅館に続々と警察車両が到着し、現場は活気に溢れるものとなった。現場の保存がおこなわれ、寺崎の死体が検《あらた》められた。そして崖の上で失神する二人の男たちは旅館の縁側に運ばれ、朱美の手で頭から水をぶっかけられた。

遅れて登場した砂川警部は、建物の縁側に腰を下ろして、まず朱美に質問した。

「君たちはなぜこのような廃墟を訪れたのかね」

「馬場鉄男と有坂香織がここを訪れるという情報を得たからよ。鵜飼さんは、二人が山田慶子殺しに関わっていると疑っていたから。でも、どうやら彼の推理は間違っていたみたいね。だって、馬場君のほうは鵜飼さんこそが真犯人だと思い込んでいたようだから」

「ふむ、なぜそう思えるんだ？　どうやらお互いに勘違いしている部分がありそうだな」

とりあえず馬場鉄男から事情を聞いてみるのが、いちばん手っ取り早いだろう、ということになり、砂川警部は失神状態から目覚めたばかりの鉄男に向き直った。

「君が有坂香織とともに花菱旅館を訪れた、その理由はなにかね――いや、その前に、君はなぜ上半身裸なんだ？　警官を侮辱する気か？」

「ち、違うって。ちょっと無茶しただけで……なんか、着るものねえかな、警部さん」

誰かランニングシャツでも貸してやれ。警部が指示を飛ばすと、いったいどこで見つけたものか、ひとりの捜査員が『ダメ。ゼッタイ。』とロゴの入ったTシャツを持ってきた。鉄男は、センスねえなあ、と文句をいいながら渋々とそれを身につけ、麻薬撲滅キャンペーンに一役買い、それから彼らが花菱旅館を訪れた理由について語った。

きっかけとなったのは、昨夜彼がクレセント荘の遊戯室で聞いた奇妙な密談だという。

「ほう、二人の男が銃の話を——それは妙だな。雪次郎氏は銃で撃たれたわけではない。寺崎は確かに銃で撃たれているが、それは今日になっての話だ。その二人は、いったいなぜそんなトンチンカンな会話を——」

「そうなんだよな。俺もそれが不思議で」

「いずれにしても、密談をしていた二人のうち、片方は寺崎と考えていいようだな。そして、もう片方の男に自分の銃で撃ち殺された……では、そいつが犯人か……」

考えに耽《ふけ》る砂川警部。すると、いままで黙っていた鵜飼が会話に割って入った。

「ということは馬場君——君が寺崎亮太を撃ち殺したわけではないんだね」

「あたりめえだろ。なにとぼけてんだ。犯人はおめえじゃねえか」

馬場鉄男はこの期《ご》に及んでもまだ《鵜飼犯人説》をかたくなに信じているのだった。

「あのね、どういう勘違いかは知らないけど、この際だからハッキリさせておこう。僕は犯人じゃないよ。そういう君は山田慶子を殺した犯人じゃないのか」

「ち、違うって。なんで俺がそんな奴を殺すんだよ。山田慶子なんて名前も知らねえぜ」

「おや、そうかい」鵜飼は相手の目を見据えて、「では、なぜ君たちは、山田慶子の死体をコントラバスケースに詰めて、それをミニクーパーに載せて山に運んだりしたんだい？」

「……う！」たちまち馬場鉄男の顔面が蒼白になった。「な、なんで、知ってんだ……」

「ふふふ、君たちのやったことくらい、すべてお見通しなのさ」

実際は半分も見通せていないくせして、鵜飼は敢えて自信ありげな態度。

すると馬場鉄男は、「そうか、じゃあ仕方ねえ」と、すっかり鵜飼の言葉を真に受けて肩を落とした。「確かに俺と香織は山田慶子の死体をコントラバスケースに詰めて運んだ。けど、殺しちゃいねえ。殺したのは他の誰かだ。俺たちはそれを捨てただけで――」

苦しい弁明を試みる鉄男に、砂川警部の怒声が飛ぶ。

「死体遺棄は立派な犯罪だぞ。許されることではない。で、君たちその死体をどこに捨てた？　山田慶子の死体はいまどこだ？」

「いや、教えてやりたいのは山々なんだけどよ、警部さん」馬場鉄男は面目なさそうに頭を掻くと、消え入りそうな声で事実を語った。「消えちまったんだ、山田慶子の死体……いま、どこにあるのか、俺にも判らねえんだよ……」

鵜飼と砂川警部がキョトンとした顔を見合わせる。そんな二人に鉄男は彼らだけの秘密の話を打ち明けた——

馬場鉄男は自分たちの犯した罪と、その意外な顚末について詳細に語った。こうして彼らの死体遺棄事件と、鵜飼や砂川警部が見てきた殺人事件が、ようやくひとつになった。黙って聞いていた鵜飼は、鉄男の話が終わるのを待って砂川警部のほうに向き直った。

「そうそう、実は僕も警部さんに伝えるべき情報があったんですよ。山田慶子の正体が判りましてね。彼女はつい三ヶ月前まで豊橋昇の部下だったんです」

探偵は山田聖子から得た情報を、かいつまんで警部に話した。

「そうだったのか。だが、豊橋は山田慶子という名前に心当たりはないといっていたぞ」

「警部さんの前で、豊橋は嘘をついたわけだ。これすなわち豊橋が犯人であるという、動かぬ証拠ではありませんか、警部さん？」

「ううむ——だが、決め付けるわけにはいかんだろう。豊橋が山田慶子の名前を、うっかり失念していた可能性もなくはない」

「まさか。あり得ませんよ、そんな都合のいい物忘れは」

「あら、そうかしら」と朱美は思わず反論した。「山田慶子なんて名前は平凡すぎて、記しい名前だと思うわ。それに、会社の中では豊橋は彼女のことを『』と名字で呼んでいたはずだから、下の名前はなおさら印象に残らない。豊橋が山田慶子の名前を本気で忘れていた可能性はあるんじゃないかしら」

「そんな馬鹿な。二人は男女の仲だったんだぞ」

「それは、鵜飼さんの勝手な推測でしょ。事実かどうかは、まだ判らないわ」

「それはそうだが……それでも豊橋がつい三ヶ月前まで山田慶子の上司だったのは事実だ。名前くらいフルネームで覚えているに決まってる。譬《たと》えるなら、砂川警部が志木刑事の下の名前を、たった三ヶ月で忘れたりするかっていうのと同じことだ。——ねえ、警部さん？」

「…………」その瞬間、砂川警部は思わぬ難問を突きつけられたように表情を曇らせた。

「……志木の下の名前……あいつに下の名前なんて、あったかな？」

「あったかなって……忘れちゃったんですか、志木刑事の下の名前を！」

「忘れる以前に、そもそも記憶していない」砂川警部は何恥じることもなく堂々と断言した。「そういう君たちだって、わたしの下の名前を知らないだろ？」

「——はッ！」「——いわれてみれば、確かに！」

鵜飼と朱美は虚を衝《つ》かれたように目を見張り、互いに顔を見合わせた。

結局、豊橋が嘘をついているのか否か、砂川警部と志木刑事のフルネームはなんなのか、すべてはうやむやのままこの議論は終了した。若干の不満を滲ませながら、鵜飼はあらためて鉄男に尋ねた。

「ひょっとして有坂春佳のアパートって黎明ビルの隣かい？　部屋は４０３号室？」

「ああ、そうだ。なんで判るんだ。あんたが犯人だからか？」

まだ、そんなことをいっているのか。いい加減、目を覚ませ、馬場鉄男……

「違う。僕の事務所が黎明ビルの４０３号室だからだよ。つまり、こういうことだ。あの朝、山田慶子は僕の事務所を訪れようとしていた。だが駐車場で車を出たところで何者かに襲われ瀕死の重傷を負った。彼女は残る力を振り絞って僕の事務所を目指した。しかし、ここで不幸な勘違い。彼女は駐車場を挟んで建つ二つのビルを取り違えた。黎明ビルではなく、向かいに建つアパートの４０３号室に向かった。有坂春佳の部屋に見知らぬ女が現れ、僕の事務所にくるはずの山田慶子がこなかったのは、そういうわけだったんだな」

ほど、あり得ることかもな。――ところで、あんたの事務所って何の事務所だ？
イ系の人たちが出入するような事務所か？」

。だが、鵜飼は心配無用と手を振った。

憶に留めておくのが難しい名前だと思うわ。それに、会社の中では豊橋は彼女のことを『山田さん』と名字で呼んでいたはずだから、下の名前はなおさら印象に残らない。豊橋が山田慶子の名前を本気で忘れていた可能性はあるんじゃないかしら」

「そんな馬鹿な。二人は男女の仲だったんだぞ」

「それは、鵜飼さんの勝手な推測でしょ。事実かどうかは、まだ判らないわ」

「それはそうだが……それでも豊橋がつい三ヶ月前まで山田慶子の上司だったのは事実だ。名前くらいフルネームで覚えているに決まってる。譬《たと》えるなら、砂川警部が志木刑事の下の名前を、たった三ヶ月で忘れたりするかっていうのと同じことだ。――ねえ、警部さん？」

「…………」その瞬間、砂川警部は思わぬ難問を突きつけられたように表情を曇らせた。

「……志木の下の名前……あいつに下の名前なんて、あったかな？」

「あったかなって……忘れちゃったんですか、志木刑事の下の名前を！」

「忘れる以前に、そもそも記憶していない」砂川警部は何恥じることもなく堂々と断言した。「そういう君たちだって、わたしの下の名前を知らないだろ？」

「――はッ！」「――いわれてみれば、確かに！」

鵜飼と朱美は虚を衝《つ》かれたように目を見張り、互いに顔を見合わせた。

結局、豊橋が嘘をついているのか否か、砂川警部と志木刑事のフルネームはなんなのか、すべてはうやむやのままこの議論は終了した。若干の不満を滲ませながら、鵜飼はあらためて鉄男に尋ねた。

「ひょっとして有坂春佳のアパートって黎明ビルの隣かい？　部屋は403号室？」

「ああ、そうだ。なんで判るんだ。あんたが犯人だからか？」

まだ、そんなことをいっているのか。いい加減、目を覚ませ、馬場鉄男……

「違う。僕の事務所が黎明ビルの403号室だからだよ。つまり、こういうことだ。あの朝、山田慶子は僕の事務所を訪れようとしていた。だが駐車場で車を出たところで何者かに襲われ瀕死の重傷を負った。彼女は残る力を振り絞って僕の事務所を目指した。しかし、ここで不幸な勘違い。彼女は駐車場を挟んで建つ二つのビルを取り違えた。黎明ビルではなく、向かいに建つアパートの403号室に向かった。有坂春佳の部屋に見知らぬ女が現れ、僕の事務所にくるはずの山田慶子がこなかったのは、そういうわけだったんだな」

「なるほど、あり得ることかもな。——ところで、あんたの事務所って何の事務所だ？　ひょっとしてコワイ系の人たちが出入するような事務所か？」

そういう目で見ていたらしい。だが、鵜飼は心配無用と手を振った。

「なに、べつにヤバイ事務所ではないよ。ごくごく普通の探偵事務所さ」

「なんだ、それ聞いて安心したぜ。事務所なんていうから、俺はてっきり暴力団事務所みたいなやつかなって——なにい、探偵事務所だあ！　じゃあ、あんた探偵だったのかよ！」

「そうだけど——君、なかなか面白いリアクションだな」

感心する探偵と、啞然とする馬場鉄男。その傍らで朱美は難しい顔で腕を組む。

「それはそうと、死体と車が池の中から消えたって、それ本当なの？　よく捜した？」

「ああ、捜したとも。間違いねえ。三日月池のどこにも見当たらなかった」

「僕も池の中で車なんか見なかったですね」流平が横から口を挟む。

「あなたはただ溺れていただけでしょ」朱美は冷たい視線を流平に送りながら、「でも、事実なら奇妙ね。死体はともかく、車一台が消えてなくなるなんて。ねえ、警部さん」

「…………」砂川警部は朱美の問いに答えることなく、眉間に深い皺を刻んでいる。

「どうしたの、警部さん？」

「ん⁉」砂川警部はふと我に返ったように顔を上げ、「いや、なんでもない」と手を振り、あらためて鉄男に向き直った。「確かに奇妙な話だが、それを考えるのは後だ。いま判っていることは、君と有坂香織が死体遺棄の実行犯だということ。そして、有坂香織が単独で逃亡中ということだ。君のほうで彼女と連絡は取れないのか。彼女だって、いまさら逃げても仕方ないだろう」

「そりゃそうだけどよ、警部さん、香織は警察から逃げてるんじゃなくて、鉄砲持った殺人鬼から逃げてるんだ。いまごろ必死で川を下っているところだぜ、きっと」

朱美の脳裏に、髪を振り乱しずぶ濡れになりながら川辺をさまよう香織の姿が浮かび上がる。なんだか哀れだ……

「携帯で連絡とってみたら？　番号とか交換しなかったの？」

「メールアドレスだけは交換した。けど香織の奴、携帯の電源を切ってるみてえだ。布団部屋で電源切って、それっきり忘れてやがるんだな」

「それは残念」と砂川警部が馬場鉄男の肩に手を乗せる。「だがまあ、警察も捜索しているし、向こうから連絡があるかもしれない。有坂香織はそのうち捕まるはずだ。いまのところは、とりあえず君ひとりで仕方がない。それでは署までご同行願うとしようか——」

「ちょっと待ってください、警部さん。それはおかしくありませんか。警察の横暴です」

横槍《よこやり》を入れる鵜飼に対して、当然ながら警部は不満げに聞き返す。

「どこが横暴かね。彼は罪を認めているのだよ。君もいまの話を聞いていたはずだ」

「では、警部さんにお尋ねしますがね、山田慶子の死体は、どこにあるんです？　死体が存在しないのでは、死体遺棄の罪は成立しないのではありませんか」

「な、なにをいうか。死体は遺棄されたから存在しなくなったのだ！」

「それは屁理屈では⁉」

バレたか——と顔を顰める警部に、鵜飼が畳み掛ける。

「警部さん、いくら本人が捨てた捨てたといったところで、その言葉が事実とは限りませんよ。実のところ、僕は馬場君の証言にどれほどの信憑性があるのか、疑わしく思っています。池に沈めた車と死体が一夜にして消えただなんて、ちょっとあり得ない——」

確かに鵜飼の言葉にも一理ある、と朱美は思った。死体がないのに死体遺棄罪では筋が通らないし、馬場鉄男の証言は辻褄の合わないところがある。しかし——

「…………」長々と沈黙を守っていた砂川警部は、やがて顔を上げると、挑戦的な態度でこう言い放った。「では、死体があればいいんだな。山田慶子の死体がありさえすれば」

「え、ええ、そりゃまあ……もちろん死体があるなら文句はありませんが」

「その言葉、忘れるなよ。よし、それでは山田慶子の死体、捜し出してやろうじゃないか。なに、おおよその見当は付いている。馬場鉄男の話を聞くうちにピンときたのだ。これはそう難しい謎ではない。君たち、わたしについてきたまえ。馬場鉄男、君も一緒にだ！」

第八章　砂川警部が意外な事実を語る

一

盆蔵山の舗装された道路を二台の車が進む。前をいくのが砂川警部の車。それには馬場鉄男も同乗している。その後方に続くのは青いルノー。鵜飼がハンドルを握り、朱美が助手席に、後部座席には流平の姿もある。朱美は前をいく車を見詰めている。

「いったい、あたしたちをどこに連れていこうっていうのかしら、警部さん」

「さあね。ただ、この道をこのままいけば、龍ヶ滝にたどり着くことになるな」

そのことには朱美も気がついていた。いま、二台の車が通っている道を、朱美は昨日も通っている。昨日は鵜飼のルノーに砂川警部が同乗し、まさに呉越同舟の車となって、この道を龍ヶ滝からクレセント荘へと向かった。いま二台の車は、同じ道を昨日とは逆に龍ヶ滝方向に向かって進んでいるのだ。

「だけどまさか、山田慶子の死体が龍ヶ滝にあるってわけじゃないわよね」

「さあね。あの警部さんの考えていることは僕にも判らない」

「だけど、砂川警部が胸を叩いて『わたしに任せろ』みたいなことを豪語するのは珍しいですよ。そこまでいうからには、それなりの考えがあるんじゃないですかね」

後部座席の流平がいう。朱美もまったく同感だった。砂川警部はあれでもいちおう責任ある地位だから、そうそう無責任なことはいわない。たいした考えもなくバシバシ胸を叩く鵜飼とは、その点が大きく違うのだ。

そうこうするうちに二台の車は舗装された道路から逸れて、急な下り斜面の道に入った。それを下りきると、目の前に一本の細い川。そこに架かる小さな橋を渡ると、道はそのまま森の中に突っ込んでいき、やがて行き止まりになった。二台の車は前後に並んで停車。そこから五人の男女が森の中に降り立った。

「ここが目的地!?」鵜飼が鬱蒼《うっそう》とした周囲を見回す。「こんなところに山田慶子の死体が？」

「ここではない。この道をもう少し進む」

砂川警部は車も通れないような細道を指差した。道は森の奥に続いている。

森の中は濃い緑に覆われた暗く不気味な空間だった。だが、しばらく歩くうちに、あたりの景色は一変した。頭上を覆っていた深い緑は途切れ、上空には青空が広がった。降り注ぐ夏の太陽。そして地上にはその光を鏡のように反射させている、水辺の輝きがあった。

目の前にあるのは、青く美しい池だった。

「わあ、ここが三日月池ね！　初めてきたわ！」

池の端に佇みながら、朱美は池全体を眺めた。朱美の中で昨日の記憶が蘇る。クレセント荘へと向かう呉越同舟の車、その後部座席の窓から、朱美は三日月形の池を見下ろした。あのとき見た池が、いま目の前にあるこの池なのだろう。距離が近すぎて正確な形は判りにくいが、真上から見れば三日月の形に見えるはずだ。

「だけど、警部さん、どういうつもりなの？　こんなところに、連れてきて」

鵜飼も池の周囲を眺め回しながら疑問の声をあげる。

「要するに警部は、馬場君の証言が間違いだといいたいわけですか。やはり車も死体もちゃんとこの三日月池に沈んでいるのだと」

「まあ、そういうことだ」

「だけど」と朱美が反論する。「馬場君は香織ちゃんと一緒に、この池を念入りに捜索したんでしょ。それでも見つからなかったんだから、間違いはないはずよ。同じ場所をもう一度捜すのは二度手間じゃないの――ねえ、馬場君」

朱美が傍らに佇む鉄男に同意を求める。しかし彼はなぜか呆気に取られたような顔で、目の前の三日月池とあたりの景色を盛んに見回している。まるで知らない教室にいきなり放り込まれた不安な転校生のようだ。

「ねえ、ちょっと、どうしたの、馬場君？」

すると鉄男は目をパチパチさせながら、朱美に問い返した。

「どうしたもこうしたも……ここ、どこなんだ？」

「……え⁉」

朱美は彼の発言の真意を理解できず、ポカンとして黙り込む。それから我に返った朱美は、思わず叫ぶようにいった。

「どこって、ここは三日月池じゃないの。きまってるでしょ！」

「ここが、三日月池？　冗談じゃねえ。みんなで俺を担ぐ気か。俺はこんな池にきたのは生まれて初めてだ。少なくとも俺が昨日、香織と一緒になって車を捜した三日月池は、ここじゃねえ。確かに形も大きさもよく似てるけど、こことは全然違う池だぜ」

「違う池ですって……そんな！」

朱美は思わず絶句した。鵜飼は小さく首を傾げて、隣に佇む彼の弟子に意見を求めた。

「君はどう思う、流平君。昨日、君が溺れた三日月池は、この池じゃないのか」

「そういえば、周りの雰囲気なんかはよく似ていますけど、よく見れば全然違う池のような気が——ちょっと待ってくださいよ」

流平は池の畔《ほとり》にしゃがみこみ、おもむろに掌で池の水を少しすくって口に含み、すぐさまペッと吐き出すと、「違います！　この池は僕が溺れた三日月池じゃありません！」

ひと口含んで舌で判断するなんて、おまえは利き酒名人か！

呆れ返る一同。だが流平の振る舞いはともかくとして、その証言の内容が馬場鉄男と一致していることは重要だ。つまり目の前に輝くこの池は、形も雰囲気も彼らの知っている三日月池によく似てはいるが、全然べつの池らしい。朱美はたまらず警部に尋ねた。

「いったい、どういうことなの？」

一同の視線が集まる中、砂川警部はようやく真実を口にした。

「なに、簡単なことだ。つまり三日月池は二つあったのさ。彼らの知っている三日月池と、いまここにある三日月池がね！」

二

砂川警部の言葉は充分な衝撃と驚きを持って、一同の耳に響き渡った。三日月池は二つある。本当にそうなのか。朱美をはじめとする一同は、警部の言葉にどれほどの信憑性があるのかを測りかねていた。そんな中、最初に疑問を唱えたのは馬場鉄男だった。

「三日月池が二つ⁉ いや、それは変だろ。俺たちが聞いた話では、赤松川の傍には三日月形の池はひとつしかねえはずだ。静枝さんがそういっているのを聞いたぜ」

「確かに静枝の言葉も嘘ではない。三日月形の池はひとつだけだ。赤松川の流域にはね」

警部は、赤松川の流域、という部分に力を込めていった。

「だが、君も知ってるはずだ。烏賊川には烏賊の脚を思わせるような十本の支流がある。盆蔵山を流れている川は、なにも赤松川だけじゃない。赤松川からさらに枝分かれする、もう一本の支流がある」

「もう一本の支流って——そういや、青松川とかなんとかいう川があるんだっけ」

「そうだ。ここにくる途中に橋を渡っただろ。あの橋の下を流れているのが青松川だ。そして青松川の流域にも小さな池や沼がある。中には綺麗な三日月の形をした池もね。つまり、この目の前にある三日月池がそれだ。確かに、昨日君たちが捜索した池とはべつのものだ。だが、これも三日月池であることに変わりはない。そうだろ」

「そりゃまあ、そうだけどよ。――で、それが、どうしたってんだ？」

「要するにだ、一昨日の夜に君たちが死体を載せた車で訪れた三日月池は、どっちの三日月池だったのか、という問題なんだよ」

警部の言葉を聞いた瞬間、鉄男は「あッ」と声をあげ、輝く水面に目をやった。

「まさか……まさか、俺たちが一昨日の夜にきたのは、こっちの三日月池……」

警部は彼の反応を確かめながら、「そういうことだ」と深く頷いた。

「結局、簡単な間違いだったのさ。君と有坂香織は一昨日の夜に、ろくに地図も持たないまま盆蔵山を車で走り回り、偶然三日月形の池を発見した。そして、これ幸いとばかりに山田慶子の死体を車ごと池に突き落として捨てた。それから、君たちは不要になったコントラバスケースを川に捨てた。君たちはこの川を赤松川だと思い込んでいるようだが、その川は青松川だったわけだ」

「なに――」再び、鉄男の表情に驚きの色。

「その直後、君たちは、再び夜の山道で迷いに迷った。その結果、君たちは青松川から遠く離れて、赤松川の傍までやってきた。そしてそこでクレセント荘を発見し、そこに一夜の宿を得たわけだ。ひと晩、クレセント荘で過ごした君たちは、次の日にあらためて三日月池を訪れる。しかし、そのとき君たちが訪れたのは青松川の流域にある、この三日月池ではなく、赤松川の流域、クレセント荘のすぐ傍にある三日月池だった。前の晩に見たものとは全然違う、べつの池だ。しかし、君たちはその間違いに気がつかなかった」

「…………」鉄男は無言で聞いている。

「まあ、無理もない。三日月形をした池が、同じ山に二つあるなんて普通は思わないだろう。それに山の中の風景は街で暮らす人間の目にはどこもかしこも同じに見える。おまけに死体を捨てたのは夜で、それを捜したのは朝だ。ちょっとぐらい景色が違って見えても、まさかまったくべつの場所とまでは思わないだろう」

「つまり、俺と香織は死体と車を捨てたのとはまったく違う場所を捜してたってわけか。それじゃあ、なんにも見つからねえわけだ」

「そういうこと。判ってみれば単純なミスだ。しかし死体を捨てた君たちにしてみれば、大変な恐怖だったろう。捨てたはずの車と死体が、ひと晩で消えてなくなったのだからね。君たちは不可解な現象に合理的な説明を付けようと考えた。だが結局、誰かがクレーン車で車を引き揚げたんじゃないか、などと見当違いの可能性を考えてしまい、かえって真相から遠ざかっていった。事実は案外簡単なものだったのだよ」

説明を終えた砂川警部は、勝利の余韻に浸るかのように三日月池の静かな水面を眺めた。

「さて、そうと判れば、後は車と死体を見つけるだけだ……」

「……警部さん」

「確か馬場鉄男の話では、車はこちら側の岸から捨てたはず……」

「…………警部さん」

「ふむ、どうやら肉眼で発見できるほど、水は澄んではいないようだな……」

「…………あの……警部さん」

「まあ、車がここに沈んでいることは判っているんだから、後はなんとかなる……」

「警部さ――ん！」唐突に声を張りあげたのは鵜飼だった。彼はひとりで勝手に話を進める砂川警部に、猛然と挑みかかるように迫った。「僕の話を聞いてくれませんか！」

「わ！　どうした、君。なにかまだ、いいたいことでも――ああ、判った判った、山田慶子の死体を見せろ、というんだろ。確かにそういう約束だったな。だが、もういいじゃないか。彼女の死体がこの池に沈んでいることは明確な事実。後は時間の問題で――」

「ここじゃありません」

「は？」

「ここじゃないんですよ、警部さん」鵜飼は真正面から警部の顔を見据えた。「馬場鉄男と有坂香織が一昨日の夜に車で訪れたのは、この三日月池じゃありません」

「は、はは……なにを言い出すのかと思ったら。君はまだ理解できていないのか。いま説明しただろ。三日月池は実際、二つあるんだ。地図にも載っているし、馬場鉄男自身もそれで納得した。死体と車の消失を説明する理論は、これしかないんだ――」

「いいえ、それでも警部さんの説は間違いです」

「ほ、ほう……それじゃあ聞くが、なぜ君はわたしの説が間違いだと断定できるんだ」

「判りませんか、警部さん」鵜飼は哀れむような視線を好敵手に注いだ。「確かに、警部さんのいうとおり三日月池は二つある。そして二つの池を間違える可能性もあるでしょう。だが馬場君たちが一昨日の晩に訪れた場所は絶対にここじゃない。なぜなら――」

「な――なぜなら?」

「なぜなら、この三日月池には――」鵜飼は溜めに溜めた状態から、ついに警部の決定的な失策を指摘した。「この三日月池には、車でこれる道がないんですよぉ――ッ!」

鵜飼の口から明らかにされた衝撃的な事実。そのあまりの馬鹿馬鹿しさは、かえって一同に新鮮なショックを与えた。

溜め息のようなざわめきが支配する中、砂川警部はバンザイするように両手を挙げて二、三歩後退して「ええッ!」。それから、あらためて三日月池の周囲をぐるりと見回してから、いまさらのように目を見開いた。「——んな馬鹿な！」

「いいえ、事実です。現に、先ほど僕らが通ってきた道だって、車の通れない細道でした。ひょっとして他に道があるのかと思って、さっきから目で捜していますけど、そんなものはどこにも見当たりません。周囲はすっぽり森の木々に囲まれています。つまり、ここはどう間違えたって車で迷い込めるような場所じゃない。車でこられない場所に、どうやって車を捨てるっていうんです。そんなのあり得ないじゃないですかぁ——ッ！」

鵜飼の言葉が鋭い槍となって警部の心臓に突き刺さる。哀れ、砂川警部はまともな反論も口にできないまま、身体の力が抜けたように、がっくりとその場に膝を屈した。

「た、確かに、君のいうとおりだ。今回はわたしの負けらしい——完敗だ」

「なに、そう恥じ入ることはありません。立派な推理でしたよ、警部さん」

頭脳戦の果てに、互いの健闘をたたえあう二人。その光景を目の当たりにして、朱美は心の中で呟いた。この人たちって……やっぱり……レベル低いかも……

先ほどは警部の推理に納得しかかっていた馬場鉄男も、いまや掌を返したかのように容赦ない言葉で警部の失策を責め立てる。

「だいたい、おかしいと思ったんだ。だって、俺がコントラバスケースを捨てたのは青松川じゃなくて赤松川だ。川の手前に看板が出てたんだから間違いねえ」

「そうか。そういう情報は、わたしが推理を披露する前に欲しかったな」

もう遅いというように警部はうなだれた。気の毒すぎて、かける言葉も見当たらない。

すると、流平の口から奇妙な慰めの言葉。

「警部さんにとって、不幸中の幸いは、この場に部下である志木刑事がいなかったってことですね。あの若い刑事さんがいたら、警部さん、向こう三年は笑いものでしたよ」

「…………」砂川警部は複雑な表情で頷いた。「確かに、そうだな。いまにして思えば、あいつを滝から突き落としておいて正解だったかもしれない」

酷い上司だ。朱美は包帯を身体中に巻いてベッドに横たわる志木刑事の姿を想像し、同情を禁じ得なかった。

「とにかく、これで死体捜しは、また振り出しに戻ったってわけね。あーあ、ますますわけが判らなくなってきたわ——あら？」

ふと隣に目をやった朱美の目に、池の畔を無意味に歩き回る鵜飼の姿が映った。奇妙な様子だった。視線は足元に向けられ、右手は顎の下に。せわしなく動く足取りは、次第に楕円《だえん》の軌跡を描きはじめる。そういえば彼は以前にもぐるぐる歩き回りながら転倒し、その瞬間に閃きを得たことがあった。

「見て、流平君。鵜飼さんのあの雰囲気、嫌な予感しない？」

「ええ。これは鵜飼さんが池に落っこちて、その瞬間、なにか閃くってパターンですね」

「気をつけたほうがいいわね」

「やれやれ、世話が焼けますね」流平は面倒くさそうに鵜飼の傍に歩み寄った。「鵜飼さん、危ないですよ、そんなところでウロウロしていたら。ほら、池に落ちますよ、ほらほらッ、池に落ちますって、池に――」

案の定、無意識のうちに水面に片足突っ込もうとする鵜飼。それを、なんとか回避させようとする流平は、懸命に鵜飼の背中を摑もうとしたのだが、その瞬間、鵜飼は動物的な勘によるものか、寸前で身体を反転させ水没を回避した。

「――わ！」目標を失った流平の両手が虚空を摑む。その身体は水際でいったんは絶妙なバランスを保って静止。次の瞬間には頭から勢いよく水中に没した。「わ――ッ」

激しい水音に鵜飼はようやく我に返る。が、まったく状況を飲み込めていない鵜飼は、

「おや、どうした流平君。服を着たまま泳ぐなんて、まったく君って奴は酔狂な……」

「馬鹿！　溺れてんのよ！」

「やあ、そういうことか。よし、警部さん、ロープかなにかありませんか。あるいは浮き袋の代わりになるようなものとか。そう、例えば――む！」

まるで自分の言葉に驚いたかのように突然鵜飼は黙り込む。やがて、探偵はついに快哉《かいさい》

を叫んだ。

「そうか。そうだったのか！　なんとなく判ってきた……きっとそうに違いない」

「どうしたのよ。なにか判ったの？」

「三日月池の謎だ。三日月池が二つあるということ。しかし、死体と車はどちらの三日月池にも沈んでいない、ということ。ならば、もうひとつべつの可能性を考えてみるしかないわけだ。ちょっとあり得ないような可能性なんだが、しかし警部さんの推理が空振りとなったいまとなっては、やはりそれこそが真実なのだと考えるしかない……」

興奮を露にする鵜飼のもとに、砂川警部と馬場鉄男も興味深げに歩み寄る。

「どうした。なにがいいたいんだ、君は」

「死体と車の在り処《ありか》が判ったってのか？」

「いや、具体的な場所は判らない。だが、どうやって消えたのかはなんとなく想像がついた。そうだ、そうだったんだ！　みなさん、今度こそ三日月池の謎は解けましたよ！」

力強く宣言する探偵。では、さっそく詳しい説明を——と探偵を取り囲む一同。

そんな中、いちばん可哀相な彼が水の中から自らの危機的状況を訴えた。

「うぷッ……謎解きの前に……ぷはッ……僕を助けてもらえませんか！」

第九章　犯人が罰を受ける

一

有坂香織は赤松川の川岸を下流に向かって歩いていた。その身体は足元から頭までずぶ濡れ。ボーダーのシャツは身体に張り付き、自慢のポニーテールは、雨に濡れた子馬の尻尾のよう。そして、そんな彼女の傍らに馬場鉄男の姿は、もちろんない。

香織は考えた。なぜあのとき鉄男は一緒に飛び込まなかったのだろうか。銃を持った殺人鬼に捕まれば、ただで済まないことは判りきっている。

それなのに、なぜ彼は――はッ！

「ひょっとして、あたしのため!?　馬場君、あたしのために囮《おとり》になってくれたの？　そうか、そうなんだね。馬場君はあたしを無事に逃がそうとして、敢えて殺人鬼の犠牲に……ううッ、馬場君、ありがとう。超短期間の浅い付き合いだったけど、確かに君はいい人だったよ。きっと君のことは死ぬまで忘れない……だから……成仏してね！」

香織はすでに天に召されたであろう鉄男の在りし日の姿を思い描き、悲しみの涙をひとりで勝手にこぼした。そしてわりと短時間で泣き止んだ香織は、いまは泣いている場合ではない、と思い直した。鉄男を殺した殺人鬼は、次なる獲物として香織を狙っている。その可能性は高い――と香織には思えた。

「あたしは必ず生き延びる。馬場君の死を無駄にしないためにも！」

決意をあらたにした香織は、再び川を下りはじめた。

川は前日の大雨のせいで濁っている。香織は川岸の狭い岩場を選んで進んだ。大雨の残した爪痕《つめあと》だろうか、かなり太さのある流木などが香織の進路を邪魔するようにあちこちに散乱している。香織は幾度となく丸太のような流木に進路を遮られながら、川岸を進んだ。

空は快晴で残暑は厳しかった。だが、V字形の斜面に生える樹木が大きく枝を広げて、日差しを遮ってくれている。川の流れを左右から覆うように伸びる樹木たち。それが流れに沿って延々と続く様子は、さながら緑のアーケードのようだ。

そんな中を、ひとり黙々と歩き続ける香織だったが、

「駄目だあッ、もー無理！」

所詮は街での快適な暮らしに慣れた、なまくらな肉体。限界はすぐに訪れた。

香織は川岸に転がる大きな岩の上でごろりと横になって休憩。頭上に広がる緑の屋根。その隙間から覗き見える真夏の青空。川面を撫でる風が火照《ほて》った肌に心地よい。一定の音色を奏で続ける川の流れが、香織を眠りの淵へと誘う。しかし――

眠りに落ちかける寸前、香織は視界の片隅に奇妙な物体を認識した。

頭上を覆った枝。その枝にぶら下がるような恰好で、それは揺れていた。逆光の中で浮かび上がる滑らかな曲線のシルエット。それは女性の肉体を思わせた。香織はハッとなって身体を起こし、思わず両目を手で擦った。

「……なに、あれ？」

女の死体が樹の枝にぶら下がっているように見えた。ということは、自殺？　だが、あんな高い場所で首を吊る人など、いるだろうか。首の高さは地上からざっと四メートル。周囲には足場も見当たらない。

それに首吊りなら、ロープの先に死体がぶら下がっているはず。だけど、いま目の前にあるそれはロープにぶら下がっているのではない。太い枝の二股になったところに、首の部分がガッチリと引っかかっているのだ。これも一種の首吊り状態には違いないが、少なくともこのような首吊り自殺は聞いたことがない。ということはなんだろう？　殺人事件、という言葉が香織の頭に浮かぶ。そうだ。殺された女性なら、香織にもひとりだけ心当たりがある。だが、まさかそんなことが！

香織は勇気を振り絞り駆け出した。転びそうになりながら問題の枝に近づく。回り込むようにして見上げると、いままで逆光に遮られていた真実が、ようやく明らかになった。

その瞬間、香織は忘れていた亡霊に出くわしたかのような悲鳴をあげた。

「きゃあああああああぁぁぁ！」

香織は思わずその場に尻餅をついた。

「ど、どういうこと……なんでここに⁉」

香織は誰に問いかけるわけでもなく、自分自身に向かって叫んだ。

「なんでここに、コントラバスケースがあるの——ッ！」

女の死体と思えたその物体。それは女性の肉体を連想させる、滑らかな曲線を持った黒いコントラバスケースだった。首の部分を樹の枝に引っかけた状態で宙ぶらりんになったそれは、尻餅をつく香織をあざ笑うかのように、樹上でゆらゆらと揺れていた。

二

この世にコントラバスケースは数あれど、盆蔵山の赤松川流域に存在するコントラバスケースは、おそらくただひとつ。それは山田慶子の死体の運搬に使用した、あのケースだ。

「でも、あれは川岸に放り捨てたはず――それがなんで樹の枝に引っ掛かってるの⁉」

それに――と香織は周囲を見回した。あの夜、コントラバスケースを捨てた場所は、こんな場所ではなかったような気がする。確かにV字をした谷の形は、あの夜に訪れた場所とよく似ている。しかし、上空を覆った緑のアーケードは、あの夜にはなかったものだ。

それに、いま香織のいるここは、花菱旅館から川を下った地点だ。その花菱旅館はクレセント荘から見て川下に位置する。つまりクレセント荘はこの場所からずいぶんと川を遡った上流に位置するということになる。この場所で道に迷った二人が、暗い森の中をどれほど彷徨ったにしても、遥か上流に位置するクレセント荘にたどり着くなんてことは、ありそうもない話だ。いくら方向音痴の二人でも、上と下の区別くらいは付くのだから。

やはり間違いはない。二人がコントラバスケースを捨てた場所は、ここではない。おそらくもっと上流のどこか、クレセント荘や三日月池からそう遠くない場所に捨てたに違いない。ということは、どういうことになるのだろうか。

「誰かが、あたしたちの捨てたケースを、この場所までわざわざ運んできた？」

いったい、誰が何のために。それは山田慶子の死体が消えたことと関係あるのだろうか。

いや、それよりもなによりも――

「なんで、コントラバスケースを首吊りに？」

それがいちばんの問題だ。だいいち、この状況を作り上げるには結構な労力が必要だ。足場はどうする？　脚立《きゃたつ》か梯子《はしご》をわざわざこの場所に持ち込んだのか。それに乗ってコントラバスケースを高く掲げ、樹の枝に首の部分を挟み込む。考えただけでも、面倒で危険な作業だ。そんな仕事を誰がなんのために？　ひょっとして前衛芸術？　判らない。香織は首を左右に振り、それこそ創作に悩む前衛芸術家のように髪の毛を掻きむしった。

「冷静に考えるのよ。落ち着いて、有坂香織。これにはきっとなにかわけがあるはず」

香織は自分に言い聞かせるように呟くと、あらためて川の流れとコントラバスケースとを交互に見やった。そうするうちに、香織はごく当たり前のことに思い至った。なぜ、ケースが首吊り状態になっているのか、それは判らない。だが、川の上流に捨てたはずのケースが、この場所に存在すること、それ自体はそう不思議なことではないのかもしれない。

「そういえば、昨日は大雨だったもんね」

雨が降れば川の水かさは増える。普段は水の流れない川岸を大量の水が洗ったはずだ。ならば、川岸に捨てたコントラバスケースが水の流れに巻き込まれ、この場所まで流れ着くことは充分考えられる。上流にあるコントラバスケースを誰かが偶然に発見し、それをわざわざこの場所まで運んできたと考えるよりは、遥かに現実的だ。そうだ。ケースをここまで運んだのは水の力なのだ。ということは、これは自然現象なのか――

「それじゃあ、なぜケースは樹の枝に引っかかっているの？　これも自然現象？」

そんなことがあり得るだろうか。

香織はあらためてケースから川面までの距離を目で測った。ケースの首の部分から川面までの距離は四メートル弱。それから香織は周囲を見回す。ケースのぶら下がった枝から数メートル川上にいった場所に一個の巨大な岩が突き出ている。上の部分が斜めになった岩は、さながら天然のジャンプ台を思わせた。

「川を勢いよく流れてきたケースが、あの岩でバウンドすれば……」

そして香織の想像力は脳内のスクリーンにひとつのスペクタクルな場面を映し出した。V字の谷を轟々と流れる濁流。その中をまるで笹舟のように軽々と押し流されていくコントラバスケース。やがて勢いのついたケースは川に突き出した巨大な岩に激しく衝突。ケースは水面で跳ねる川魚のように、大きくジャンプして一瞬宙に浮く。そこにたまたま二股に分かれた樹の枝。次の瞬間、コントラバスケースの首の部分が、その二股になった枝にガッシリ挟まる。ケースは宙ぶらりんのまま、樹上に取り残されることとなる――

「水の量と勢い次第では、あり得ないことではないかも……」

しかし香織は、すぐに自分の考えを打ち消すように首を振った。

「ううん、いくらなんでもそこまでの水の勢いって、あり得ない……それじゃあ、まるで大洪水だよ……確かに、昨日は大雨だったけど、洪水が起こるほどじゃなかった……死人や怪我人が出たってニュースも聞かないし……ん？」

香織は自らの言葉に、ふと引っ掛かりを覚えた。

「死人は出なかった!?　そうだっけ……」

いや、死人は出た。つい最近、この川で流されて溺れ死んだ人がいたはずだ。

「そうだ。橘雪次郎！」

でも、待てよ。雪次郎が死んだのは昨日の夜ではない。彼が死んだのは昨日の大雨よりも前の出来事だ。それに、おそらく彼の死は自然災害による溺死とも違う。刑事たちは殺人事件の可能性を探っているようだった。

「殺人……そうだ、殺人事件！」

赤松川近辺で起こった奇妙な出来事は、なにもこのコントラバスケースの一件だけではない。山田慶子が殺された。その死体を車ごと三日月池に捨てたら翌日には消えていた。

龍ヶ滝では雪次郎が溺れ死に、つい先ほどは川沿いの廃墟で寺崎が撃ち殺された。様々な事件が連続して起こっているのだ。

ならば、この首吊りケースの問題も、これら一連の事件の中で発生した出来事と捉えるべきだろう。これは単なる自然の悪戯などではない。これは人為的な出来事なのだ。自然な洪水の力ではなくて、人為的な――

「あ！」そのとき香織の脳裏に天啓のような閃きがあった。「そう、人為的な洪水……人間の力でわざと洪水を引き起こす……それって、無理かしら」

例えば川の上流に大量の水を溜めて、それを一気に開放するようなやり方が思い浮かぶ。大量の水が、それこそ洪水のような勢いで川を流れていくはずだ。下流で釣りをしていた雪次郎は、濁流に飲まれて溺れ死ぬ。コントラバスケースはそのとばっちりを受けて川を下り、岩にぶつかりジャンプして高い枝に引っ掛かる。想像だけなら、あり得なくはない。

「だけど、そのためには上流にどれだけ水を貯めればいい？　ちょっとした池ができるくらいか――ああッ！」

香織は再び叫び声をあげた。そもそも、いままで自分たちが捜し続けていたものは、なんだったか。捜していたのは山田慶子の死体。そして真っ赤なミニクーパー。そしてなにより、その死体と車を捨てた三日月形の池だ。その池は死体を捨てた一昨日の夜には確かにあった。だが、それ以来、池は行方不明だ。正しくは車と死体が行方不明なのだが、見方を変えれば池そのものが行方不明と考えることもできる。

「そうか……そうだったんだ！」香織はようやく行方不明の三日月池の正体を知った。

「あれは池じゃなかったんだ……あれは……」

「ほう、どうやら気がついたらしいな」

「うん、あたし、やっと判ったよ。あたしたちが池だと思い込んでいたものは、実は川だったんだね――って、えええぇッ⁉」

あたしいったい誰と喋ってるの！　香織は驚きのあまりその場でジャンプ。そして香織は身体を硬直させたまま、首だけを捻って恐る恐る後ろを振り向く。

彼女の背後に男がひとり。その腕には黒光りする一丁のライフル。

その銃口はまっすぐに香織へと向けられていた。

三

「要するに、こういうことなんだよ」

鵜飼は説明を開始した。

「馬場鉄男君、君は一昨日の夜、三日月形の池に死体と車を捨てた。君はこの山に三日月形の池はひとつしかないと思っていた。だが、実際はそうではなかった。三日月形の池は二つあった。もうひとつの三日月池というのが、この池だ」

鵜飼は目の前に広がる三日月形の池を手で示し、砂川警部のほうを向いた。

「警部さん、あなたは馬場鉄男の話を聞き、当然のように、車と死体はこっちの池に沈んでいると考えた。しかし、それも間違いでした。この池に車で近づくことは不可能。だからここに車を捨てることはできない。僕が指摘したとおりです。ならば、この問題はこう考えるしかないでしょう」

探偵はゆっくりと一同を眺めながら、今回の事件の核心を語った。

「三日月形の池は三つあった。山田慶子の死体と車は、三つ目の池に捨てられたのです」

「三日月池が三つ、だと⁉」

警部は呆れ顔で繰り返すと勢いよく反論した。「馬鹿をいうな。君の車と違ってわたしの車にはカーナビがあるんだぞ。わたしは、ちゃんとカーナビで確認した。この付近に三日月形をした池は二つだけだ。ひとつは赤松川沿いにあるやつ、もうひとつは青松川沿いにある、この池だ。他にはない」

「それがあったんですよ」

「どこにあるんだ。あるなら見せてもらおうじゃないか」

興奮のあまり喧嘩腰になる警部に対して、鵜飼は余裕の表情でこう答えた。

「僕は『あった』と過去形でいってるんですよ。つまり、いまはもうない。だから残念ながらお見せすることはできませんね」

「あった⁉　いまはもうない⁉　どういうことだ」

「三つ目の三日月池は一昨日の夜にのみ、赤松川の上流に出現したかりそめの池です。正確にいえば、それは池ではなくて巨大な水溜りということになるのですが」

「――かりそめの、池⁉」

啞然とする砂川警部をよそに、鵜飼はここでいきなり話題を転じた。

「ひとつ、林業にまつわる話をさせてください。林業では山から切り出した木材をいかに運搬するかが、大昔からの変わらぬ課題です。整備された林道があればトラックが使えます。水量の豊かな川があれば、丸太で筏《いかだ》を組んで川に流すという手があるでしょう。しかし、山奥に入れば入るほど川の水量は減っていってしまいます。あまりに水量の少ない川では、木材の運搬がおこなえません。では、どうすればいいのか。せっかく切り出せる樹木がありながら、運搬手段がないことを理由に、すべてを諦めるしかないのか」

鵜飼は呆気にとられる一同を見渡しながら、悠々と話を続けた。

「ところが、このような一見不可能に思える状況でも、ちゃんとやり方があるんですよ。どうやると思いますか、警部さん？」

「どうやるかって——いったい、なんの話をしているんだ、君は？」

「林業の話ですよ。と同時に殺人事件の話でもあります。さあ、いかがですか、警部さん」

「判らんね。林業のことも君のいいたいこともサッパリだ。時間の無駄だから、さっさと話を進めてくれないか」

「では、そうしましょう。やり方はこうです。まず、山から切り出した木材を組んで川を堰《せ》き止める。堰き止められた川には、当然水が溜まっていく。いくら水量の少ない川でも、時間が経てば水溜りはどんどん大きくなる。やがて、川の途中に小さなダムができたような状態になる。そうやって、ダムに充分水が溜まった頃合を見計らって、今度は堰《せき》を壊すのです。ダムに溜まった大量の水は一気に下流へと流れ出す。その水の勢いがたくさんの木材をまとめて下流に押し流してくれる、というわけです。どうです？　荒っぽいやり方ですが合理的でしょう。現代ではさすがに廃れてしまったやり方ですが、かつては実際に山奥の現場でおこなわれていたことです」

「川を堰き止めるだと――」警部の顔がなにかを察したように引き攣った。「ま、まさか！」

「そうですよ。その、まさかなんです。一昨日の夜、赤松川に現れたかりそめの池、それは赤松川を堰き止めることによって人工的に造られた三日月形の水溜りだったんです。緩やかにカーブした川の一部を堰き止めれば、そこには自然と三日月かバナナのような形をした水溜りができるでしょう。それが三つ目の三日月池の正体だったのです」

「ば、馬鹿な――いったい、なんのためにそんなことを！」

「なんのためって、きまっているでしょう、警部さん。下流でのんびり夜釣りを楽しんでいる雪次郎さんを、大量の水で一気に押し流すためですよ。つまりこれは、赤松川の上流にいる人間が、下流にいる人間を溺死させるためのトリック。かりそめの三日月池は、いわば遠隔殺人のための装置というわけです」

「な、なんだって！　そんな大それたトリックは聞いたこともない！」

「そうですか。しかし、先ほどもいったように、林業の世界では実際におこなわれていたことですよ。木材を押し流すか、人間を押し流すかの違いだけです。それに、証拠だってありますす。僕がいったような大掛かりなトリックが使われたことを証明するものが」

「証拠だと!?　そんなものがどこにある」

「警部さんも見たはずなんですがね。――ほら、昨日龍ヶ滝の上流で、あなたの部下の志木刑事が可哀相な目に遭ったじゃありませんか。あのとき、川を流れていく志木刑事に向かって、僕がクーラーボックスを浮き輪代わりに放り投げてやったのを覚えていますね」

「ああ、覚えているとも。あれは雪次郎氏のクーラーボックスだったな」

「ええ。そのクーラーボックスは肩紐を木の枝に引っかけた状態で、ぶら下がっていました。僕は咄嗟にそれを枝から下ろして川に放り投げたのです。あのときは緊急事態でしたから、あまり深く考えることもなかったのですが、いまにしてみるとあの場面は奇妙です」

「ほう、どこが奇妙なのかね」

「僕の記憶では、僕は枝に引っ掛けられたクーラーボックスを、両手をいっぱいに伸ばして枝から下ろしたんです。お判りですか。僕がいっぱいに手を伸ばさなければ届かないような枝ですよ。そんな高い枝に、雪次郎さんはどうやってクーラーボックスの肩紐を引っかけたんでしょうか。雪次郎さんの身長は間違いなく僕よりは低かったというのに」

「う……」

「大きな石を踏み台にすれば、雪次郎さんの身長でも枝に手が届いたかもしれません。でも、そんなことする意味がないでしょう。本来クーラーボックスは、地面に置いて使うもの。それをわざわざ、手が届かないような高い枝の先にぶら下げて使うなんて、ありそうもない話ですよ」

「い、いわれてみれば、確かに奇妙だな。なぜ、あのクーラーボックスはあんな高い枝に引っ掛かっていたのか。雪次郎氏がやったのでないとすると、誰が……」

「誰がやったわけでもありません。敢えていうなら水がやったのです。上流から流れてくる膨大な量の水。それが川の水位を急上昇させた。水に浮くクーラーボックスは水位が上がれば、それにつれて高く持ち上げられる。その結果、クーラーボックスの肩紐が雪次郎さんの手の届かないような高い位置にある枝に引っ掛かってしまった。つまり、クーラーボックスがあのような高い枝に引っ掛かって発見されたという事実こそが、すなわち川の水位が枝の高さまで一時的に急上昇した、というなによりの証拠というわけです」

鵜飼の推理を聞いて、砂川警部は悔しげに唇を噛みながら、頷くしかなかった。

「なるほど。確かに君のいうとおりらしい。川の水位は人間の背丈を越えるほどに急上昇した。だとすれば、川で釣りをしていた雪次郎氏が押し流されていくのも当然だ」

「警部さんには納得してもらえたようですね。――それじゃあ馬場君、今度は君に聞こう」

「え！　な、なんだよ、急に――」

虚を衝《つ》かれた様子の馬場鉄男に、鵜飼は奇妙な質問を投げた。

「こんなふうに川の上流で堰き止められていた水が、一気に流れ出して下流の人間に被害を及ぼすような現象を一般になんというか、知っているかい？」

「な、なんだよ、それ――洪水だろ」

「まあ、洪水でも間違いじゃないが、もうちょっと的確な名前があるよ」

「なんのことだよ。洪水じゃねえんなら、大洪水か？　違うな。川の氾濫《はんらん》、水害――ん、待てよ、そういや、よくニュースとかで鉄砲水っていったりするな」

「そう、まさしく鉄砲水だ」鵜飼は嬉しそうに頷いた。「実際、先ほど僕が説明した木材運搬法は、林業関係者の間では鉄砲堰という名前で呼ばれているらしい。鉄砲水を人工的に引き起こすための堰だから鉄砲堰というわけだ。ほら、判らないか？」

「……は!?」馬場鉄男が呆《ほう》けたように口を開ける。「判らないかって、なにがだよ？」

「鉄砲堰という言葉に、なにかピンとこないか、といっているんだよ。ほら、気付かないかなあ、君……鉄砲堰……鉄砲水……」

「鉄砲堰……鉄砲水……ん、鉄砲……鉄砲!?」馬場鉄男の表情が瞬く間に驚きに満ちていく。「ひょっとして俺が遊戯室で立ち聞きした会話、あれは銃の話じゃなくて――」

「そういうことだ。君の盗み聞きした会話の中では『犯人は鉄砲を使ったんだ』――というような話が交わされていたそうだね。そう、確かに犯人は鉄砲を使ったんだ。ただしそれはライフル銃や拳銃なんかじゃない。犯人が使った凶器は鉄砲堰だったのさ」

四

いまや解決編の主導権は完全に鵜飼のものだった。すでに完敗を認めた砂川警部は聞き役に回っており、馬場鉄男は鵜飼の語る奇想天外な推理に目を白黒させている。探偵の本来の相棒、戸村流平は池で溺れたダメージから立ち直っていない。というわけで、ここから先は二宮朱美が探偵の相棒を務めながら、話を進めていく。

「で、真犯人は誰なのよ。単独犯じゃないわよね。川を堰き止めるのは、ひとりでは無理だろうから」

「確かにトリックの性質からして、単独ですべてをおこなうのは不可能だ。おそらく犯人は数名の共犯者を用いている。共犯者というより人足といったほうがいいと思うけどね」

「人足って、どういう意味？」

「要するに犯人が金で雇った労働力だ。静枝さんがいっていただろ。クレセント荘には一昨日の午前中まで外国人の旅行者が数名宿泊していたって。雪次郎さんが死んだ夜にはすでに彼らはペンションを引き払っていたから、一見したところ事件とは無関係のように見えるが、実はそうではない。その外国人集団こそは、犯人が鉄砲堰を造り上げるためにかき集めた人足だ。もっとも、彼らにしてみれば、雇い主に命じられるままに造り上げた小さなダムが、よもや殺人のための装置だとは知る由もなかっただろう。彼らは単なる土木作業のアルバイトという程度の認識だったはずだし、犯人もまたそのように装ったに違いない。これはちゃんとした会社がおこなっている正規の工事なのだとね。それでなければ、殺人の協力者が何人も集まるとは思えないからな。それから鉄砲堰をこしらえるには、重機も利用しただろう。クレーン車だ」

「クレーン車なら、一昨日の夜、三日月池の傍にあったと、馬場君の証言にあったわね」

「そう、それだ。だが、正確にいうならクレーン車は三日月池の傍にあったのではなく、堰き止められた赤松川の川沿いにあった。馬場君たちが見ていたのは、赤松川の途中に現れた三日月形のダムだったわけだ。しかし、彼らはそのことに気がつかない。それどころか、彼らは目の前の水溜りを底なしと噂される三日月池であると勘違いし、これ幸いとばかりに、そこに車と死体を放り込んでしまった。これが一昨日の夜の場面だ」

「その後、馬場君たちはコントラバスケースを赤松川に捨て、山道に迷い、ぐるっとあたりを一周してクレセント荘にたどり着いたというわけね」

「そういうことだ。さて、続く場面は日付変わって深夜の一時前後だ。この時間、クレセント荘のコテージでは、多くの者たちが衛星中継のサッカーの試合に興じていた。橘直之、英二の兄弟、南田智明、寺崎亮太、それに探偵事務所の僕ら三人だ。いうまでもないことだが、この犯人が鉄砲堰を用いて遠隔殺人をおこなおうとする理由は、自らのアリバイ作りに他ならない。被害者が下流で溺れ死んだ時刻、自分は上流のペンションで誰それと一緒でした、そう主張するための遠隔殺人だ。ならば、犯人はこの時間、自分の部屋にひとりでいてはいけない。犯人は間違いなくコテージにいて、みんなと一緒にサッカー観戦をしていたはずだ。逆にいうなら、その時間、ひとりで寝ていたという豊橋昇や橘静枝などは犯人ではない」

「確かにそうなるわね。だけど、犯人がずっとコテージにいたら、やっぱり殺人はおこなえないんじゃないの。鉄砲堰を誰かが壊さない限り、鉄砲水は発生しないんでしょ」

「そうだ。ちなみに、上流の鉄砲堰から下流の現場まで三キロ程度。水が流れるスピードは川の傾斜によって変わるが、まあ相当なものだということは間違いない。三キロぐらいはおそらく数分でたどり着く。ということは雪次郎さんの死亡推定時刻が午前一時前後ならば、鉄砲堰が破壊されたのも、それと似たような時間帯と考えていいわけだ。さて、サッカーの試合は午前零時にキックオフだ。午前一時前後といえば、どういった状況かな」

「ちょうどハーフタイムのころね。午前零時四十五分過ぎに前半が終了し、それから十五分の休憩。後半の開始は午前一時過ぎよ」

「そう。重要なのは十五分の休憩タイムだ。この時間、コテージにいた者はそれぞれに行動している。その場に留まった者。トイレにいった者。外で煙草を吸った者など。要するに、この十五分間だけは犯人は自由に動き回ることができたわけだ。十五分という時間は、下流で釣り糸を垂れている雪次郎さんのところに駆けつけ殺人をおこなうには不充分な時間だ。しかし、上流にある鉄砲堰に駆けつけ、それを破壊するには充分な時間だと思う」

「そうね。クレセント荘から赤松川まで歩いて五分程度。前もってバイクなどを用意していれば、もっと早く駆けつけることができる。往復で十分かからないわ。向こうで作業する時間は五分以上取れる計算になるわね。だけど鵜飼さん、鉄砲堰の破壊は、いったいどういうやり方でおこなうわけ？　ダイナマイトでも使うの？」

「なに、爆破するまでもない。鉄砲堰の破壊には、やはりクレーン車を使ったんだよ。クレーン車が一昨日の夜の時点で川沿いの道に残されていたのは、ひとつには工事現場の雰囲気を醸し出して、通行止めをよりリアルに見せるためだろう。だが、それよりもっと重要な理由は、この鉄砲堰の破壊のためにクレーンが必要だったからだ。おそらくクレーンの先はあらかじめ鉄砲堰の一部にフックされていたはずだ。クレーンを巻き上げるなり、引っ張るなりすれば、たちまち鉄砲堰が崩壊するようにね。それだけの仕掛けを前もって準備しておいた犯人は、サッカーの休憩時間に予定どおりに鉄砲堰に駆けつけた。クレーン車に乗り込んでクレーンを操作し、鉄砲堰を壊す。ああいったものは、一部分が壊されると脆《もろ》いものだ。あとはもう巨大な水の力が勝手に堰を破壊してくれる。犯人はそれを見届けてから、再びクレセント荘にとって返した。そして何食わぬ顔でみんなと混じってサッカーの後半を観戦した、というわけだ」

「そのころすでに下流では、雪次郎さんが濁流に飲み込まれて滝を滑り落ちていたのね」

「そういうことだ。雪次郎さんの死体をひと目見たとき、僕らはそのあまりの酷さに思わず目をそむけた。そして僕らは、その死体の損傷が龍ヶ滝を滑り落ちたことによるものと短絡した。だが実際は、そうではなかった。雪次郎さんの死体は押し寄せてくる大量の水に揉みくちゃにされ、川岸や岩肌に猛烈に叩きつけられ、異常な勢いで滝を滑り落ち、赤松川から烏賊川にまで流され、そしてようやく三ツ俣町の河川敷で止まったんだ」

「死体の損傷が激しかったのは、鉄砲水の威力によるものだったのね」

「そう。ところで、この際だから昨夜君が口にした例の疑問にも答えておこう。犯人はどうやって雪次郎さんが釣りをしているポイントを正確に知ることができたのか？　それに対する答えはこうだ。犯人は雪次郎さんのポイントなんか知らなかった。知る必要もなかったんだ。雪次郎さんが川で釣りをしていてくれれば、それで充分。後はもう、彼が川のどこにいようが、巨大な水の塊は間違いなくその身体を押し流してくれるからね」

「そこまで考えた上で、犯人はこのトリックを用いたのね」

「そういうことだ。さて、真夜中の場面はこんなところだな。続く場面は翌朝だ。有坂香織と馬場鉄男が赤松川沿いにある三日月池に出掛けていき、そこに沈めたはずの車と死体を捜した。しかし三日月池にはそんなものは影も形も見当たらなかった。だが、それもそのはずだ。彼らは前の夜に車と死体を沈めたのとは、まったく違う池を捜していたんだから、なにも見つかるはずがない。とはいえ、彼らが勘違いするのも無理はなかったんだ。なにしろ彼らが前の夜に見ていた三日月池は、それ自体が翌日にはもう存在しなかった。かりそめの三日月池は、鉄砲堰の破壊とともに、それ自体消滅してしまったんだからね」

「じゃあ、彼らがかりそめの三日月池に沈めた車と死体は、いったいどこにいったの？」

「当然、車も死体も大量の水と一緒になって、川を流れていったに違いない。もっとも、さすがに車はでかいし重量もある。そう長い距離、流されたわけではないと思う。赤松川を上流から下流にかけてちょっと歩けば、どこかでひっくり返ったミニクーパーを発見できるだろう。そしてその運転席には、いまも山田慶子の死体があるはずだ」

「そうか。じゃあ山田慶子の死体は、まだ誰にも発見されていないのね」

「いや、すでに発見した者がいる。寺崎亮太だ」

「寺崎が？　どうしてそう言い切れるの」

「昨日の夕食の席で、寺崎の口からミニクーパーという言葉が飛び出したのを覚えているだろ。彼の口から山田慶子の愛車の名前が、いきなり出てきたのはなぜか」

「あ、そっか。寺崎は山田慶子のミニクーパーをどこかで見たのね」

「そう考えていいと思う。すでに明らかなように、寺崎亮太は密猟者だ。禁猟区である盆蔵山にライフル銃を持って入り、そこで鳥やウサギなどを撃っていたんだろう。おそらく昨日もまた、寺崎は密猟者として山に入っていった。その最中、彼は赤松川の傍を通ったんだな。そして、彼はそこに奇妙な光景を目撃する。深い森の中を流れる一本の細い川、そこに一台の車がゴロンと転がっている、そんな光景だ。しかも、車の運転席には女性の死体がある。川沿いに道路でもあれば、自動車の転落事故だと判断するところだ。しかし赤松川の両岸は険しいV字形の谷になっている。車が入れるようなところじゃない。寺崎は首を捻って考えただろうな。車が入れない場所に、車が転がっている意味を」

「でしょうね。だけど考える前に、なぜ寺崎は警察に通報しなかったのかしら」

「寺崎自身が密猟者であるという事実を忘れちゃいけない。偶然、死体を発見したからといって、彼の場合、おいそれと警察を呼ぶわけにはいかなかったのさ。やがて雨が降り出し、寺崎はペンションに戻った。途中の道で馬場君たちに出くわしたが、そのときも彼はとぼけたままなにもいわずに、普通の釣り師を装った。やがてペンションにたどり着いた寺崎は、そこでもうひとつの事実を知ることになる。赤松川の下流で雪次郎さんが溺れ死んだという事実だ。寺崎は刑事さんの事情聴取を受けて、そのことを知った」

「そうか。そのとき、寺崎はすでに赤松川に転がったミニクーパーを見ている。そのことと、下流で溺れ死んだ雪次郎さんの事件とが、彼の頭の中で結びついたのね」

「そう。少なくとも、まったく無関係な出来事とは思えなかったはずだ。そしてこの二つの出来事を関連付けて考えるならば、隠された真実にたどり着くことも充分可能だ。誰かが川を堰き止め、人工的に鉄砲水を発生させ、それによって雪次郎さんを殺害した。車は鉄砲水によって上流から押し流されてきたものだ。寺崎は熟考の末にそう推理したのだろう。彼は誰よりも早く、この事件のトリックを見破ったわけだ」

「それでも寺崎は警察に何もいわなかった。彼は、どうするつもりだったのかしら」

「なに、この手の小悪党の考えることはきまっている。寺崎は自分だけが知り得た情報をネタにして、真犯人を強請《ゆす》ろうと考えたのさ」

「昨日の夜、遊戯室の密談ね」

「そうだ。その密談は脅迫者である何者かが鉄砲堰の話を持ち出して、真犯人を強請っている場面だったわけだ。もちろん、このような脅し方ができた人物は、寺崎亮太をおいて他にはいない。寺崎ともうひとりの男の密談は、その後、『証拠を見せろ』『では、花菱旅館の裏で』といった話へと続く。もちろん、証拠を見せろといってるほうが犯人で、花菱旅館に誘ったのが寺崎だ」

「寺崎は花菱旅館で、犯人にどんな証拠を見せるつもりだったのかしら」

「寺崎の持っている証拠といえば、赤松川に転がった車以外にないだろう。花菱旅館は裏庭が川に面している。寺崎はそこから川に降りていって、問題の車を犯人に証拠として突きつけるつもりだったんだろう。おそらく花菱旅館からそこそこ近い場所に、ミニクーパーと山田慶子の死体が転がっているはずだ」

「なるほどね。だけど、寺崎のやっていることは危険すぎないかしら。彼はわざわざ殺人犯の標的になるような真似をしているわ」

「まったくそのとおりだ。おそらく寺崎には一か八かの勝負をせざるを得ない事情があったのだろう。まとまった金を必要とするような事情が。それに、彼は正真正銘のライフル銃を持っている。いざとなったら、自分の身は自分で守れる自信があったんだろうな」

「でも、実際には寺崎は自分の身を守れなかった。彼は犯人の手で口を封じられたのね」

「そう、それが今日、つい先ほどの場面だ。花菱旅館の廃墟で犯人は寺崎と接触した。犯人は最初から寺崎の口を封じる考えだったんだろう。犯人は隙を見て寺崎に襲い掛かる。寺崎はライフルを持ち出し応戦する。殺人犯と脅迫者の間でライフルの奪い合いが起こった。勝利したのは犯人だ。犯人は庭の石で寺崎の頭を殴り、さらに彼のライフルで止めを刺した。その後のことは、君もよく知っているとおりだ。流平君や馬場君たちが大騒ぎを演じる間に、犯人はまんまと逃げおおせた——というわけだ」

「なるほどね」朱美は頷き、そしてこの事件のもっとも重大な点について、あらためて尋ねた。「結局のところ、犯人は誰なのよ」

「おっと、それがまだだったな。だけど君だって、もう判っているはずだ。本来、トリックにはそれをおこなおうとする人物の特徴が現れる。個性といってもいい。今回のような特殊なトリックならばなおさらそれが顕著だ。考えてもみろ。リゾート開発会社の中間管理職が鉄砲堰を造ったりするか。脱サラしてペンション経営に携わる兄弟がクレーン車を操作できるか。本物の鉄砲を持っている密猟者が鉄砲水を凶器に用いるか。もちろん、可能性はゼロではない。だけど、この事件のトリックにもっとも相応しい人物は、彼らではない。相応しいのは南田智明だ。丸太を組んでログハウスを組み立てる職人。したがって木材や人足の調達にも慣れている。重機の操作もお手の物。盆蔵山の地形を知り尽くし、雪次郎さんの行動も熟知している。なにより、かつて林業に従事していた彼ならば、鉄砲堰のことを話だけでも知っていた可能性が高い。南田智明こそは、今回のトリックにもっとも相応しい犯人だ。あんまり論理的ではないし証拠もないけれど、これはかなりの確率で真実だと思う」

確かに彼のいうとおりに違いない、と朱美は確信を覚えた。だが、それでも疑問は残る。

「だけど鵜飼さん、南田智明には動機がないわよ。なぜ彼が雪次郎さんを殺すの？　それと、山田慶子の問題もあるわ。彼女を殺したのも南田なのかしら――」

五

「なぜ殺したのか、だと？」

赤松川の岩場にて。南田智明はライフルの銃口をまっすぐに有坂香織の顔に向けていた。

「動機か。だが、それを聞いてどうするんだ？」

「いや、べつにどうするってこともないけど……」

とりあえず時間稼ぎにはなるかな、と思って聞いてみただけだ。問答無用でいきなりズドンは勘弁してもらいたい。香織は必死で言葉を繋いだ。

「あ、あなたは雪次郎さんの友人だったんじゃないの？　雪次郎さんがクレセント荘のオーナーで、あなたはクレセント荘を造ったログビルダーなんでしょ。雪次郎さんはクレセント荘を守るため、リゾート開発会社からの誘惑にも最後まで抵抗していた。それは、クレセント荘を大事に思うあなたにとっても有難いことだったはず。違うの？」

「ああ、違うな」南田はそう吐き捨てて、唇を震わせた。「雪次郎は誘惑に抵抗していただと――ふん、馬鹿な。とんだ勘違いだ。あいつはこれっぽっちも抵抗などしていない。あいつはリゾート開発の話を持ちかけられた瞬間に、これ幸いとばかりにクレセント荘の売却に同意したのだ。あいつはもうペンションの存続にも、クレセント荘という建築物にも、なんの興味も愛着もなかった。それを金に替えることになんの躊躇《ためら》いもなかったんだ」

「そ、そんな――そんなはずないんじゃない!?　聞いた話だけど、クレセント荘にやってきたリゾート開発会社の人を雪次郎さんは玄関先で追い返そうとしたって――」

「ふん、あんなのは茶番だ。単なる小芝居なんだよ。雪次郎にしてみれば、やがてクレセント荘売却という苦渋の決断をするために、いちおう抵抗はしましたよ、という姿をみんなの前でアピールしているに過ぎない。それに豊橋昇にとっても、雪次郎が多少なりとゴネてくれたほうが、実は都合がいい。地権者があまりに従順では、彼にとってうまみはないからな。抵抗する地権者を懐柔するのが、彼の役目。地権者がゴネてくれれば、接待という名目が立つ。会社の金で、たらふく飲み食いできるわけだ。その上で懐柔策成功となれば、豊橋昇の会社での評価も上がるだろう。要するに、これは橘雪次郎と豊橋昇の間で仕組まれた出来レースだ。表向きは揉めているようなフリをしながら、その実、クレセント荘は売却ということで話はついていたんだ。よくある話じゃないか」

「え、そ、そうなの⁉」意外な話に香織は目を白黒させる。「だけど、なぜそう言い切れるのさ？　出来レースだったかどうか、あなたになぜ判るの？」

「情報を与えてくれる人物がいたんだ。おまえもよく知っているはずの女だ」

「よく知っている――女⁉」

その瞬間、香織の脳裏にひとりの女性の名前が稲妻のように閃いた。香織にとって、よく知っているのにまったく知らない謎の女性。「――ひょっとして、山田慶子！」

「そうだ。彼女はつい最近まで烏賊川リゾート開発で豊橋昇の部下として働いていた女でな、その関係で以前に一度だけクレセント荘を訪れたことがある。宿泊はしていないから過去の宿泊者名簿には載っていないし、クレセント荘の連中もたぶん記憶していないだろう。だが、俺はそのときの出会いがきっかけとなって、彼女と密かに付き合うようになった。そして、あるとき彼女がふいに漏らしたのだ。クレセント荘の売却は既定路線だと。俺は彼女を問い詰めて、そしてようやく雪次郎の裏切りを知った」

「そ、それで雪次郎さんを殺したの？　ただ、それだけのことで……」

「それだけじゃない。雪次郎の裏切りは、俺の脳裏に一年前の疑惑を再び蘇らせた」

「一年前の疑惑って、なにさ？」

「雪次郎の兄で、橘孝太郎さんという人がいた。クレセント荘のもともとの経営者だ。クレセント荘を本格的なログハウスとして建設しようと考えた人であり、その設計と組み立てをこの俺に任せてくれた人でもある。いわば、俺のよき理解者であり恩人みたいな人だ。実際、孝太郎さんと俺とが手を組んで造り上げたクレセント荘は、立派なものになった。文句なく、俺の代表作だ。ところが、そんな孝太郎さんは一年前に死んでしまった。大雨の直後、増水した赤松川に誤って落ちて、溺れ死んだのだ。その死体は龍ヶ滝の滝つぼで見るも無残な姿で発見された」

「そ、そう、それは残念だったね……でも、それは事故なんでしょう？」

「確かに警察は孝太郎さんの死を事故として処理した。クレセント荘は共同所有者だった雪次郎の単独所有となった。そして、その直後だ。豊橋昇がクレセント荘の売却話を持ちかけてきたのは。俺は微かに怪しいと感じた。タイミングがよすぎるのではないか、と思ったのだ。ひょっとして雪次郎は豊橋昇から前もってうまい話を持ちかけられて、乗り気になったのではないか。雪次郎はクレセント荘を売却して大金を得ることに魅力を感じたのではないか。その場合、障害になるのは孝太郎さんの存在だ。孝太郎さんが売却に同意するはずがない。だが、共同所有者である孝太郎さんの同意なくして売却話は進まない。それでも売却話を進めたいと考えた雪次郎は、大雨の直後の川岸に孝太郎さんを誘い出し、隙を見て背中を押したのではないか——」

「それ、想像でしょ。事実かどうか判らないじゃん」

「そうだ。だから、俺はその後の売却話の進展に気を配った。そして、俺は自分の心配が杞憂に過ぎなかったことを知った。雪次郎は豊橋の持ちかけるうまい話に惑わされることなく、売却話を突っぱねた。俺はたとえ僅《わず》かとはいえ、彼に疑いの目を向けたことを恥じた。そして、それまでと同様にクレセント荘に度々滞在し、雪次郎とも親交を保った」

「…………」

「だが、やはり俺は騙されていたのだ。雪次郎のこの一年の振る舞いは、単なるポーズにすぎなかった。彼は、まさに俺が抱いたような疑惑を招かないようにするために、慎重過ぎるほど慎重に、演技を重ねていた。そして頃合を見て、仕方なく売却に同意するという、《苦渋の決断》をする予定だったのだ。ということは、やはり一年前に俺が抱いた疑惑は正しかったのだ。雪次郎が孝太郎さんを殺したのだ！」

「そ、そうとは限らないんじゃないかな。事故の可能性だって否定はできないわけだし……たまたま事故の後に売却話が持ち上がったのかもよ……」

「おまえがどう思おうが、俺には関係ない。俺は雪次郎の犯行を確信し、彼の殺害を決意した。半分はクレセント荘の売却を阻止するため。もう半分は孝太郎さんの無念を晴らすためだ。孝太郎さんは龍ヶ滝から落ちて無残に死んだ。ならば、雪次郎にも同じ死に様を──いや、孝太郎さんの二倍三倍の悲惨な死に様を与えてやろうと、そう思ったのだ」

「だから、大量の水で押し流すような、大掛かりなやり方を選んだわけね。雪次郎殺害の動機はいちおう判った。だけど、山田慶子は？　彼女もあなたが殺したんでしょ。なぜ殺したのさ。彼女を殺す理由はないじゃない」

「山田慶子は俺の計画を邪魔しようとしていた。俺の犯罪計画に気がついた彼女は、その計画を私立探偵にぶちまけようとしていたんだ。要するに、彼女も俺を裏切ったわけだ」

「それは違うんじゃない？　彼女はあなたを救おうとしたんじゃ──」

「うるさい、黙れ」南田は聞きたくないというように首を振った。「俺は偶然、彼女の電話を盗み聞きして、彼女の裏切りを知った。そこで俺は次の日、鵜飼探偵事務所の前の駐車場で彼女を待ち伏せしたんだ」

「鵜飼探偵事務所⁉　え、あの鵜飼って人、探偵だったの！」

「そうだ。ふん、知らなかったのか。あの男は山田慶子の残した言葉を頼りに、わざわざクレセント荘までやってきた物好きな私立探偵だ。もっとも、あまりできのいい探偵ではなかったらしい。あの男の存在は俺の計画にとって、さしたる障害にはならなかった」

この場に探偵がいたら激怒しそうなことを、南田はさらりと口にした。

「ところで、この際だからおまえに聞いておきたい。烏賊川市の雑居ビルの駐車場に残してきた車と死体を、わざわざ盆蔵山まで運んできて、池に沈めた奴がいたらしい――」

南田は銃口を香織の顔にまっすぐ向けた。「おまえたちの仕業か」

香織は無言のまま、うんうん、と頷く。

「なぜ、そんなことをしたんだ？　俺の計画を邪魔して、なんの意味がある？」

「ち、違うの。あたしはただ妹のためにやっただけ。もとはといえば、金曜日の午前十時ごろに、妹の部屋に突然山田慶子がやってきて、慌てた春佳が……」

「待て！」南田は銃口を香織の口に突っ込み、彼女を黙らせた。「その話、長いのか？」

生まれて初めてくわえた銃口は火薬の味。香織はもはや生きた心地がしない。ただ携帯のマナーモードのように、全身を小刻みに震わせるばかりである。

「悪いが、これ以上おまえの時間稼ぎに付き合っている暇はない。聞きたい話はいろいろあるが、もうこうなったらどうでもいい」

「こ、殺ふの……」

「安心しろ。おまえひとり殺しても仕方ない。おまえにはもうひとり仲間がいたはずだ。図体がデカくて頭の悪そうな、金髪ブタ野郎だ」

「……う、うん」香織は頷いたが、べつに鉄男が金髪のブタであることに同意したわけではない。頷く以外に許されない極限状況だから頷いただけだ。「ど、どうするつもり？」

「携帯を出せ。あの男に電話——いや、メールしろ。適当な場所に奴を呼び出すんだ」

「そ、そんなことできるわけないでしょ。これ以上、馬場君を巻き込むわけには——」

断固拒否の姿勢を貫こうとする香織だったが——ん、ちょっと待って！　彼女の脳裏に、ふいにひとつの考えが浮かんだ。

鉄男は花菱旅館の裏の崖から飛び降りなかった。ということは、彼は追いかけてきた連中に発見されたはずだ。追いかけてきた連中というのは犯人ではない。犯人はいま目の前にいる南田智明だ。鉄男は犯人ではない誰かに捕まったはずだ。その誰かは当然寺崎の死体も発見したはずだから、すぐに警察を呼んだに違いない。つまり鉄男の身柄はいま警察の手にある。ならば鉄男を呼び出すことは、警察を呼び出すことと同じではないだろうか。

「…………」香織の胸にかすかな希望の光が灯《とも》った。助かるかもしれない！

だけど、待って。よく考えるのよ、有坂香織。本当に大丈夫？

鉄男が絶対に警察と一緒にいるという保証はない。万が一、彼があの場面をなんとか切り抜けて、単独で森の中を彷徨っている場合はどうなる。彼をメールで呼び出すことは、彼の生命を危険に晒すことにならないか。

「ええい、なにをぼうっとしてるんだ」痺《しび》れを切らしたように、南田が香織の身体に手を伸ばす。「携帯を貸せ。俺が代わりにメールしてやる！」

「わ、判った。あたしがやる！」

香織は決断した。というか、もはや選択の余地はなさそうだ。どっちみち誘いの贋《にせ》メールは鉄男のもとに届く。ならば、せめて自分の手で送ってやるべきだ。もとはといえば鉄男をこの事件に巻き込んだのは自分なのだから。香織は携帯を取り出し手の中で構えた。

「さあ、なんて打てばいいのさ」

「そうだな——この赤松川をもう少し下ったところに『かずら橋』という吊り橋がある。そこで待っている、と伝えろ。携帯の画面を俺に見せながらキーを打つんだ。おかしな真似をするなよ。——できたか、見せてみろ。——よし、それでいい、上出来だ」

携帯の画面を覗き込みながら、南田は満足そうに頷く。

「いいのね。送信するよ」

香織は目をつぶり、祈りを込めて送信のボタンを押した。

お願い、鉄男！　警察を連れてきて！

六

馬場鉄男の携帯が着信のメロディーを奏でたのは、鵜飼の謎解きがちょうど一段落したころだった。凡庸極まると思われた鵜飼の、思いがけない能力を目の当たりにして、鉄男はやや現実感を喪失気味。そんな彼は携帯の液晶画面を覗き込むなり、

「あ——香織からメールだ！」

と、ひと声叫んで、忘れかけていた現実を否応なく思い出した。「そういや、香織の奴、まだ逃亡中だったんだ。あいつ、まだ真犯人が誰なのか知らないまま、闇雲に逃げ続けてやがるんだな……可哀相な奴」

「で、なんと書かれているんだ、彼女からのメールは」

尋ねる砂川警部の鼻先に、鉄男は携帯の液晶画面を突きつけた。

「『かずら橋』っていう吊り橋で待ってるんだってよ。どうする、警部さん？」

「どうするって、そりゃあ彼女だって君と同様に死体遺棄の罪を犯しているんだからな。面倒だが捕まえにいってやらなくちゃならんだろう。——でもまあ、後でいいか」

急にやる気を失ったような警部の口ぶりに、なぜか鵜飼も感染したかのように、

「そうですね。いま重要なのは有坂香織ではなく南田智明の身柄を確保すること。仮に、凶悪な殺人犯の南田を高級魚の鯛だとするならば、有坂香織などは所詮、網から漏れた雑魚《ざこ》みたいなもの。捕まえるのは後でいい」

「んなこといってねえで、捕まえてやってくれよお――ていうか、その喩え話、いまここで必要か。なんか腹立つな、あんたの態度」

「本当だわ。あたしからもお願い。いますぐ逮捕してあげて。だって、このまま放っといたら彼女、無駄に逃げ続けるだけだもの」

結局、逃亡中の犯罪者を無視するわけにもいかず、砂川警部がようやく重い腰を上げる。

「仕方がない。それじゃあ捕まえてやるとするか。南田を逮捕するには、まだまだ証拠が足りないしな――。じゃあ君、とりあえず有坂香織に返信メールを送ってくれ。我々のことは伝えなくていいぞ。これからすぐかずら橋に駆けつける、それだけ伝えるんだ」

「ありがとよ、警部さん！」鉄男はさっそく携帯を操作しながら、誰にともなく尋ねた。

「ところでよ、かずら橋って、なんか変な名前だな。どんな橋なんだ？」

それからしばらくの後――

鵜飼探偵とその仲間たち、および砂川警部と馬場鉄男の計五人は、かずら橋を目指し再び車で出発。やがて車を降りた五人は山道を徒歩で進んだ。

戸村流平の解説によると、かずら橋とは赤松川の下流に位置する吊り橋の名称。その名のとおり、天然のつる草で作られた野趣あふれる吊り橋で、長さはだいたい十メートルほど。かすかな風でも横揺れする不安定さと、かずらを編んで作られたロープの軋み具合が絶妙である——と、もっぱら恋人たちの間で評判なのだという。

「なんで、恋人たちの間で評判なわけ、そんな危なそうな吊り橋が」

「あれ、判りませんか、朱美さん。かずら橋は、その危険さゆえに男女が一緒に渡れば、たちまち恋に落ちるという、いわゆる吊り橋効果満点の隠れた恋愛スポットなんですよ」

流平はその効果を利用したことがあるらしい。

そんなかずら橋に続く森の一本道を進みながら、鵜飼が口を開いた。

「ところで警部さん、かずら橋に着いたら、どうするつもりなんですか。いきなり警部さんが姿を見せれば、有坂香織は驚いて逃げ出してしまいますよ」

「それもそうだ。しかし、そういう君は彼女からは凶悪な殺人鬼と思われている。君や君の仲間たちが出ていけば、やはり彼女は逃げ出すだろう。ふむ、どうするかな——」

「だったら俺に任せな、警部さん」鉄男はここぞとばかりに提案した。「最初に俺がひとりで香織のところにいく。そして俺の口から事情を説明してやるよ。もう逃げても無駄だってことが判れば、香織も変な真似はしねえはずだからよ」

「そんなこといって、二人で手に手をとって逃走する気じゃないだろうな」

「違うって。な、俺に任せろよ。俺があいつを警部さんのところに連れてきてやる。もし、一瞬でも逃げるような素振りがあったら、そんときゃ構わねえ——射殺してくれ！」

「射殺！」砂川警部はびっくりしたように口を開け、それから深い感動を露にするように目を細めた。「よし、判った。そこまでいうのなら、君のいうとおりにしよう……」

「いやあの、警部さん、やっぱ射殺はナシな、だからその、つまり俺がいいてえのは……」

「判った判った。だいたい射殺なんかできるか。刑事は特別なことがない限り銃を携行したりはしない。だが、君の決意のほどは充分理解した。今回は特別だ。君に任せよう」

「ありがとよ、警部さん」

川のせせらぎが目的地の近いことを伝えていた。森を抜けると、道は下り坂になり一気に視界が開けた。前方には深い谷底を流れる赤松川と、それを渡るための頼りない吊り橋が見える。かずら橋だ。つる草で編まれた橋は、全体に緑と茶色のまだら模様。さながら橋全体に迷彩を施したように映る。

そして橋を渡った対岸には、若い女性の姿があった。ボーダーのシャツにデニムの短パン。頭上に跳ね上がったようなポニーテール。香織に間違いなかった。ハチ公前で恋人を待つ若者のように、そわそわしながらあたりを見回している。こちらの姿は、まだ彼女の視界には入っていない。警部は大きな山桜の陰に身を隠しながら、鉄男に指示した。

「さあ、彼女をわたしの前まで連れてくるんだ」

「おう、待っててくれよ、警部さん」

鉄男は太鼓判を押すように自分の胸をドンと叩き、一目散に駆け出した。坂道をかずら橋へと向かって下っていく。香織はすぐにこちらの存在に気がついたようだ。鉄男は橋の手前でいったん足を止め、対岸の彼女に呼びかけた。

「香織！」

すると香織の口がなにか言葉を発した。だが、その声は川の水音に掻き消されて、鉄男の耳には届かない。鉄男は橋を渡りはじめた。激しく揺れる吊り橋のせいで、鉄男は彼女の表情を読み取ることができない。しかし、橋の中ほどを過ぎたとき、ようやく香織の声が聞き取れた。――「ダメ！　ゼッタイ、ダメ！」

鉄男は意味が判らない。なぜ、この場面で彼女が麻薬撲滅キャンペーンのスローガンを叫ぶのか？　俺がそういうTシャツを着ているからか？

橋の途中で躊躇《ちゅうちょ》する鉄男。そのとき香織の背後にある草むらの陰から、男が姿を現す。

ほぼ同時に、香織が叫び声をあげながら駆け出した。立ちすくむ鉄男の胸に飛び込む香織。そのあまりの勢いに、鉄男は吊り橋の上で危うく転倒しそうになる。

「うわあっと、と、と——なんだよ、香織」

「馬鹿！　なんであたしのいうことききかないの！　絶対ダメっていったじゃない！」

「はあ⁉　おめえがかずら橋にこいって——む！」

鉄男は対岸に立つ男の姿に思わず息を呑んだ。野性的な顎鬚を蓄えた大柄な男。

「み、南田智明……なんで、あんたが！」

詳しい事情は判らない。ただ確実なのは、殺人犯南田が鉄男のすぐ目の前にいて、ライフル銃を構えているということ。そして、その銃口はまっすぐ鉄男のほうを向いている、ということ。要するに鉄男と香織は絶体絶命のピンチに陥っているのだった。

「くそ、あのメールは、俺をおびき寄せるための罠か！」

「ごめん、鉄男……あたしのせいで、こんなことに……」

「ばっきゃろう、おめえが謝るこたあねえ。悪いのは全部、あの男だ。心配すんな」

鉄男は精一杯の勇気を振り絞って、すでに三人を殺害した凶悪犯と対峙《たいじ》した。

「やい、南田！　あんたが持ってる、そのライフルは寺崎亮太の銃だな。それを持ってるって事は、あんたが寺崎を殺したっていうなによりの証拠だ。違うか」

「違うな。この銃は君たちが持つんだ。君たちが寺崎から銃を奪って、彼を殺した。山田慶子を殺したのも君たちだ。実際、彼女の死体を山へ運んだのは、君たちなんだからな。そして君たちは仲間同士で殺しあう。なんなら心中っぽく見せかけてやってもいい」

「な、なんて奴だ。じゃあ、雪次郎殺しも俺たちになすりつける気か――」

「雪次郎殺し⁉　馬鹿な、あれは事故だ。彼はうっかり川に落ちて死んだ」

「くそ、ふざけた奴！」鉄男は怒りで身体を震わせ、それから少し冷静になって余裕のポーズを示した。「ふん、だが残念だったたな。あんたの目論見は完璧に裏目に出たぜ――やい、南田、あれを見やがれ！」

鉄男は坂道の途中に立つ、一本の山桜を指差した。

「…………」

「……………………」

「……………………」

「……………………あれを見やがれ！」

「…………………あれって、どれだ？」

「……ちょ、ちょっと待て！」鉄男は両手でTの字を作ってタイムを要求すると、山桜のほうを振り向いて叫んだ。「こら――ッ、おめえら、俺たちを見殺しにする気かあ！　隠れてねえで出てこいやあ」

するると、ようやく山桜の陰から登場する四人の男女。彼らは、これから歯医者に向かおうとする小学生のような重苦しい足取りで坂道を下り、橋へとたどり着いた。先頭に立つ砂川警部の顔には、弱ったなあ、という表情がべったり張り付いている。

おいおい、頼むぜ、警部さん――鉄男は暗澹たる気持ちで祈った。

だが頼りない援軍も、ないよりはマシ。南田の顔には激しい動揺の色が現れた。

「な、なんで、あいつらが！　くそ、騙しやがったな」

「へん、騙したのはお互い様じゃねえか」

「畜生、こうなったら――」

いうが早いか、南田はかずら橋に足を踏み入れ、鉄男たちに素早く駆け寄った。銃で威嚇された鉄男と香織は、一歩も動くことができないまま、たちまち捕らわれの身となる。

「両手を頭の後ろで組め！　そうだ。二人並んで向こうを向け！」

南田は鉄男たちを盾にするような恰好で、砂川警部他三名と向き合った。そして、彼は叫んだ――このような場面における犯人の常套句を。

「くるな！　一歩でも近寄ったら、こいつらの命はないぞ」

一方、砂川警部も負けじとばかりに常套句を返す。

「よせ！　これ以上、罪を重ねてなんになる。もう逃げられんぞ。観念するんだ！」

砂川警部はかずら橋に一歩踏み込もうとする素振り。南田は引き金に指を掛けて、

「くるな！　それ以上近づいたら、あんたを撃つ！　それでいいのか！」

「馬鹿な真似はよせ。揺れる吊り橋の上から、いくら狙ったところで無駄だ。おまえの撃った弾は、わたしには絶対当たらない」

「そんなことはない。そっちは四人だ。目をつぶって撃ったって誰かには当たる」

無差別殺人を予告するような南田の不敵な言葉。鵜飼、朱美、流平の三人の顔色が恐怖に青ざめる。そして次の瞬間、三人はまるで号令が掛かった兵隊のように、いっせいに砂川警部の背後に一列縦隊で並んだ。鵜飼が警部の背中に身を隠しながら犯人を挑発する。

「どうだ、南田！　これなら撃っても僕らには当たるまい」

「わたしには当たってもいいというのか、この卑怯者！」

砂川警部が声を張りあげる。無理もない怒りだが、その背後から卑怯者たちの声。

「やだなあ、警部さん、『おまえの撃った弾は、わたしには絶対当たらない』、そうおっしゃったのは、警部さんですよ」

「そうよそうよ、警部さんは大丈夫よ。特に根拠はないけど、そう思うわ」

「そうそう。それに警部さんはたぶん撃たれたって死にませんよ。根拠はないけど」

三人の無責任な励ましの声は、なおさら警部の怒りを掻き立てた。

「ふざけるんじゃない！　君たちの弾除けになるなんて、わたしだってごめんだよ！」

警部は三人の盾となることを拒否するように身をかがめる。背後にいた鵜飼が身をかがめ、その背後にいた朱美も身をかがめ、その背後にいた流平も身をかがめる。

「いい加減にしないか、君たち！」警部は背後の三人の動きを攪乱《かくらん》するように、素早く顔を右にずらす。鵜飼が顔を右にずらし、朱美がずらし、流平がずらす。「ならば、これでどうだ！」警部はかがんだ恰好から上半身で円を描く。鵜飼が円を描き、朱美が円を描き、流平も円を描く――。四人の顔が見事に同心円を描く様子を見て、鉄男は思わず叫んだ。

「こら――ッ、おめえら、ちっちゃいエグザイルみたいになってるぞ――ッ！　そういうことはカラオケボックスの合コンでやれ――ッ！」

人質をそっちのけにして繰り広げられる茶番劇。そのあまりの馬鹿馬鹿しさに雷様が痺れを切らしたのだろうか。上空を覆った黒い雲から、天を切り裂くような鋭い稲光。続いて、爆弾が炸裂したかのような大音響が、周囲を揺るがした。

岸辺で円運動を続けていた四人は、たぶん銃で撃たれたと勘違いしたのだろう、

「わあッ」「きゃあッ」「ひゃあッ」「うひょおッ」

四人全員見えない弾丸を食らったかのようにいっせいに後ろに転倒。しかし数秒後には、

それぞれ無傷のまま立ち上がった。

「なんだ、雷か」「撃たれたかと思った」「まさに天罰だわ……」

そして最後に立ち上がろうとした鵜飼は、突然、何かを発見したように声をあげた。

「ん——おい、南田、ちょっと変だと思わないか」

「な、なんだ！　どうした！」ライフルの照準を鵜飼に向けながら、南田が聞き返す。

「この川の水、ちょっと少ないと思わないか。昨日は大雨だった。それにしては、増水の程度が思ったほどじゃない。本来なら、もっと水かさが増えていてもいいはずだ」

「な、なにをいっている。それがどうした。いま、それどころじゃないだろ」

「いや、これは案外、重大な……しれない……」

律儀に答えようとする鵜飼。しかし、彼の言葉は遠くから聞こえる地鳴りのような音と重なり合い、ところどころ掻き消される。

「あんただって山に詳しいんだから知って……川の水量が急に減ったら……の危険があるから気をつけ……もし、そうだとす……そんな場所に立ってたら危な……危な……」

「え⁉　なんだって？　聞こえないぞ。おい……なんなんだ、この音……雷か」

南田が苛立《いらだ》たしげにあたりを見回す。その瞬間、鵜飼の顔色がサッと変わった。

「——馬鹿！　これは雷じゃない！」

鵜飼の叫びは吊り橋の上の三人にも確かに届いた。

「むッ――」南田も異常な気配を察したように表情を引き締める。「――なんなんだ⁉」

「なに――」香織は迫りくるなにかを捜すように顔を左右に振る。「――なんなのよ⁉」

「くそ――」鉄男は見えない敵に立ち向かうように大声で叫んだ。「――なにかくる！」

川上だ。徐々に近づきつつある地鳴りのような音とともに、川上からそれはやってくる。

この刻一刻と迫りくる見えない敵の正体は――いや、それを確かめている暇はない。考えている場合でもない。もちろんジッとしている場面では絶対にない。

鉄男は香織を見た。「――香織！」

香織も鉄男を見た。「――鉄男！」

一瞬の視線のやり取りで心は固まった。

鉄男は頭の後ろに回した右手を握った。

香織も同じく頭の後ろで左の拳を握る。

そして、掛け声――

「いっせーの！」

「――せいッ！」

振り向きざまに放たれた鉄男の右と香織の左。どんな分厚い壁をもぶち抜くであろう二人の熱い一撃が、これ以上ないタイミングで南田の顔面を貫いた。不意打ちを食らった南田は、ライフルを抱えたまま大きく後方に吹っ飛んで倒れた。チャンス到来！

「走れ、香織！」

鉄男は香織の手を引きながら、四人が待つ岸辺に向かって勢いよく駆け出した。しかし、そこは狭くて揺れる吊り橋の上。駆け出すと同時に橋は大きく左右に揺れる。香織はたちまちバランスを崩して転倒。弾みでさらに揺れるかずら橋。後方には銃を持った殺人鬼。そして、川上から迫りつつあるなにか。岸までは、もうあと少しだというのに——

「畜生、こうなったら」鉄男は最後の手段に出た。

「え⁉　なに——きゃ！」

鉄男は香織の身体を抱きかかえ——といっても、いわゆるお姫様抱っこのような上品なやり方ではなく、米俵を担ぐような恰好で強引に持ち上げて——「うをおりゃあああぁぁあ——ッ」気合をつけながら吊り橋を駆ける。

鉄男の後方で鳴り響く銃声。暴発か。それとも南田が苦し紛れに引き金を引いたのか。だが、もはや振り返ることに意味はない。川岸までの残りわずかな距離を、鉄男は香織を抱えたまま大股で走りきった。砂川警部が川岸で手を広げて、二人を迎える。

「偉いぞ、よくやった！」

「喜んでないで、早く高い場所へ！」

鵜飼が叫びながら坂道を指差す。すでに坂を登りはじめた朱美と流平の背中が見える。鉄男は香織を肩から下ろし、坂道を駆け上がりながらかずら橋に目をやった。

南田智明はライフルを握り締めたままで、まだ橋の中ほどにいた。二人がかりのパンチの衝撃と激しく揺れる吊り橋のせいで、彼はいまだ立ち上がれないままもがいている。

そして鉄男は川上に視線を送る。その瞬間、あまりの光景に背筋が凍りついた。

「な、なんだ……あれ……」

緩やかにカーブを描く赤松川。その川上を流れる濁った水がふいに大きく盛り上がった。現れたのは鉛色をした巨大な水の塊。それはV字の谷を暴れるようにしながら、橋に向かって怒濤《どとう》の勢いで押し寄せてくる。先ほどから続く、地鳴りの正体がこれだった。

しかし南田は我を忘れたのか、急迫する事態にいまだ気づいていない。最後の抵抗とばかりに、なおも中腰で銃を構えている。

「馬鹿！　死にたいのか！」鵜飼が坂道を登りながら叫ぶ。「逃げるんだ！　いいから逃げろ！」そして鵜飼は川上へ向かって指を差した。「見ろ、鉄砲水だ！」

鵜飼の叫びが南田の耳にも届いたのか、彼はようやく川上へと目をやった。

いままさに濁流の塊が、橋の目前まで迫りつつあった。川を下る大量の水の衝撃波。鉛色をした液体の凶器。それはまさしく鉄砲水だった。

「鉄男！」押し寄せる濁流を香織が唐突に指差した。「あれ、見て！」

鉄男はそれを見た。信じられない物体が、そこにあった。

濁流の中に一台の車が見える。ただの車ではない。見覚えのある真っ赤なボディ——

「ミニクーパーだ！」

間違いなかった。それは一昨日の夜以来、久しぶりに見るお馴染みの英国車だった。鉛色の水の中、ミニクーパーはまるでビッグウェーブで陽気にサーフィンする若者のように、見事なまでに流れに乗っていた。誰かが運転しているのではないかと、思えるほどに。

そして鉄男はそのとき一瞬、確かに見た。ミニクーパーの運転席に座る若い女性の姿を。

「山田慶子だ！」

もちろん、もう死んでいる。そもそも彼女は初対面の時点でもう死んでいたのだ。だが、運転席に座る山田慶子の姿が、そのとき鉄男の目には初めて生きているように見えた。いや、生きている人間よりも、さらに活き活きとした山田慶子のその表情。まるで山田慶子が彼女自身の意思でハンドルを操って、水の上を軽快にドライブしているかのようだ。

そんな彼女の姿が、そのとき南田の目に、どのように映っていたかは判らない。ただ、南田は恐怖の叫び声をあげ、狂ったような必死の形相でライフルの銃口を川上へと向けて、襲い掛かってくるミニクーパーに向かって引き金を引いた。

「うわあああああああああ――」

絶叫とともに響き渡る銃声。

しかし、ただ一発の銃弾で勢いのついた車が止められるわけもない。濁流に乗ったミニクーパーは、さらにスピードを増してかずら橋に接近。そして橋に差し掛かる寸前、その車体は大きく突き出た岩の上に乗り上げた。赤いミニクーパーは、まるで滝登りの緋鯉のように激しくジャンプ。水面から勢いよく跳ね上がった車体は、錐《きり》もみ状に回転しながら、そのままの勢いで吊り橋の上に襲いかかる。そして、次の瞬間――

山田慶子のミニクーパーは、その真っ赤なボディで南田の身体を軽々と撥ね飛ばした。まるで狙い澄ましたような一撃。何かが砕けるような激しい衝突音。南田の身体は無造作に放り投げられた一本の棒のように、空中高く舞いあがり、そして掻き消えるように見えなくなった。

と同時に、膨大な量の水の塊が、かずら橋を飲み込んだ。つる草で編まれた吊り橋は、ひとたまりもなく真ん中から千切れて崩壊。橋は瞬きする間に原型を失った。

濁流は川岸を削り取っていくような勢いで、轟々と流れた。南田を撥ね飛ばしたミニクーパーは、そんな濁流に激しく揉まれながら川下へと流れて消えていった。

すべては一瞬の出来事だった。坂道を登ったところで、どうにか難を逃れた者たちは、誰もが茫然自失。ミニクーパーの流れていった方角を、ただ黙って眺めるばかりだった。

「…………………」やがて気が付くと、

「…………………」轟音も地鳴りも収まり、

「………」濁流はどこかに消えていた。

先ほど目の前で繰り広げられた惨事がすべて幻のように、赤松川の流れは落ち着きを取り戻していた。異常現象の名残といえば、真ん中から二つに千切れたかずら橋の残骸のみ。南田智明の姿はどこにも見当たらなかった。

探偵事務所の三人組が、おそるおそる岸辺に歩み寄る。

「う、鵜飼さん。こ、これって、いったい、どういうことなんですか」

「どうもこうもない。流平君もその目で見ただろ。これが噂の鉄砲水というやつだ」

「嘘でしょ、信じられないわ。まさか、これも鉄砲堰によるものなの？」

「いや、今回は違うね。今回のはおそらく自然現象だと思う」

「南田はどうなったんです？　車に撥ねられて、それから見えなくなりましたけど」

「さあね、たぶん濁流に流されたんじゃないかな」

額に手をかざし川下を見渡す鵜飼。その傍らで砂川警部が頭上を指差した。

「流されたんじゃない。南田なら、ほら、あそこだ――」

鉄男は香織と一緒に警部の指差すほうに目をやる。その先には川岸から斜めに幹を伸ばした一本の樹木があった。川面に覆いかぶさる恰好で枝を広げている。その中の一本の枝。その二股になった部分に、首を挟みつけた恰好で、宙吊りになった物体があった。

南田智明の変わり果てた姿だった。

「……まるで、コントラバスケースだね」

香織の喩えが、鉄男にはよく判らない。

「なんで、コントラバスケースなんだ⁉」

「あ、そっか。鉄男は見てないんだったね。――後で説明してあげるよ」

やがて喧騒の後の沈黙が、あたりを支配した。その静けさを破って、砂川警部の携帯が着信音を響かせる。警部は慌てて携帯を耳に当てた。

「どうした、なにかあったのか?」

携帯のスピーカーからは、彼の部下の上擦った声が、やけにハッキリ聞こえてきた。

『あ、砂川警部! 吉岡です。いま龍ヶ滝付近を捜索中なのですが、大変なことがッ。今度は車ですッ。車が滝を転がり落ちてきたんですッ。大量の水と一緒に車が、真っ赤なミニクーパーが流れてきましたぁ――』

エピローグ

巨大な滑り台を思わせる龍ヶ滝。真っ赤なミニクーパーは、その滝つぼの岩場に頭から突っ込むような恰好で、斜めになって停車していた。車の前面は大破し、フロントガラスは粉々。流れ落ちる川の水が、傷だらけのボディをひっきりなしに洗っている。

車内から発見された女性の死体は、運転席から降ろされて川原に横たえられた。馬場鉄男と有坂香織は、山田慶子の死体と久方ぶりの対面を果たした。鉄男は後ろめたい気持ちを抱えながら、香織と一緒に仏の前でしゃがみこみ、こわごわと手を合わせる。そして鉄男は、このとき初めて冷静な気持ちで山田慶子の亡骸《なきがら》を眺めた。

「案外、穏やかな顔してるな。――さっきはもっと怖い顔だった」

「あたしにもそう見えた。――こうしてみると、本当は結構美人だったんだね」

すると二人の背後から砂川警部が身も蓋もない言葉をかける。

「馬鹿をいうもんじゃない。死んだ人間に表情なんかない。さっきもいまも同じ顔だ」

確かに警部のいうとおりなのだろう。だが、鉄男の目に一瞬映った山田慶子の鬼気迫る表情――南田に最後の一撃を食らわせようとする際の、あの活き活きとした顔――その光景が彼の目に焼きついて離れないことも事実なのだ。

鉄男は立ち上がり、龍ヶ滝の下で大破したミニクーパーにあらためて視線をやった。

「南田は自分の復讐のために山田慶子を犠牲にした。その山田慶子の死体を俺たちが盆蔵山に運び、なにも知らないまま車ごと池に投げ捨てた。その車が二度目の鉄砲水で、かずら橋まで流れ着き、南田を撥ね飛ばした。警部さん、これって偶然なのか……」

それとも山田慶子の意思なのか……

「もちろん偶然だとも。あんなことが狙ってできるのは、神様ぐらいのものだ。まあ、天罰みたいなものだな。天網恢恢疎《てんもうかいかいそ》にして漏《も》らさずというじゃないか」

「てんもうかいかい⁉」鉄男は警部の言葉がピンとこなかったが、それでもいわんとするところは漠然と理解した。「ああ……そうだよな……確かにそうだ……」

「納得したかね。では、これで事件は万事解決だ。殺人犯の南田を逮捕できなかったことは残念だったが、まあ、あの状況では仕方ないな。ところで、君たち――」

砂川警部は鉄男たちのほうに向き直ってニヤリとした。「山田慶子の死体が無事に現れたということは、もう判っているだろうね、次は君たちの番だってことぐらい」

いわれて鉄男はあらためて自分の立場を思い知った。そもそも砂川警部がいままで彼を自由にしていたのは、山田慶子の死体そのものが行方不明だったからだ。それが発見されたいま、逮捕をためらう理由はない。年貢の納め時、というやつだ。

「警部さんよお、重いのかな、俺たちの罪って」

「そりゃあ重いとも。重罪だよ」警部は険しい顔で二人の顔色を眺め回し、それから微かな笑みを浮かべた。「しかしまあ、重いといっても殺人に比べれば軽いものだ。君たちは初犯かね。だったら、裁判の進め方次第で執行猶予くらいは貰えるだろう。せいぜい、いい弁護士を雇うんだな。君、弁護士の知り合いはいるかね？」

「いるわけねえだろ、そんなの――なあ、香織」

「うん、あたしもいないけど――あ！」香織は突然なにかを思い出したように叫んだ。

「そうだ、いるいる！　弁護士の知り合いはいないけど、妹がいるよ。前に話したよね、春佳は弁護士の卵だって。卵だから弁護してもらうわけにはいかないけれど、知り合いの弁護士ぐらいはきっと紹介してもらえると思う」

「ああ、そうか。そりゃいいや。妹さんにも、それぐらいは働いてもらおうぜ。なにしろ俺たち二人、妹さんのために頑張ったんだからよ」

そうだ、そうしよう、妹にやらせよう、弁護士費用も出世払いで払わせよう、としばしの間盛り上がる二人。だが、それが過ぎると、香織はふと真顔になって、鉄男の目の前でペコリと頭を下げた。

「ごめんね、鉄男。あたしが事件に巻き込んじゃったせいで、こんなことに――」

「…………」

確かに、少しは文句をいってもいい立場に違いない。だが、鉄男を見つめる香織の眸が、うっすらと涙で潤んでいるのを見た瞬間、鉄男は自分がなにをどう伝えるべきか、まったく判らなくなって、とりあえず怒鳴った。

「ばっきゃろう！　おめえが巻き込んだんじゃねえ。おめえが困ってるっていうから、俺が好きで助けてやったまでのこと。謝る暇があるんなら、礼のひとつもいいやがれ！」

「うん、ありがとう。全部、鉄男のお陰だよ」

「なーに、礼には及ばねえ。当然のことをしたまでだ」

くそ、我ながら支離滅裂なことを――と気恥ずかしさで一杯の鉄男は、しばし遠くの空を見上げて、ひとつ大きな溜め息。そして川原に飛び交う赤とんぼを眺めながら、鉄男は砂川警部の前に自らの右手を差し出した。

「さあ、警部さん、逮捕するんならさっさとやってくれよ。夏が終わっちまうぜ」

砂川警部は、よし判った、と頷いて二人の前に立ち、忠実にその職務を全うした。

「馬場鉄男と有坂香織、君たちを死体遺棄の容疑で逮捕する！」

青いルノーが盆蔵山を下る。探偵事務所の三人はクレセント荘で宿代の精算を終えて、烏賊川市への帰還の途上である。鵜飼は宿敵砂川警部を出し抜いたのが嬉しいのか、普段にも増して軽快なハンドルさばき。助手席の朱美は、鵜飼の上機嫌に水を差しては悪いと思ってなにもいわないが、内心では、彼の推理が結局一円の利益にも結びつかなかったことに複雑な気分である。そして後部座席では流平が熱でもあるような紅潮した顔で、派手なくしゃみ。結局、彼は今回の事件において二度溺れかかったのだ。そんな流平は、いまだ興奮冷めやらぬ口調でまくし立てる。

「――にしても驚きましたね、鵜飼さん。あの危機一髪の場面で、また鉄砲水が発生するなんて。ホント信じられないような偶然ですよ。あの鉄砲水がなけりゃ、あの二人、いまごろ銃で撃たれて死んでましたもんね」

しかし鵜飼は前を向いたまま、意外な発言。「あの鉄砲水は単なる偶然ではないよ」

「偶然じゃないですって⁉」朱美は驚いて尋ねた。「でも、今度の鉄砲水は自然現象だって、鵜飼さんがさっきそういったじゃない」

「そうですよ。それとも、あれはやっぱり人工的に作られた鉄砲水だったんですか。誰かが上流に鉄砲堰を造ったとか――」

「いや、そうじゃない。確かに、今回の鉄砲水は上流のどこかで自然に川が堰き止められ、発生したものだ。その意味では自然現象だ。だけど、その川を堰き止めたものの正体は、いったいなんだったと思う？」

「土砂とか流木じゃないの？」

「もちろん、それもあっただろう。だけど、僕が思うに川が堰き止められた最大の原因は、例のミニクーパーだと思う。あんなものが川の途中に転がっていれば、流れが滞るのも無理はない。流れが滞ったところに、さらに昨日の大雨だ。流木や土砂が、どんどん流れを堰き止めていったのだろう。そして、そこにかりそめの池ができる」

「また三日月池ですか？」と後部座席から流平が顔を突き出す。

「さあね、三日月形だったかどうかは誰も見た者がいないから判らないが、まあ、そうだったかもしれないな」

鵜飼の話を聞いて、流平はうーんと呻き声をあげ、朱美はぶるっと身震いした。

「三日月池はひとつと思ったら実は二つあって、二つと思ったら本当は三つあって――」

「最終的には四つあったってことなのね」

二人のやり取りを聞いていた鵜飼の横顔がニヤリとした。

「三日月池は四つあった。そういう言い方もできるかもな。いずれにしても、四つ目の三日月池はついに堰き止められた水の重圧に耐え切れずに、決壊した。直前の雷の影響もあったのかもしれない。ともかく決壊と同時に、大量の水が一気に流れ出し、それはミニクーパーを再び押し流した。流されたミニクーパーはかずら橋で南田智明に最後の一撃を食らわせ、山田慶子は見事に自らの恨みを晴らした、というわけさ」

「ちょっと、やめてよね！　恨みを晴らしただなんて、そんな怪談みたいな話……」

「いや、これは怪談そのものだよ。馬場鉄男と有坂香織のやったことを考えてみろ。彼らはまるで何者かの意思で操られていたかのようじゃないか。彼らが死体を捨てたり、無くしたりしなければ、かずら橋での出来事は起こらなかった。彼らは自分でも気がつかないうちに、山田慶子の復讐劇に加担させられていたわけだ。すべては山田慶子の意思だったのかも……」

「やめてって、いってるのに！」

朱美は一瞬、寒気を感じて両手で自分の肩を抱いた。朱美は呪いや祟りを信じる人間ではないが、それでも確かに、あの一撃は偶然のひと言では説明できない出来事だったような気がする。もちろん死者の怨念が、殺人犯を撥ね飛ばしたわけでもあるまいが――

「……結局、なんだったのかしらね、山田慶子って」

朱美の呟きに答えて、流平の声が飛ぶ。

「怨霊だ！　いや、悪霊！」

「違うね」と、鵜飼はあっさり首を振る。「山田慶子はそんなに悪い女じゃないだろ」

「じゃあ、逆に神だ！　いわゆる死神って奴！」

「面白い答えだけど、やっぱり違う」

自信を持って否定する鵜飼。じゃあ、いったい山田慶子はなんなのよ——目で問いかける朱美の隣で、探偵はハンドルから離した右手を自分の胸に当てた。

「山田慶子は、僕の依頼人だ。結局、僕も彼女の意思で動かされていたのさ。あの二人と同じようにね。そう思わないか」

「…………」

そういえばそうかもね、と朱美はようやく腑に落ちた。結局、今回の事件の依頼人は、最初から山田慶子以外にはあり得なかったのだ。そして烏賊川市においては、報酬を期待できない見ず知らずの依頼人のために、わざわざ知恵を絞る物好きな探偵は彼しかいない。たぶん山田慶子は正しい選択をしたのだろう。そして探偵は珍しくその期待に応えたのだ。

「——あ！　そんなことより見てくださいよ、あれ」

突然、流平が後部座席から身を乗り出すようにして正面を指差した。なんだよ急に、と驚く鵜飼。朱美も何事かと思ってフロントガラス越しに前方を窺う。

森の中の一本道。鵜飼のルノーの前方を、見覚えのある車が走っていた。

「あら、あれって砂川警部の車じゃない」

「やあ、あの人も烏賊川市に戻るんだな」

「後部座席に誰か乗ってるみたいですよ」

いわれてみれば確かに。朱美がよくよく目を凝らして見ると、リアウインドウ越しに見えるのは男女の後ろ頭。金色のツンツン頭と栗色のポニーテール。馬場鉄男と有坂香織だ。

「せっかくだ、最後の挨拶をしておくか――」

鵜飼がクラクションを短く鳴らして合図。たちまち後部座席の二人はびっくりしたように後ろを振り返った。ここぞとばかりに鵜飼、朱美、流平の三人がいっせいに手を振る。

青いルノーと探偵たちに気がついた彼らは、驚きと嬉しさの混じりあったような表情。

それから照れくさそうに二人は同時に手を挙げた。

馬場鉄男は右手。

有坂香織は左手。

別れの挨拶を告げる二つの手は、しっかりと手錠で繋がれていた。

解説

石持浅海《いしもちあさみ》
（作家）

江戸川乱歩賞受賞者を、ドラフト一位に例えてみます。

それならば「本格推理」は独立リーグであり、「カッパ・ワン」からのデビューは育成枠にあたります。そして東川篤哉さんは、育成枠からMVPにまで上り詰めた、究極の成功例だといえるでしょう。

このように、東川さんの好きな野球になぞらえてみましたが、それほど的を外してはいないと思います。決して華々しいデビューというわけではなく、どちらかといえば「なんとなく」世に出てきたという感さえあった（同期デビューの僕が言うのだから、間違いありません）にもかかわらず、実績を積み重ねることで周囲の信頼を得て、ついにリーグの中心選手になったのです。これを成功例といわずして、なんと表現しましょうか。

本格ミステリ業界の中心選手となった東川さん。彼の魅力はどういうものなのか。世間的な評価としては「緻密《ちみつ》な構成と大胆なトリック。それらを気づかせないユーモア」といったところでしょうか。もちろん正しい評価なのですが、実作者としては少し違う印象を持っています。

本格ミステリ作品を作り上げるためには、技術が必要です。伏線を張って、事件を起こして、謎を提示して、探偵に推理させて、きっちり伏線を回収して、読者が納得する解決で落とす。一連の流れを、破綻させることなく構成する技術。これはやはり特別なものであり、これなくして本格ミステリは成り立ちません。

けれど逆にいえば、技術さえあれば書けてしまうのも、本格ミステリというジャンルの特徴です。技術というのは習得が可能なものですから、勉強、あるいは修業して技術を身につければ、誰でも体裁《ていさい》の整った本格ミステリを書くことができます。

東川さんはプロ作家の中でも、特に技巧派と呼ばれるほどの技術を身につけています。けれどそれだけでは、ただの本格ミステリを書くことはできても、優れた作品を生み出すことはできません。では、他に何が必要なのか。作家個人が持っている、素の部分です。

これは、決して才能や素質などと呼ばれるもののことではありません。本人が意識することなく、自然に出てくるもの。蓄積された人間としての土台と言い換えてもいいでしょう。技術に作家自身の素が加わることによって、技術で組み立てられた本格ミステリに命が吹き込まれます。もうおわかりですね。東川さんの素の部分。それが笑いなのです。

東川さんが作中で仕掛ける数々のギャグ。彼が一流の技術によって、自らのギャグを作劇に利用しているのは事実です。ですが、まったく必要がなくても、彼はギャグを文章に織り込んでいくでしょう。歴史ものを書こうが、純愛ものを書こうが、彼はギャグをちりばめます。そうせざるを得ないのです。なぜなら、それが彼の素だから。順番が逆なのです。本格ミステリの道具としてギャグを作り出しているのではなく、自然に出てきてしまうギャグを、上手に利用しているのです。ですから、誰にも真似できないギャグと本格ミステリの融合が生まれる。それこそが、東川作品の魅力なのです。

デビュー作『密室の鍵貸します』以来、東川さんは自らの武器を活かした作品を世に送り出してきました。

彼の素の部分、つまりギャグは、脱力系の緩《ゆる》いギャグと分類されるものです。登場人物の思考、発言、行動のすべてが、殺人事件の関係者とは思えないほど軽妙で、ある意味常軌を逸しています。ですが、軽妙であっても、軽薄ではない。常軌を逸してはいても、カオス状態ではない。その結果、常識との絶妙な距離感を維持した笑いが可能となります。だからこそ、『完全犯罪に猫は何匹必要か？』における「殺人事件の犯行時刻をセリフで決める」という伝説的ギャグが炸裂《さくれつ》したりできるのです。東川作品には東川カラーのギャグが隙間なく敷き詰められており、例外はありません。それが彼の素であり、精神的な土台であるからです。

にもかかわらず、読み進めていくうちに「これはちょっと、今までとは違うぞ」と思われる作品が登場しました。それが本書『ここに死体を捨てないでください！』です。『ここに死体を捨てないでください！』は、東川さんの九冊目の長編であり、「烏賊川《いかがわ》市シリーズ」の第五長編に当たります。内容を簡単に紹介すると、司法試験に向けて勉強していた有坂春佳《ありさかはるか》のアパートに見知らぬ女性が訪ねてくるところから、物語は始まります。自分を襲おうとしているように見える女性に、果物ナイフで応戦しようとする春佳。ふと我に返ると、女性は血を流しながら倒れ伏していた――わたしが刺し殺した？

ここまでがプロローグです。ギャグはひとつも入っていません。まるでサスペンス小説のような導入部。しかし、まだプロローグ。違和感を抱くほどではありません。

第一章に入ると、語り手が春佳から彼女の姉、有坂香織《かおり》に移ります。勤務中の彼女は妹からの電話で、事情を知ります。日頃迷惑をかけている妹のため、会社を早退して妹のアパートへ向かう香織。そこで妹の説明が間違っていないことを確認します。

これはまずい。妹には弁護士になるという夢がある。自分は妹を護《まも》らなければならない。香織はそう考えて、目の前の死体を隠すことで事件をなかったことにしようと企みます。香織はたまたま近くを通りかかった廃品回収業者、馬場鉄男《ばばてつお》を利用して、死体を遺棄《いき》することにしました。

おおっ、なんというサスペンスフルな展開！　香織と鉄男の出会いに若干のギャグが挿入されているものの、全体のトーンは、極めて真面目です。この後は、二人がいかにして死体を遺棄するかという冒険色を伴った展開になっていきます。果たして二人は、無事に目的を達成することができるのか――？

この作品は、今までとは違った種類の物語なのか？　そんな不安を抱えながら読み進めていくと、鵜飼《うかい》杜夫《もりお》、戸村《とむら》流平《りゅうへい》、二宮《にのみや》朱美《あけみ》という、烏賊川市シリーズの中心人物が登場します。彼らの発言や行動は、いつものまま。少し安心します。やはり、ここは東川ワールドだ。

けれど、読み手は完全に安心することができません。なぜか。その理由は、物語の一方の主役である香織と鉄男にありました。

彼らは、普通なのです。何の心構えもないところに事件が押しかけてきたという状況で、なんとか最善の行動を取ろうとする。そんなごく普通の思考法と判断力を備えた人間たちなのです。東川作品に登場したために、読者からは「ああ、君たちも」と思われる境遇であるにもかかわらず、彼らはまるで一般的なミステリ小説の登場人物のように考え、行動します。いうならば、彼らは東川ワールドに毒されていません。

一方の鵜飼チームは、相変わらずです。自分たちこそが東川ワールドの保守本流だといわんばかりに、脱力系のギャグを矢継ぎ早に繰り出していきます。それは、鵜飼探偵の永遠のライバルである砂川《すながわ》警部や志木《しき》刑事も同じこと。彼らはあくまで、東川作品の申し子であろうとします。

普通の人間として行動する香織・鉄男ペア。自分たちはこのようにしか生きられないと主張している鵜飼一味。物語は、ふたつの路線が並行して走っているような印象を受けます。なぜ東川さんは、このような構成にしたのでしょうか。

香織・鉄男ペアは死体遺棄の現行犯なのだから、ギャグをかましている場合ではない、という解釈があります。けれど、間違っています。前作『もう誘拐なんてしない』の樽井《たるい》翔太郎《しょうたろう》と花園絵里香《はなぞのえりか》も狂言誘拐の犯人ですが、やはり東川ワールドにどっぷりはまっていました。香織と鉄男のように、普通ではありません。

結末を明かすことはできませんが、香織と鉄男は、最後まで自分たちのスタンスを変えることはありません。彼らはあくまで常識人であり、鵜飼探偵たちのような行動パターンは取りませんでした。

これは、何を意味するのでしょうか。息切れしてギャグが続かなくなった？　しかつめらしい顔をして、直木賞を狙っている？

どちらも違います。僕は、東川篤哉という作家の懐が、一段深くなったからだと考えます。香織と鉄男を自分色に染め上げてしまえば、執筆はもっと楽だったでしょう。それでも東川さんは、死体を捨てようとする二人を、普通のまま残しました。想像ですが、彼は二人を使って、物語に今までとは違った疾走感を与えたかったのではないでしょうか。

素で出てくる笑いを、技術で上手に利用する。そんな作劇方法を採っているため、東川作品は全編これ目くらましという作風になってしまいます。本作と同様疾走感が必要な『もう誘拐なんてしない』も、東川キャラクターが軸になっているため、読者がどこに連れて行かれるかわからない状態で進んでいきます。読者はどうしても、多少の混乱を感じざるを得ません。

『ここに死体を捨てないでください！』には、それがない。本書は、死体の居場所を軸に進んでいきます。プロローグで登場した死体は、クライマックスまで物語の中心であり続けます。そして軸を受けているのが、普通の二人。ここが重要なのです。読者は、死体の行方というレールの上を、安心して走っていけます。しかも、いつものキャラクターによるいつものギャグと、本格ミステリとしての緻密な構成を楽しみながら。

そのギャグゆえ、その緻密すぎる構成ゆえ、東川作品は若干読者を選んでしまう傾向がありました。東川さんは、あえて軸に普通の人間を配することによって、素の部分や技術を何一つ我慢することなく、広く万人に受け入れられる物語を作り上げたのです。過去の作品には申し訳ないけれど、本作によって東川ミステリはひとつ格が上がったように感じます。『謎解きはディナーのあとで』が空前のベストセラーになるのは、その翌年。大ヒットは必然だったのです。

本書以降、東川さんは新しい長編を発表していません。短編集がヒットしてしまったため、短編の依頼が殺到していることが原因だと想像できますが、彼は既に新しい武器を手にしています。短編と同様、あるいはそれ以上に長編が得意な彼のこと。それほど遠くない将来、今まで以上にわくわくする長編を読ませてくれるに違いありません。

待ってますよ。

二〇〇九年八月　光文社刊

光文社文庫

長編推理小説

ここに死体《したい》を捨《す》てないでください！

著者　東《ひがし》川《がわ》篤《とく》哉《や》

2012年9月20日　初版1刷発行
2013年12月25日　3刷発行

発行者　駒井　稔
印刷　慶昌堂印刷
製本　ナショナル製本

発行所　株式会社　光文社
〒112-8011　東京都文京区音羽1-16-6
電話（03）5395-8149　編集部
8113　書籍販売部
8125　業務部

落丁本・乱丁本は業務部にご連絡くだされば、お取替えいたします。
ISBN978-4-334-76470-8　Printed in Japan

組版　萩原印刷

お願い　光文社文庫をお読みになって、いかがでございましたか。「読後の感想」を編集部あてに、ぜひお送りください。
　このほか光文社文庫では、どんな本をお読みになりましたか。これから、どういう本をご希望ですか。どの本も、誤植がないようつとめていますが、もしお気づきの点がございましたら、お教えください。ご職業、ご年齢などもお書きそえいただければ幸いです。当社の規定により本来の目的以外に使用せず、大切に扱わせていただきます。

光文社文庫編集部

鮎川哲也

ベストミステリー短編集

アリバイ崩し
崩れた偽装
謎解きの醍醐味
完璧な犯罪
灰色の動機

鮎川哲也 コレクション

鬼貫警部事件簿

ペトロフ事件
白昼の悪魔
人それを情死と呼ぶ
早春に死す
準急ながら
わるい風
黒いトランク
砂の城
鍵孔《かぎあな》のない扉 新装版
宛先不明
王を探せ
積木の塔
偽りの墳墓
沈黙の函《はこ》 新装版

星影龍三シリーズ

悪魔はここに

鮎川哲也 編 無人踏切 新装版 ――鉄道ミステリー傑作選

ミステリー文学資料館編 傑作群

ユーモアミステリー傑作選 犯人は秘かに笑う

江戸川乱歩の推理教室

江戸川乱歩の推理試験

シャーロック・ホームズに愛をこめて

シャーロック・ホームズに再び愛をこめて

江戸川乱歩に愛をこめて

悪魔黙示録「新青年」一九三八
〈探偵小説暗黒の時代へ〉

「宝石」一九五〇 牟家《ムウチャア》殺人事件
〈探偵小説傑作集〉

幻の名探偵
〈傑作アンソロジー〉

麺'sミステリー倶楽部
〈傑作推理小説集〉

古書ミステリー倶楽部
〈傑作推理小説集〉

不滅の名探偵、完全新訳で甦る！

新訳 アーサー・コナン・ドイル

シャーロック・ホームズ全集〈全9巻〉

THE COMPLETE SHERLOCK HOLMES
Sir Arthur Conan Doyle

シャーロック・ホームズの冒険
シャーロック・ホームズの回想
緋色の研究
シャーロック・ホームズの生還
四つの署名
シャーロック・ホームズ最後の挨拶
バスカヴィル家の犬
シャーロック・ホームズの事件簿
恐怖の谷

*

日暮雅通＝訳